NAME: Justus Jonas
FUNKTION: Erster Detektiv
FRAGEZEICHENFARBE: weiß
BESONDERE MERKMALE: das
Meister der Analyse und Worta
schneller Schwimmer; zu Haus
platz von Tante Mathilda und Onkel Titus; zupft be
Nachdenken an seiner Unterlippe
IST FAN VON: Tante Mathildas Kirschkuchen und Denksport aller Art

NAME: Peter Shaw
FUNKTION: Zweiter Detektiv
FRAGEZEICHENFARBE: blau
BESONDERE MERKMALE: für körperliche Herausforderungen immer zu haben, dafür kein Ass in der Schule; großer Tierfreund; Spezialist für Schlösser aller Art, die seinem Dietrichset einfach nicht standhalten können; neigt zu Vorsicht und Aberglauben
IST FAN VON: schnellen Autos (insbesondere seinem MG), der südkalifornischen Sonne, so ziemlich jeder Sportart

Die drei ???

Die drei
???
Fluch der Pharaonen

Kosmos

Umschlagillustration von Silvia Christoph, Berlin
Umschlaggestaltung von eStudio Calamar, Girona, auf der Grundlage der Gestaltung von Aiga Rasch (9. Juli 1941 – 24. Dezember 2009)

FSC www.fsc.org
MIX
Papier aus verantwortungsvollen Quellen
FSC® C014496

Gedruckt auf chlorfrei gebleichtem Papier

ISBN 978-3-440-16682-6
Redaktion: Jasmin Fuss
Produktion: DOPPELPUNKT, Stuttgart
Druck und Bindung: GGP Media GmbH, Pößneck
Printed in Germany / Imprimé en Allemagne

Die drei ???
Fluch der Pharaonen

Die drei ???

und die flüsternde Mumie

erzählt von Robert Arthur

Die drei ???
und die flüsternde Mumie

Aufregung per Post

»Hilfe! Rettet mich!«, schrie eine gellende Stimme in äußerstem Entsetzen. »Zu Hilfe!«

Die drei Detektive – Justus Jonas, Peter Shaw und Bob Andrews – hörten es, kümmerten sich aber nicht darum und arbeiteten weiter. Der Schreihals war ihr Maskottchen, der abgerichtete Rabe Blacky. Er lernte mit erstaunlicher Leichtigkeit Wörter und ganze Sätze und probierte sie dann begeistert aus.

»Justus!« Mathilda Jonas, Justs Tante, warf einen flüchtigen Blick auf Blackys Käfig, der im Lagerhof an einem Balken hing. »Du hast den Vogel zu viel fernsehen lassen. Er redet ja wie im Krimi!«

»Ganz recht, Tante Mathilda«, sagte Justus. Keuchend vor Anstrengung hob er eine alte Haustür vom Boden auf. »Wo soll ich die hintun?«

»Zu den anderen Türen. Los, ihr Burschen, steht nicht herum! Wir haben viel zu tun und die Zeit wird knapp!«

Den drei Detektiven wurde die Zeit eher lang. Unter Tante Mathildas Leitung waren sie mit einer Untersuchung beschäftigt, auf die sie ganz gern verzichtet hätten: Sie fanden heraus, was drei Jungen an einem heißen Tag alles schaffen können. Mrs Jonas, eine wohlbeleibte Frau, war in Wahrheit der Chef. Justs Onkel Titus kümmerte sich nur um den Einkauf und war die meiste Zeit unterwegs. Heute hatte Tante Mathilda einen ihrer häufigen Anfälle von Ordnungswut. Wenn es dazu kam, wurden Justus und – soweit greifbar – auch seine Freunde unbarmherzig herangezogen.

Während die drei Jungen schufteten – sie stapelten Baumaterial und räumten überall auf –, zog es sie mit Macht zur Zentrale, dem versteckten Campinganhänger, und zur Aufklärung eines neuen Falles. Der letzte Erfolg hatte ihr Vertrauen in ihre detektivischen Fähigkeiten sehr gestärkt – vielleicht mehr, als gut war.
Aber die Erlösung nahte erst mit dem Postboten, der einen Packen Briefe in den altertümlichen eisernen Briefkasten an der Tür fallen ließ. »Lieber Himmel!«, rief Mathilda Jonas. »Da hab ich doch glatt den Einschreibebrief für Onkel Titus vergessen, der heute noch zur Post sollte!«
Aus ihrer geräumigen Tasche fischte sie einen leicht zerknitterten Umschlag, strich ihn glatt und gab ihn Justus. »Fahr jetzt gleich zur Post und gib ihn auf. Da hast du Geld. Sieh zu, dass er möglichst morgen früh zugestellt wird.«
»Wird gemacht, Tante Mathilda«, versprach der stämmige Junge. »Peter und Bob werden mich so lange vertreten. Sie haben sich schon darüber beklagt, dass sie nicht richtig zum Zuge kommen.«
Während Bob und Peter lauthals protestierten, schwang sich Justus auf sein Rad und flitzte durchs Tor auf die Straße stadteinwärts.
Mrs Jonas lachte. »Na gut, ihr beiden«, sagte sie. »Für heute seid ihr entlassen. Ihr könnt jetzt Kriegsrat halten oder basteln oder hinter dem Krempel da drüben sonst was treiben.« Sie wies auf die Stapel von Altmaterial und Gerümpel, die Justs Werkstatt und die Zentrale (von der sie nichts ahnte) den Blicken entzogen. Dann wandte sie sich zum Büro. »Ich werde mir mal die Post ansehen. Vielleicht ist etwas für Justus dabei.

Er hat sich in letzter Zeit so merkwürdige Mustersendungen bestellt.«
Die Jungen folgten ihr, froh, die Schufterei hinter sich zu haben. Mrs Jonas nahm die Post aus dem Kasten und blätterte sie durch. »Eine Einladung zu einer Versteigerung. Eine Rechnung. Ein Scheck für den alten Dampfkessel. Hmmm.« Sie klemmte sich einen Brief unter den Arm und machte weiter. »Noch eine Rechnung. Eine Postkarte von meiner Schwester Susanne. Und eine Reklame – Grundbesitz in Florida!« Sie musste lachen. Dann sah sie sich den nächsten Brief an, sagte wieder »Hmm« und steckte ihn ebenfalls weg.
Es gab noch ein paar Briefe für Titus Jonas – wahrscheinlich Anfragen nach speziellen Artikeln. Die Firma »Gebrauchtwarenzentrum T. Jonas« war weithin bekannt als der Ort, an dem man alles mögliche Ungebräuchliche oder schwer Aufzutreibende finden konnte. Unter anderem hatte Titus eine alte Orgel am Lager. Abends ging er manchmal in den Hof und spielte Seemannslieder. Patrick und Kenneth, die muskelstarken Brüder aus Irland, die die Schwerarbeit machten und die beiden Lastwagen des Unternehmens fuhren, gesellten sich dann zu ihm und sangen ganz ergriffen mit.
Als Mrs Jonas mit der Post fertig war, schüttelte sie den Kopf. »Nein, nichts für Justus.« Doch sie zwinkerte dabei heftig mit den Augen. »Allerdings sind zwei Briefe an ›die drei Detektive‹ dabei. Das ist doch euer neuer Club, nicht?«
Vor einiger Zeit, als sie sich für Rätsel und Preisausschreiben interessierten, hatten die Jungen einen Knobel-Club gegründet. Dieses Hobby hatte Justus auch dazu gebracht, sich am Wettbewerb einer Mietwagenfirma zu beteiligen – und dabei

hatte er den altertümlichen Rolls-Royce mit Chauffeur gewonnen.

Da sie nun motorisiert waren, hatten die drei sofort das Detektivbüro gegründet, um sich künftig auch den ungelösten Rätseln des praktischen Lebens zu widmen. Mrs Jonas, leicht vergesslich in Angelegenheiten, die nicht direkt das Geschäft betrafen, sah in diesem Unternehmen noch immer einen Club. Das hatte sie sich einmal in den Kopf gesetzt, und da half kein Erklären. Also ließen es die Jungen auf sich beruhen.

Jetzt nahm Peter mit mühsam unterdrückter Erregung die Briefe entgegen. Schnurstracks liefen die beiden Jungen zur Zentrale. »Den Absender sehen wir uns erst an, wenn wir in der Zentrale sind«, sagte Peter. »Das kann ein Auftraggeber sein.«

»Eben«, stimmte Bob zu. »Dann kann ich unseren Korrespondenz-Ordner einweihen. Er steht schon lang bereit, aber Post hatten wir ja bisher nie bekommen.«

Sie schlängelten sich zwischen Stapeln von Altmaterial hindurch, bis sie zu Justs Werkstatt kamen. Sie enthielt eine Schlagbohrmaschine, eine Drehbank, eine Bandsäge, eine kleine Abzugpresse und anderes nützliches Gerät. All diese Dinge waren schrottreif hier gelandet, und Justus hatte sie mit seinen Freunden wieder gebrauchsfähig gemacht. Ein hoher Bretterzaun umgab den Lagerhof, und ein zwei Meter breites Dach, das an der Innenseite entlanglief, schützte nicht nur die wertvolle Ware, sondern auch die Werkstatt. Während der kurzen Schlechtwetterperioden behalf man sich zusätzlich mit Plastikfolie zum Abdecken.

Ein mächtiges Rohr aus geripptem Blech – ein ehemaliger Abzugskanal – blockierte scheinbar den Zutritt zu dem Platz hinter der Werkstatt. Als die Jungen jedoch ein Stück altes Eisengitter, das hinter der Druckerpresse verborgen war, zur Seite schoben, lag die Rohröffnung frei. Sie krochen hinein. Dann rückten sie das Gitter wieder an seinen Platz und arbeiteten sich auf Händen und Knien etwa fünfzehn Meter vorwärts. Der Luftschacht führte teils unterirdisch, teils unter ein paar scheinbar absichtslos umherliegenden Eisenträgern versteckt bis unmittelbar unter den Campinganhänger, den die Jungen als ihr Hauptquartier ausgebaut hatten. Mr Jonas hatte den alten Wagen Justus und seinen Freunden überlassen, weil er ihn nicht mehr verkaufen konnte. Eine Falltür öffnete sich nach oben. Sie zwängten sich hindurch und waren in einem winzigen Büro, in dem sich ein Schreibtisch (der bei einem Brand beschädigt worden war), Stühle, Schreibmaschine, Aktenschrank und Telefon befanden. Auf dem Schreibtisch stand ein altmodisches Radiogerät. Justus hatte an den Lautsprecher ein Mikrofon angeschlossen, sodass die Jungen alle Telefongespräche gemeinsam verfolgen konnten. Der restliche Raum war in ein Dunkelkämmerchen, ein Miniatur-Labor und einen Waschraum verwandelt worden.

Weil es innen dunkel war – der Wagen war ja von lauter aufgestapeltem Schrott umgeben –, knipste Peter die Lampe über dem Schreibtisch an. Dann setzten sich die beiden und betrachteten die Briefe.

»Oi!«, rief Peter aufgeregt. »Der hier kommt von Albert Hitfields Büro! Den machen wir gleich auf!«

Bob war sehr gespannt. Albert Hitfield schrieb ihnen einen Brief? Dann musste es sich um einen neuen Fall handeln, denn

Mr Hitfield hatte versprochen, sie zu benachrichtigen, wenn er auf etwas Entsprechendes stoßen sollte.

»Den heben wir uns bis zum Schluss auf«, sagte Bob. »Er ist wahrscheinlich der interessantere. Und überhaupt – wollen wir nicht auf Just warten, ehe wir die Briefe lesen?«

»Wo er gerade erst versucht hat, uns hereinzulegen«, protestierte Peter, »und Mrs Jonas dazu bringen wollte, uns noch mehr Arbeit aufzuhalsen? Außerdem bist du für Akten und Recherchen zuständig – und dazu gehört ja auch die Post. Klar?«

Das überzeugte Bob. Er begann den weniger wichtigen Brief aufzuschlitzen. Aber dabei fiel ihm am Umschlag einiges auf.

»Ehe wir diesen Brief lesen«, meinte er, »wollen wir sehen, ob wir daraus nicht irgendetwas folgern können. Just sagte doch, wir sollten so oft wie möglich üben, logische Schlüsse zu ziehen.«

»Wie kannst du aus einem Brief Schlüsse ziehen, den du nicht gelesen hast?«, fragte Peter skeptisch. Aber Bob studierte bereits den Briefumschlag von allen Seiten. Er war fliederfarben. Und er roch auch nach Flieder. Dann besah sich Bob den zusammengefalteten Bogen darin: ebenfalls Flieder. Den Briefkopf schmückte eine Vignette mit zwei spielenden Kätzchen.

»Hmmm«, machte Bob und legte die Hand an die Stirn, als denke er angestrengt nach. »Ja – jetzt sehe ich klar. Der Schreiber dieses Briefes ist eine Dame von – na, sagen wir fünfzig. Sie ist klein und dicklich und färbt sich die Haare, und wahrscheinlich redet sie viel. Ja, und sie ist eine Katzentante. Sie hat ein gutes Herz, nur ist sie manchmal ein wenig schlampig. Normalerweise ist sie ein fröhlicher Mensch, aber als sie diesen Brief schrieb, war sie aus irgendeinem Grund sehr bedrückt.«

Peter riss die Augen auf. »Toll!«, sagte er. »Das alles willst du aus dem Umschlag und dem Briefbogen schließen, ohne dass du den Brieftext kennst?«

»Klar.« Bob tat, als sei das überhaupt nichts Besonderes. »Eines habe ich noch vergessen: Sie hat einen Haufen Geld und spendet vermutlich eine ganze Menge für wohltätige Zwecke.«

Peter untersuchte Umschlag und Brief mit gefurchter Stirn. Doch bald hellte sich sein Gesicht auf.

»Die Kätzchen auf dem Briefkopf deuten darauf hin, dass sie Katzen mag«, sagte er. »Und dass sie die Briefmarke eingerissen und schief aufgeklebt hat, beweist, dass sie ein bisschen schlampig ist. Der Text beginnt mit Zeilen, die schräg nach oben ansteigen – das kennzeichnet oft eine heitere Natur. Am Schluss des Briefes fallen die Zeilen nach unten ab, und das zeigt, dass sie über irgendetwas erregt und unglücklich war.«

»Genau«, bestätigte Bob. »Es ist ganz leicht zu kombinieren, wenn man sich ernsthaft damit befasst.«

»Und wenn man bei Justus Nachhilfeunterricht kriegt«, fügte Peter hinzu. »Aber eines würde mich noch interessieren: Woher weißt du ihr Alter und ihre Figur, und dass sie viel redet und Geld hat und Gutes tut und sich die Haare färbt? Wer das alles herausfinden könnte, müsste ja Sherlock Holmes sein.«

»Na ja«, erklärte Bob grinsend, »die Absenderadresse liegt in einem sehr teuren Viertel von Santa Monica. Frauen, die dort wohnen, sind normalerweise reich, und sie widmen sich der Wohltätigkeitsarbeit, weil sie – das sagt meine Mutter – im Haushalt zu wenig zu tun haben und nicht ausgefüllt sind.«

»Schön.« Peter bohrte weiter. »Aber wie ist das nun mit ihrem Alter und der Figur und dem vielen Reden und dem Haarefärben?«

»Na, sie benutzt lila Briefpapier mit Fliederduft und dazu grüne Tinte. So was mögen fast nur ältere Damen. Aber ich will dir was verraten: Ich habe eine Tante Paula, die auf dem gleichen Papier schreibt. Sie ist fünfzig und ziemlich klein und redselig, und ihr Haar ist gefärbt, und da dachte ich mir, dass diese –«, er sah auf den Bogen, um die Unterschrift zu entziffern, »diese Mrs Selby wahrscheinlich auch so eine Person ist.«

Peter lachte. »Das hast du prima gemacht, auch wenn du zuletzt ins Spekulieren geraten bist«, sagte er. »Jetzt wollen wir aber sehen, was sie uns schreibt.« Er überflog den Brief.

»Sehr geehrte drei Detektive«, begann er vorzulesen. »Meine beste Freundin, Miss Waggoner aus Hollywood, machte mich darauf aufmerksam, dass Sie Dinge ergründen, die der übrigen Welt ein Rätsel bleiben, und dass Sie sehr geschickt darin sind.«

Bob entwand Peter sanft, aber bestimmt den Brief. Mrs Selby hatte offensichtlich von ihrem ersten Fall gehört, der Sache mit dem Gespensterschloss.

»Die Akten sind meine Sache«, erinnerte er Peter. Bob trug eine Gipsschiene an einem Bein, er war vor einiger Zeit beim Bergwandern abgestürzt. Da er deshalb bei den waghalsigeren Unternehmungen der drei etwas behindert war, hatte er es

übernommen, die Akten zu führen, Recherchen vorzunehmen und zu allen Fällen ein Protokoll anzulegen. »Schriftwechsel«, ergänzte er, »fällt in mein Ressort, zumindest wenn Just nicht da ist. *Ich* lese vor.«
Peter gab murrend nach. Bob setzte sich bequem zurecht und las den handgeschriebenen Text zügig herunter. Die Sachlage war ganz einfach. Mrs Selby besaß eine abessinische Katze namens Sphinx, die ihr sehr ans Herz gewachsen war. Nun war Sphinx seit einer Woche verschwunden. Die Polizei konnte die Katze nicht finden und Mrs Selby hatte auch schon ohne Erfolg in der Lokalzeitung inseriert. Wären die drei Detektive wohl so freundlich, ihr bei der Suche nach dem lieben Hausgenossen behilflich zu sein? Sie wäre ihnen dafür zu großem Dank verpflichtet. Der Schluss lautete: »Mit verbindlichen Grüßen – Frau Margaret Selby.«
»Eine entlaufene Katze«, sagte Peter nachdenklich. »Na ja, es ist immerhin ein Auftrag. Sieht nach einem netten, problemlosen Fall aus. Ich rufe sie an und sage ihr, dass wir ihn übernehmen.« Peter wollte zum Telefonhörer greifen, aber Bob wehrte ab.
»Warte mal. Wir wollen erst sehen, was uns Mr Hitfield mitzuteilen hat.«
»Ja, richtig«, stimmte Peter zu. Bob schlitzte schon den langen Umschlag auf. Er zog einen Bogen teuer wirkendes Briefpapier mit dem eingedruckten Namen Albert Hitfield heraus und begann vorzulesen. Doch schon nach dem ersten Satz verstummte er und ließ den Blick begierig über den Text huschen. Als er fertig war, sah er mit großen Augen zu Peter hinüber. »Mensch! Lies selber. Du würdest mir's nicht glauben,

wenn ich es dir erzählte. Du würdest sagen, ich flunkere dir was vor.«

Neugierig nahm Peter den Brief und begann zu lesen. Als er fertig war, starrte er überwältigt vor sich hin.

»Unglaublich!«, flüsterte er. Und dann stellte er eine Frage, die jedermann, der den Inhalt des Briefes nicht kannte, als äußerst ungewöhnlich empfinden würde: »Wie kann eine dreitausend Jahre alte Mumie flüstern?«

Eine Mumie flüstert

Hinter den Tatsachen in Albert Hitfields Brief steckten Ereignisse, die seltsamer und unheimlicher waren als alles, womit sich die drei Detektive bisher befasst hatten.

Ungefähr zwanzig Kilometer von Rocky Beach und dem Betriebsgelände der Firma Jonas entfernt durchschnitt eine schmale Schlucht die Berge von Hollywood. An ihre steilen Wände schmiegten sich ein paar große, teure Wohnhäuser, umgeben von Bäumen und Gesträuch. Eine der Villen war ein altes Herrenhaus im spanischen Stil, dessen einer Flügel ein Privatmuseum enthielt. Der Besitzer, Professor Robert Yarborough, genoss als Ägyptologe einen guten Ruf.

Eine Front bis zum Boden reichender Fenster führte auf eine fliesenbelegte Terrasse. Diese Glastüren waren geschlossen, sodass es drinnen in der späten Nachmittagssonne unangenehm heiß und stickig war. Nahe der Fensterwand standen einige Statuen aus ägyptischen Gräbern. Eine Figur war aus Holz, sie stellte den altägyptischen Totengott Anubis dar. Auf einem Menschenkörper saß ein Schakalkopf. Der Schatten des Kopfes fiel auf den Fußboden – ein dunkler Umriss von beklemmender Wirkung.

Noch andere Schätze aus den Grabkammern des alten Ägypterreiches füllten den Raum. Metallmasken, die geheimnisvollwissend zu lächeln schienen, hingen an den Wänden. Tontafeln, Goldschmuck und Skarabäen-Abbilder der als heilig verehrten Käfer, von Künstlern vor langer Zeit in grüne Jade geschnitzt, ruhten in Glasvitrinen. Frei im Raum bei den Fenstern stand ein hölzerner Mumiensarkophag, in dessen Deckel die Figur der darin bestatteten Mumie geschnitzt war. Es war ein ganz schlichter Schrein, dem weder Blattgold noch leuchtende Farben ein kostbares und luxuriöses Äußeres verliehen. Aber er hütete ein Geheimnis. Er war der Stolz von Professor Yarborough, einem kleinen, etwas beleibten Mann mit Kinnbärtchen und goldgefasster Brille.

In jüngeren Jahren hatte der Professor viele Expeditionen nach Ägypten geleitet. Auf diesen Reisen hatte er verschollene Grabstätten entdeckt, die in die Felswände der Gebirge eingehauen waren und Mumien längst dahingegangener Pharaonen, ihrer Frauen und ihres Gesindes mit Juwelen und anderen Beigaben bargen. Er bewahrte diese Schätze in seinem Museum, wo er auch ein Buch über seine Funde schrieb.

Der Sarkophag mit der Mumie war gerade vor einer Woche eingetroffen. Professor Yarborough hatte diese Mumie schon vor fünfundzwanzig Jahren entdeckt. Aber da er zu jener Zeit anderweitig in Anspruch genommen war – er hatte sich für eine schwierige Aufgabe langfristig verpflichtet –, hatte er die Mumie einem Museum in Kairo geliehen. Als er sich dann zur Ruhe setzte, hatte er die ägyptische Regierung gebeten, ihm die Mumie für Studienzwecke zu übersenden. Jetzt, da er Zeit hatte, wollte er versuchen, ihr Geheimnis zu entschleiern.

An diesem Nachmittag, zwei Tage bevor die Jungen Albert Hitfields Brief erhalten hatten, stand Professor Yarborough in seinem Museumssaal. Nervös tippte er mit einem Bleistift gegen den Deckel des Schreins – einen Deckel, der sich wie bei einer Truhe heben ließ. Der Sarkophag war im Grunde nichts anderes als eine Holztruhe, in der die Mumie ruhte.

Auch Wilkins war da, der Butler, ein großer, schlanker Mann, der schon seit Jahren in den Diensten des Professors stand.
»Sind Sie sicher, dass Sie es tun wollen, Sir, nach dem Schock von gestern?«, fragte Wilkins.
»Ich muss wissen, ob es noch einmal passiert, Wilkins«, sagte Professor Yarborough. »Aber lassen Sie bitte erst Luft herein. Ich kann geschlossene Räume nicht ausstehen.«
»Jawohl, Sir.« Wilkins öffnete die nächsten Türflügel. Vor vielen Jahren war Professor Yarborough zwei Tage lang in einer Grabkammer eingeschlossen gewesen und seither mied er Räume mit geschlossenen Fenstern.
Als die Glastüren offen standen, hob Wilkins den Deckel vom Sarg. Beide Männer beugten sich vor und schauten hinein.
Mancher dürfte den Anblick einer Mumie nicht gerade als angenehm empfinden, doch ist er in keiner Weise abstoßend. Mit Bitumen und anderen Konservierungsmitteln einbalsamiert, darauf sorgfältig in Leinen gehüllt, blieben die Körper toter Könige und Edelleute des alten Ägyptens über Jahrtausende fast vollkommen erhalten. Aus religiösen Gründen mussten sie so für den würdigen Eintritt in die nächste Welt vorbereitet werden. Darum wurden auch viele Kleider, Geschmeide, Gerätschaften und Juwelen, die sie im Leben besessen hatten, mit ihnen bestattet – zum Gebrauch in der künftigen Welt. Die Mumie im Sarg trug den Namen Ra-Orkon. Die leinene Hülle war stellenweise aufgeschnitten worden, sodass der Professor Ra-Orkons Gesicht sehen konnte. Es war das Gesicht eines älteren Mannes mit fein geschnittenen Zügen, wie aus dunklem Holz geschnitzt. Die Lippen waren leicht geöffnet, als wollte er sprechen. Die Augen waren geschlossen.

»Ra-Orkon sieht sehr friedlich aus, Sir«, stellte Wilkins fest. »Ich glaube nicht, dass er heute zu Ihnen sprechen wird.«

»Das hoffe ich auch nicht.« Professor Yarborough kniff die Lippen zusammen. »Es ist nicht normal, Wilkins, dass eine vor dreitausend Jahren begrabene Mumie redet. Oder auch flüstert. Es ist vollkommen unnatürlich.«

»Wirklich unnatürlich, Sir«, bekräftigte der Butler.

»Aber gestern flüsterte er mir etwas zu«, sagte der Professor, »als ich mit ihm allein im Zimmer war. Er flüsterte in einer unbekannten Sprache, aber es hörte sich sehr eindringlich an, als wünsche er, dass ich etwas tun solle.«

Er beugte sich vor und sprach die Mumie an. »Ra-Orkon, wenn du zu mir sprechen willst: Ich höre. Ich werde versuchen zu verstehen.«

Eine Minute verstrich. Noch eine. Nichts war zu hören als das Summen einer Fliege.

»Vielleicht habe ich es mir doch nur eingebildet«, sagte der Professor. »Ja, so war es sicherlich. Holen Sie mir die kleine Säge aus dem Atelier, Wilkins. Ich will von dem Sarg eine Ecke abnehmen. Mein Freund Jennings von der Universität Los Angeles wird dann versuchen, mithilfe eines Radioaktivitätstests am Kohlenstoff des Holzes den Zeitpunkt zu bestimmen, zu welchem Ra-Orkon begraben wurde.«

»Sehr wohl, Sir.« Der Butler verließ das Zimmer.

Professor Yarborough ging um den Schrein herum und klopfte das Holz ab, um festzustellen, wo er das benötigte Stück absägen sollte. Einmal glaubte er einen etwas hohlen Klang zu vernehmen. An einer anderen Stelle erschien ihm das Holz so locker, als sei es hier schon vermodert.

Plötzlich kam ihm ein leises Murmeln zum Bewusstsein, das aus dem Sarg drang. Erschrocken richtete er sich auf, dann legte er sein Ohr dicht an den Mund der Mumie.

Die Mumie flüsterte ihm etwas zu! Über die leicht geöffneten Lippen kamen Worte – gesprochen von einem Ägypter, der seit dreitausend Jahren nicht mehr am Leben war.

Der Professor konnte die Worte nicht verstehen. Es waren Kehl- und Zischlaute, so leise, dass er sie kaum zu hören vermochte. Aber die Stimme hob und senkte sich, sie klang immer eindringlicher, als ob die Mumie ihm mit größter Anstrengung irgendetwas begreiflich machen wollte.

Den Professor packte eine ungeheure Erregung. Die Sprache war wahrscheinlich das Arabisch des Altertums – ab und zu glaubte er einem verständlichen Wort auf der Spur zu sein.

»Weiter, Ra-Orkon!«, drängte er. »Ich versuche zu verstehen.«

»Bitte sehr, Sir?«

Beim Klang der Stimme von hinten fuhr der Professor herum. Die Mumie war wieder stumm. Wilkins stand da, eine kleine, scharfe Säge in der Hand.

»Wilkins!«, rief Yarborough. »Ra-Orkon hat wieder geflüstert! Er fing an, sobald Sie draußen waren, und hörte auf, als Sie hereinkamen.«

Wilkins sah sehr ernst aus. Er runzelte die Stirn.

»Offenbar redet er nur, wenn Sie mit ihm allein sind«, sagte er. »Konnten Sie verstehen, was er sagte?«

»Nein«, sagte der Professor enttäuscht. »Fast, aber nicht ganz. Ich bin kein Sprachexperte. Er spricht möglicherweise Altarabisch oder auch einen Dialekt der Hethiter oder Chaldäer.«

Wilkins schaute zum Fenster hinaus. Sein Blick fiel auf ein Haus an der gegenüberliegenden Seite der Schlucht – ein neues, weiß verputztes Haus, das sich an den steilen Hang lehnte.
»Ihr Freund, Sir – Professor Freeman«, sagte er und wies auf das Haus. »Er ist unser Experte für den Sprachraum des Mittleren Ostens. Und wenn Ra-Orkon auch zu ihm spricht, könnte er Ihnen vielleicht sagen, was Ra-Orkon mitzuteilen hat.«
»Natürlich!«, rief Professor Yarborough. »Ich hätte ihn gleich rufen sollen. Schließlich war sein Vater dabei, als ich Ra-Orkon entdeckte. Der arme Kerl – eine Woche später wurde er im Basarviertel ermordet. Gehen Sie, Wilkins, rufen Sie Freeman an. Bitten Sie ihn, sofort herzukommen.«
»Jawohl, Sir.« Kaum hatte der Butler das Zimmer verlassen, als das unheimliche Flüstern wieder einsetzte.
Professor Yarborough bemühte sich erneut zu verstehen, was die Mumie sagte – vergeblich. Entmutigt gab er es auf. Durchs offene Fenster konnte er Freemans Haus sehen, es war am Steilhang erbaut und lag wesentlich tiefer als die Zufahrtsstraße. Yarborough beobachtete, wie sein junger Freund durch eine Seitentür das Haus verließ, ein paar Stufen zur Garage hinaufstieg und einen Augenblick später in die enge Straße einbog, die oben auf dem Grat die Schlucht umrundete. Während Yarboroughs Blicke dem Freund in nervöser Spannung folgten, lauschte er angestrengt dem Flüstern. Als die Mumie unvermittelt verstummte, packte den kleinen Mann die helle Verzweiflung. Musste Ra-Orkon ausgerechnet jetzt schweigen, wenn jemand seine Worte vielleicht dolmetschen könnte?
»Sprich weiter, Ra-Orkon!«, flehte der Professor. »Bitte sprich! Ich höre! Ich versuche zu verstehen!«

Einen Augenblick später war das Flüstern wieder zu vernehmen. Dann hörte der Professor draußen einen Wagen bremsen. Gleich darauf ging die Tür auf und jemand trat ins Zimmer.

»Sind Sie es, Freeman?«, fragte er.

»Ja, Yarborough. Was ist denn los?«, antwortete eine sanfte, wohllautende Stimme.

»Kommen Sie hierher – leise. Bitte hören Sie sich das hier an.« Er spürte, wie der andere neben ihn trat.

»Ra-Orkon!«, rief Professor Yarborough. »Sprich weiter! Nicht aufhören!« Aber die Mumie schwieg, wie sie wohl drei Jahrtausende lang geschwiegen hatte.

»Ich begreife nicht ganz«, sagte Professor Freeman, als der ältere Kollege sich umwandte. Freeman war schlank und mittelgroß, er hatte ein freundliches Gesicht und leicht ergrautes Haar. »Ich hatte eben den Eindruck, als hörten Sie der Mumie zu.«

»Das tat ich auch!«, rief Yarborough. »Er flüsterte etwas in einer unbekannten Sprache, und ich hoffte, Sie könnten es für mich übersetzen. Aber als er Sie bemerkte, war er wieder still. Oder –« Er verstummte selbst, als ihm bewusst wurde, wie seltsam ihn sein Freund ansah. »Sie glauben mir nicht?«, fragte er. »Sie glauben nicht, dass Ra-Orkon mir Worte zuflüstert?«

Professor Freeman rieb sich das Kinn. »Es ist kaum glaublich«, sagte er dann. »Wenn ich ihn allerdings selbst hören könnte –«

»Versuchen wir es«, meinte Yarborough. »Ra-Orkon, sprich noch einmal. Wir bemühen uns, deine Worte zu verstehen.« Beide warteten. Die Mumie blieb stumm.

»Es hat keinen Zweck«, seufzte Professor Yarborough. »Er *hat* geflüstert, ich schwöre es Ihnen. Aber er spricht nur dann, wenn ich mit ihm allein bin. Ich hoffte allerdings, dass Sie ihn hören und seine Worte übersetzen könnten.«

Professor Freeman gab sich den Anschein, als schenke er seinem Freund Glauben, aber es war offensichtlich, dass er von der ganzen Geschichte nichts hielt.

»Ich würde Ihnen gern helfen, wenn ich nur könnte«, sagte er. Dann fiel sein Blick auf die kleine Säge in Yarboroughs Hand. »Was wollen Sie denn damit?«, fragte er. »Doch nicht etwa Ra-Orkon zersägen?«

»Nein«, wehrte Professor Yarborough ab. »Ich wollte eine Ecke am Sarg absägen, damit durch einen Kohlenstofftest festgestellt werden kann, wie lange Ra-Orkon schon begraben ist.«

»Und deswegen wollen Sie eine solche Kostbarkeit beschädigen!«, rief der Jüngere. »Auf keinen Fall würde ich das tun!«

»Ich bin nicht sicher, ob Ra-Orkon und sein Sarkophag so kostbar sind«, sagte Yarborough. »Geheimnisvoll, gewiss. Jedenfalls ist der Labortest nötig. Aber ich werde ihn erst dann vornehmen lassen, wenn ich das Rätsel dieses seltsamen Flüsterns gelöst habe. Offen gesagt, Freeman – ich bin schon ganz verwirrt. Eine Mumie kann doch nicht flüstern! Aber diese hier tut es. Und nur ich kann es hören!«

»Hmm.« Professor Freeman runzelte die Stirn und bemühte sich, sein Mitleid mit dem älteren Mann nicht allzu offen zu zeigen. »Was meinen Sie dazu, wenn ich den guten Ra-Orkon ein paar Tage bei mir einquartiere? Wenn er mit mir allein ist, redet er möglicherweise auch. Dann kann ich ihn verstehen und Ihnen berichten, was er sagt.«

Professor Yarborough warf ihm einen raschen Blick zu. »Besten Dank, Freeman«, sagte er würdevoll. »Ich merke schon, dass Sie sich über mich lustig machen. Sie glauben, ich hätte mir das alles ausgedacht. Ich werde Ra-Orkon hierbehalten, bis ich weiß, ob es nur Einbildung ist oder nicht.«

Professor Freeman nickte. »Wenn Sie den alten Herrn noch mal zum Sprechen bringen«, sagte er liebenswürdig, »so rufen Sie mich bitte gleich an. Ich lasse alles stehen und liegen und komme. Aber jetzt muss ich mich beeilen. Ich habe eine Vorlesung an der Universität.« Wieder allein, wartete Professor Yarborough. Ra-Orkon blieb still. Etwas später kam Wilkins.

»Soll ich das Abendessen auftragen, Sir?«

»Ja, bitte, Wilkins«, antwortete Professor Yarborough. »Und merken Sie sich: Sie dürfen niemandem etwas davon erzählen, was hier geschehen ist. Ich sehe aus Freemans Reaktion, was meine Fachkollegen dazu sagen würden, wenn ich behauptete, die Stimme einer Mumie zu hören. Sie würden sagen, dass ich langsam alt und kindisch werde. Und stellen Sie sich vor, die Geschichte käme in die Presse! Mein Ruf als Wissenschaftler wäre ruiniert.«

»Völlig, Sir«, pflichtete Wilkins bei.

»Aber ich muss über all das mit irgendeinem Menschen reden.« Yarborough presste die Lippen zusammen. »Mit jemandem, der kein Wissenschaftler ist, aber weiß, dass es auf dieser Welt allerlei Rätsel gibt. – Ich hab's! Ich rufe noch heute Abend meinen alten Freund Albert Hitfield an und erzähle ihm alles. Er wird mich wenigstens nicht auslachen!«

Albert Hitfield war weit davon entfernt. Stattdessen – wir wissen es bereits – schrieb er den drei Detektiven einen Brief.

Justus übt Gedankenlesen

»Wie kann eine Mumie flüstern?«, wiederholte Peter. Bob konnte nur den Kopf schütteln. Beide hatten den Brief zweimal gelesen. Sie hätten ihn als Scherz aufgefasst, wäre er nicht von Albert Hitfield gekommen, der ihnen versicherte, dass das Rätsel der flüsternden Mumie seinen Freund, Professor Yarborough, fast zur Verzweiflung treibe. Ob die drei Detektive – so fragte Mr Hitfield – ihm wohl helfen könnten?

»Überhaupt«, fuhr Peter mit gerunzelter Stirn fort, »wie soll eine Mumie eigentlich sprechen können?« Er fuhr sich mit den Fingern durch das dunkelbraune Haar. »Ich meine, eine Mumie ist nun mal eine Mumie. Sie ist kein Mensch. Das heißt, sie war mal einer, aber jetzt –«

»Jetzt lebt sie nicht mehr«, warf Bob ein. »Und dir wird's komisch bei der Vorstellung, dass Mumien zwar tot sind, hier aber eine sprechen kann.«

»Komisch? Mir ist's unheimlich!«, stellte Peter mit Nachdruck fest. Er nahm den Brief wieder auf und las ihn nochmals gründlich. »Professor Robert Yarborough«, sagte er. »Ein berühmter Ägypto-, Ägyptol-«

»Ägyptologe.«

»Ägyptologe. Lebt am Hunter Canyon bei Hollywood. Hat eine Privatsammlung. Besitzt eine Mumie, die flüstert, kann aber nichts davon verstehen. Das macht ihn allmählich ganz nervös. Na, ich kann's ihm nicht verdenken. Mich macht die Sache schon beim Anhören kribbelig! Ich will mit sprechenden Mumien nichts zu schaffen haben. Die Geister im Gespensterschloss haben mir gereicht. Wir sollten unseren Nerven mal eine Ruhepause gönnen. Fahren wir doch nach Santa Monica und helfen dieser Dame ihre abessinische Katze suchen!«

Bob Andrews griff nach dem anderen Brief, dem von Mrs Selby. »Du weißt doch, welcher Fall Just interessieren wird?«.

»Natürlich«, maulte Peter. »Sowie er den Brief von Mr Hitfield gelesen hat, wird er auch schon die Autovermietung anrufen und Morton mit dem Wagen bestellen, damit wir zu Professor Yarborough fahren können. Aber wir sollten ihn überstimmen. Wir sind zwei gegen einen. Wir stimmen einfach dafür, dass wir zuerst das Rätsel um die verschwundene Katze lösen.«

»Just lässt sich nicht so leicht überstimmen«, sagte Bob. »Das haben wir doch schon mal probiert, als wir den Fall mit dem Gespensterschloss hatten, und du weißt ja, wo wir damals landeten.«

»Ich weiß«, bestätigte Peter trübsinnig.

»Wo ist er überhaupt? Er müsste doch jetzt zurück sein.«

»Sehen wir mal nach«, schlug Peter vor. »Hier, mit dem Periskop!«

Er ging in eine Ecke des kleinen Raumes. Eine Röhre, die aussah wie ein gewöhnliches Stück engen Ofenrohrs, war an der Wand hochgeführt und ragte durchs Dach über den Anhänger hinaus. Unten endete sie in einem Kniestück, an dem zwei kleinere Rohrabschnitte als Griffe festgemacht waren. Bei näherem Hinsehen entdeckte man Ähnlichkeit mit dem unteren Ende eines Fernrohrs für Unterseeboote – kein Wunder, denn dies war tatsächlich ein primitives, aber zweckdienliches Periskop, das Justus in der vorigen Woche gebastelt hatte.

Die versteckte Zentrale hatte sich nämlich in einer Hinsicht als nachteilig erwiesen: Zwar konnte niemand den verborgenen Anhänger sehen, aber wenn die Jungen einmal drinnen waren, konnten sie auch nicht mehr hinaussehen.
Mit dem Bau des Periskops hatte Justus Abhilfe geschaffen. Er nannte es den »Spion«. Es war aus Ofenrohr konstruiert und innen waren Spiegel in verschiedenen Winkelstellungen angebracht. Neben der Lüftungsklappe durchstieß es das Dach. Wer es entdecken sollte, würde darin nur ein gewöhnliches Ofenrohr sehen.
Peter schob den Spion langsam nach oben, bis sich das obere Ende draußen über dem höchsten Stapel erhob. Dann drehte er ihn, indem er selbst im Kreise herumging und dabei das gesamte Blickfeld von draußen einfing.
»Mrs Jonas verkauft gerade einem Klempner Röhren«, berichtete er. »Patrick schichtet Abbruchholz in die Ecke. Und da ist auch Just!« Peter hielt das Periskop ruhig. »Er schiebt sein Rad. Hat anscheinend Pech gehabt – ja, sein Vorderreifen ist platt.«
»Er ist wohl über einen Nagel gefahren«, meinte Bob. »Deshalb hat er so lange gebraucht. Hat er eine Wut im Gesicht?«
»Nein, er hat sein Transistorradio am Ohr und sieht quietschvergnügt aus«, stellte Peter fest. »Das ist komisch. Ich meine, Just kann es doch sonst nicht ertragen, wenn etwas schiefgeht. Er macht sich dann immer Selbstvorwürfe. Just plant am liebsten so voraus, dass alles wie am Schnürchen klappt.«
»Just ist im Planen ganz groß«, sagte Bob. »Nur wär's mir lieber, wenn er nicht immer so hochgestochen daherreden wollte. Manchmal versteh ich ihn selber nicht ohne Weiteres.«

»Wem sagst du das?«, gab Peter zurück. Er drehte den Spion ein Stück weiter, um im Bild zu bleiben. »Jetzt schiebt Just das Rad durchs Tor. Er gibt Mrs Jonas etwas. Sie zeigt herüber und nickt. Sicher hat sie ihm gesagt, dass wir in der Werkstatt sind. – Jetzt geht er ins Büro. Ich möchte bloß wissen, was er so lang treibt«, setzte er ungeduldig hinzu. »Ah, da kommt er wieder raus.«

»Wir machen uns einen Spaß mit Just«, schlug Bob vor. »Ich behalte den Brief von Albert Hitfield in der Tasche. Wir zeigen ihm den Brief über die verschwundene Katze und machen ihn richtig scharf darauf. Und dann zeigen wir ihm den Brief von Mr Hitfield über Professor Yarborough und seine Flüstermumie.«

»Und dazu sagen wir natürlich, dass wir den Fall erst bearbeiten können, wenn wir die Katze haben!« Peter grinste. »Ich habe noch eine Idee. Mach du das Spiel bitte mit. Jetzt bin ich nämlich mal dran mit Logik und so weiter.«

Sie warteten und hörten Justus draußen das Eisengitter, das den Zugang zu Tunnel II verbarg, zur Seite schieben. Der Tunnel, ein weites galvanisiertes Rohr, war ihr Haupteingang zur Zentrale.

Flink holte Peter das Periskop ein und nahm am Pult Platz. Er und Bob hörten das gedämpfte Geräusch, das beim Durchkrabbeln des Tunnels entstand, und dann das vereinbarte Klopfzeichen an der Falltür. Gleich darauf hob sich die Klappe und Justus tauchte im Wagen auf.

Justus Jonas war ein stämmiger, untersetzter Junge mit schwarzem Haar und aufmerksamen dunklen Augen. Er hatte ein rundes, rotbackiges Bubengesicht, aber wenn er sich ganz gerade hielt und die Kinnpartie energisch anspannte, konnte er wesentlich älter erscheinen. Er konnte sich auch total entspannen, dann wirkte er schlaff, dicklich und richtig »doof« – ein Trick, der viele Leute dazu brachte, ihn zu unterschätzen.

»Puh!«, machte er. »Heiß heute!«

»Und ein Pechtag dazu – mit einem Platten«, sagte Peter.

Just sah ihn an. »Woher weißt du denn das mit dem Platten?«

»Logisch kombiniert«, behauptete Peter. »Bob und ich üben uns darin, wie du uns befohlen hast. Nicht wahr, Bob?«

Bob nickte. »Klar«, sagte er. »War ein schönes Stück Weg zum Schieben, was, Just?«

Justus beäugte die beiden kritisch. »Ja«, gab er zu, »das war's. Aber jetzt interessiert es mich außerordentlich, die Ableitung eurer logischen Folgerungen kennenzulernen, damit ich euren Denkprozess nachvollziehen kann.«

»Was will er?«, fragte Peter.

»Wissen, wie wir's rausgekriegt haben«, erklärte Bob.

»Na gut«, sagte Peter. »Zeig mal deine Hände, Just.«

Justus streckte die Hände aus. Sie waren schmutzig und in einer Handfläche war ein Profilabdruck wie von einem Fahrradreifen zu sehen.

»Und was weiter?«, fragte Just.

»Dein rechtes Knie«, fügte Peter hinzu. »Es ist staubig. Du bist hingekniet, um etwas zu untersuchen. Dann hast du dreckige Hände mit einem Abdruck vom Fahrradreifen. Logische Folgerung: Du hast dich hingekniet, weil du nach dem Reifen sehen wolltest. Das deutet darauf hin, dass du einen Platten hattest. Und deine Schuhe sind ganz schmutzig. Du musst lange marschiert sein. Ist doch kinderleicht.«

Es wäre wirklich ein Kabinettstückchen angewandter Kombinationsgabe gewesen, wenn sie das mit der Reifenpanne nicht schon vorher gewusst hätten. Justus schien beeindruckt.

»Sehr gut«, lobte er. »Solche Fähigkeiten sollten nicht mit der Suche nach einer entlaufenen Katze vergeudet werden.«

»Was?«, riefen Peter und Bob gleichzeitig.

»Ich sagte, solch hoch entwickelte Fähigkeiten in der Kunst logischer Schlussfolgerung sollten nicht damit vergeudet werden, den Spuren einer Abessinierkatze zu folgen, die aus ihrem Domizil entwichen ist«, sagte Justus. Absichtlich benutzte er eine Reihe ungebräuchlicher Ausdrücke, was Peter nicht ausstehen konnte.

»Hingegen sollten Detektive von eurer Begabung sich mit höheren Zielen befassen, wie zum Beispiel« – er machte eine Pause, als denke er angestrengt nach –, »zum Beispiel dem Rätsel einer dreitausend Jahre alten Mumie, die ihrem Besitzer in einer unbekannten Sprache geheimnisträchtige Botschaften zuflüstert.«

»Woher kennst denn *du* die flüsternde Mumie?« Peter schrie es fast.

»Während ihr euch in Logik übtet«, erklärte Justus, »trainierte ich Gedankenlesen. In deiner Tasche, Bob, steckt ein Brief, der Professor Yarboroughs Adresse angibt. Ich habe bereits nach Morton und dem Wagen telefoniert. In zehn Minuten werden sie hier sein. Dann wollen wir den Professor besuchen und ihm unsere Unterstützung bei der Lösung seines Problems antragen: der Mumie, die das Flüstern nicht lassen kann.«

Sprachlos starrten ihn Bob und Peter an. Sie waren völlig überwältigt.

Der Fluch des Ra-Orkon

»Wie konntest du das bloß alles wissen – über den Brief von Mr Hitfield und über Professor Yarborough mit seiner flüsternden Mumie?«, fragte Peter eine halbe Stunde später zum fünften Mal. Justus Jonas seufzte. »Wenn ihr mir nicht glaubt, dass ich Gedanken lesen kann, dann müsst ihr eben selbst dahinterkommen«, sagte er. »Gebraucht euren Verstand! Als ich in die Zentrale kam, habt ihr ja auch bemerkenswert logisch auf eine Reifenpanne geschlossen. Macht einfach so weiter.«
Diese Erwiderung ließ Peter hilflos verstummen. Bob Andrews grinste verstohlen. Just hatte sie wieder einmal drangekriegt. Wenn er irgendwann dazu aufgelegt war, würde er ihnen den Trick verraten. Vorerst freute sich Bob darauf, mit dabei zu sein, wenn es nun wieder losgehen würde – in ein abenteuerliches und verwickeltes Geschehen, so recht nach dem Herzen eines Detektivs. Nun, er sollte nicht umsonst hoffen.
Die drei Jungen saßen auf den Rücksitzen des großen, altmodischen Rolls-Royce, der ihnen als Transportmittel zur Verfügung stand. Gerade fuhren sie in gleichmäßigem Tempo durch das Hügelland zwischen Rocky Beach und dem nördlichen Teil Hollywoods.
»Bitte halten Sie hier an, Morton«, sagte Just.
Der Wagen hielt wenige Meter vor einer der Hügelkuppen. Von der Straße zweigte eine Einfahrt ab, die von großen Steinpfeilern flankiert war. Einer der Pfeiler trug ein Metallschild mit dem Namen »Yarborough«. Die Zufahrt führte hangabwärts zu einem weitläufigen Grundstück mit vielen Bäumen.

Durch Bäume und Sträucher konnte man das rote Ziegeldach einer Villa im altspanischen Stil sehen. Hinter dem Haus fiel der Hang plötzlich sehr steil zur Talsohle der Schlucht ab, dann stieg er wieder zum gegenüberliegenden Bergrücken hin. Dort waren mehrere Häuser auf verschiedener Höhe erbaut.
»Das muss Professor Yarboroughs Haus sein«, erklärte Justus. »Ich habe ihn angerufen und er erwartet uns. Fahren Sie nur hinein, Morton. Auf diese Mumie bin ich sehr gespannt. Vielleicht spricht sie, solange wir dort sind!«
»Lieber nicht!«, murmelte Peter. »Mit einer Mumie, die spricht, halte ich es nicht lang im selben Zimmer aus. Wenn ihr mich fragt: Ich kann gut verstehen, dass der Professor ganz durcheinander ist.«
Das konnte man in diesem Augenblick wirklich von Professor Yarborough behaupten. Er saß in einem Liegestuhl auf der Terrasse und schlürfte eine heiße Bouillon, die ihm Wilkins soeben serviert hatte.
»Sagen Sie, Wilkins«, fragte der Professor besorgt, »haben Sie gestern Abend wirklich aufgepasst, wie ich es Ihnen aufgetragen hatte?«
»Jawohl, Sir«, antwortete der Butler. »Ich blieb bei Ra-Orkon im Zimmer, bis es ganz dunkel war. Einmal glaubte ich etwas zu hören –«
»Ja, und? Weiter!«
»Aber dann musste ich annehmen, dass es Einbildung war, Sir.«
Der Butler nahm die leere Tasse entgegen und reichte seinem Herrn eine Serviette. Professor Yarborough wischte sich den Mund ab.

»Irgendetwas ist nicht in Ordnung mit mir, Wilkins«, sagte er. »Nachts wache ich plötzlich mit rasendem Herzklopfen auf. Dieses Rätsel – es treibt mich noch zum Wahnsinn.«

»Ich finde es selbst beängstigend, Sir«, entgegnete Wilkins. »Meinen Sie nicht, Sie sollten –«

»Ich sollte was? Raus mit der Sprache, Wilkins!«

»Ich wollte nur sagen, Sir, dass ich mich schon gefragt habe, ob Sie nicht Ra-Orkon der ägyptischen Regierung zurückgeben wollen. Dann wären Sie befreit von diesem quälenden –«

»Nein!« Professor Yarborough presste die Lippen zu einer scharfen Linie zusammen. »Hier gibt es so vieles, was ich nicht begreife. Ich weigere mich aufzugeben. Ich glaube auch, dass ich bald Hilfe bekommen werde.«

»Ein Detektiv, Sir?«, rief Wilkins. »Aber ich dachte, Sie wünschten nicht, dass die Polizei von den Vorgängen erfährt?«

»Nicht die Polizei. Es sind Detektive, die mir mein Freund Albert Hitfield empfohlen hat.« Im Haus schlug ein melodisches Glockenspiel an. »Das sind sie sicher schon. Bitte, Wilkins, öffnen Sie und bringen Sie sie gleich hierher.«

»Jawohl, Sir.« Der Butler ging ins Haus und kehrte mit drei Jungen auf die Terrasse zurück. Einer war stämmig und dunkelhaarig, einer groß und muskulös, einer schlank und bebrillt, mit einer Gipsbinde am Bein, das er leicht nachzog. Der Professor runzelte die Stirn. Justus Jonas wusste, was das Stirnrunzeln zu bedeuten hatte. Professor Yarborough hatte sich die Detektive älter vorgestellt. Just richtete sich auf und verlieh sich jenen energischen Zug um den Mund, sogleich sah er älter aus. Dann zog er gewandt eine Karte aus der Tasche. Der Professor nahm sie automatisch entgegen. Der Aufdruck lautete:

Der Professor stellte die Frage, die jeder stellte: »Was bedeuten denn die Fragezeichen? Das sieht ja wie ein Zweifel an euren Fähigkeiten aus.« Bob und Peter grinsten einander zu. Die Fragezeichen waren Justs Idee. Ein Fragezeichen war ihr geheimes Symbol. Wenn einer von ihnen den beiden anderen mitteilen wollte, dass er an einem bestimmten Ort gewesen war, dann malte er dorthin einfach mit Kreide ein Fragezeichen. Justus verwendete immer weiße, Bob rote und Peter blaue Kreide, sodass jeder wusste, wer das Zeichen hinterlassen hatte.

»Das Fragezeichen«, sagte Justus jetzt in bester Erwachsenenmanier, »gilt neben seiner Bedeutung in der Interpunktion auch im allgemeinen Sprachgebrauch als universelles Symbol für eine unbeantwortete Frage, ein ungelöstes Rätsel, ein unerforschtes Geheimnis. Deshalb haben wir es als Firmenzeichen gewählt. Wir werden versuchen, jedes Rätsel zu lösen, das Sie uns aufgeben wollen. Den Erfolg können wir nicht garantieren, aber wir können versprechen, dass wir uns Mühe geben werden.«

»Hm.« Nachdenklich drehte der Mann im Liegestuhl die Karte zwischen den Fingern. »Wenn du den letzten Satz nicht gesagt hättest, so hätte ich euch von Wilkins wieder hinausbefördern lassen. Niemand kann den Erfolg einer Unternehmung im Voraus versprechen, wie ich sehr wohl weiß. Aber oft wird ernsthaftes Bemühen von Erfolg gekrönt.«

Er hielt inne und betrachtete sich die drei Jungen genau. Schließlich nickte er. »Albert Hitfield hat euch zu mir geschickt. Ich vertraue seinem Urteil. Aus begreiflichen Gründen kann ich die Polizei nicht verständigen. Ich kann den Fall auch keinem Privatdetektiv übertragen, er würde glauben, ich hätte nicht alle Tassen im Schrank – so sagt man doch, oder? Ein Kollege von der Fakultät würde mich höchstens insgeheim bedauern und das Gerücht verbreiten, ich sei alt und tatterig. Aber drei Jungen mit Initiative und ohne Vorurteile … Ja, ich glaube, wenn mir jemand helfen kann, dieser Sache auf den Grund zu gehen, so seid ihr das.«

Er erhob sich und ging auf den linken Flügel des Hauses zu. »Kommt mit. Ich will euch Ra-Orkon vorstellen, und dann wollen wir anfangen.«

Just folgte ihm. Peter und Bob wollten hinterher, aber Wilkins hielt sie mit ausgestrecktem Arm zurück. Seine Hand zitterte. Sein Gesichtsausdruck war gespannt und ängstlich.

»Hört«, sagte er, »ehe ihr euch mit dieser Mumie Ra-Orkon befasst, solltet ihr noch eines wissen.«

»Und das wäre?«, fragte Peter stirnrunzelnd.

»Auf der Mumie ruht ein Fluch«, sagte Wilkins mit gedämpfter Stimme. »Der Fluch wurde über Ra-Orkons Grab gesprochen und hat damit Macht über jeden, der dort eindringt und

Ra-Orkons Ruhe stört. Im Lauf der Jahre hat dieser Fluch fast allen Teilnehmern der damaligen Expedition den Tod gebracht. Gewaltsam. Unerwartet. Der Professor will das nicht wahrhaben. Er will überhaupt nichts wahrhaben, was nicht wissenschaftlich erwiesen ist. Und bis heute hatte er mit solchen Dingen auch nichts zu tun. Aber jetzt hat er die Mumie hier im Haus, und ich – ich habe Angst. Um ihn. Und um mich. Und auch um euch drei, wenn ihr euch da einmischt.«

Mit großen Augen starrten ihn die Jungen an. In Wilkins' Gesicht zuckte es vor innerer Erregung. Es war ihm ernst, das war offensichtlich.

In diesem Augenblick drehte sich Just um. »Kommt doch!«, rief er. »Worauf wartet ihr noch?«

Sie liefen hinterdrein und betraten den großen Museumssaal durch die offen stehende Glastür. Der Professor ging geradewegs auf den hölzernen Mumienschrein zu und hob den Deckel. »Da ist Ra-Orkon. Und ich hoffe – ich hoffe, ihr könnt mir helfen zu verstehen, was er mir begreiflich machen will.«

Die mahagonifarbene Mumie des Ra-Orkon schien friedlich in ihrem Schrein zu ruhen. Die Augen waren geschlossen wie immer, doch es schien, als könnten sie sich jederzeit öffnen.

Justus betrachtete die Mumie mit fachlichem Interesse. Bob und Peter fühlten sich allerdings etwas beklommen. Die Mumie selbst war gar kein schlimmer Anblick. Aber ihr Geheimnis ...

Bob und Peter wechselten einen Blick. Peter sah ganz elend aus.

»Au weh!«, sagte Peter leise. »Diesmal hat Just uns aber in etwas hineingeritten!«

Überall lauert Gefahr

Justus Jonas studierte eingehend den mumifizierten Ra-Orkon. Professor Yarborough tupfte sich die Stirn mit einem Tuch ab. »Wilkins«, wies er den Butler an, »öffnen Sie die Fenster. Sie wissen doch, dass ich den Aufenthalt in geschlossenen Räumen nicht ertragen kann.«
»Sehr wohl, Sir.« Der hochgewachsene Butler stieß die Türflügel zur Terrasse weit auf. Der Wind blies in den Raum, sodass die Masken an der Wand sich raschelnd und klimpernd bewegten. Das Geräusch ließ Justus aufblicken. »Sie haben nicht vielleicht so etwas gehört, Herr Professor?«, fragte er. »Ein Geräusch, wie es ein Luftzug verursacht?«
»Nein, nein, mein Junge«, widersprach Yarborough. »Ich höre doch den Unterschied zwischen irgendwelchen Geräuschen und menschlicher Sprache! Die Mumie hat zweifellos geflüstert.«
»Dann wollen wir die Möglichkeit, dass Sie sich irrten, ausklammern«, sagte Justus. »Wir wollen von der Annahme ausgehen, dass Sie tatsächlich gesprochene Worte hörten, möglicherweise Altarabisch, möglicherweise auch nicht.«
»Kann ich sonst noch etwas tun, Sir?«, fragte Wilkins. »Oder soll ich wieder an meine Arbeit gehen?«
Alle drehten sich nach ihm um. Sie sahen, wie sich seine Augen in plötzlichem Entsetzen weiteten. Dann warf er sich auf Professor Yarborough. »Vorsicht, Sir!«, schrie er. »Geben Sie acht!«
Die beiden Männer fielen zu Boden. Im nächsten Augenblick

stürzte die mächtige hölzerne Statue des Anubis auf die Stelle nieder, wo der Professor gestanden hatte. Sie rollte zur Seite und das Schakalgesicht schien ihn drohend anzugrinsen.
Mit zitternden Knien erhoben sich Professor Yarborough und Wilkins und betrachteten die umgestürzte Statue, die an der offenen Glastür gestanden hatte.
»Ich sah, wie er schwankte, Sir.« Wilkins' Stimme zitterte. »Ich wusste, dass er umfallen musste. Er hätte Sie treffen und gefährlich verletzen können.« Er schluckte hart. »Das ist der Fluch des Ra-Orkon, Sir.«
»Unsinn!«, sagte der Professor und klopfte sich den Staub ab. »Der Fluch ist nichts als eine Erfindung der Presse. Die Inschrift am Grab hatte keineswegs die Bedeutung, die ihr Lord Carter unterlegte. Es ist reiner Zufall, dass die Anubis-Statue hier und heute umgefallen ist.«
»Diese Statue hat dreitausend Jahre gestanden, ohne zu stürzen!«, flüsterte Wilkins mit heiserer Stimme. »Warum sollte sie jetzt umfallen? Sie hätten zu Schaden kommen können – Sie hätten tot sein können wie Lord Carter selbst, als –«
»Lord Carter kam bei einem Autounfall ums Leben!«, entgegnete der Professor brüsk. »Sie können jetzt gehen, Wilkins.«
»Sehr wohl, Sir.« Doch Justus hielt den Butler zurück. Er war mit der Statue am Boden beschäftigt gewesen und blickte jetzt auf. »Wilkins, Sie sagten, Sie hätten gesehen, wie die Figur zu schwanken begann«, stellte er fest. »Bitte sagen Sie uns ganz genau, wie sie sich bewegte.«
»Sie beugte sich langsam nach vorn, junger Herr«, sagte Wilkins. »Als ich es sah, war sie schon gefährlich vornübergeneigt. Als ob – als ob sie den Professor mit Absicht treffen wollte.«

»Wilkins!«, mahnte der Professor in scharfem Ton.
»Es war so, Sir. Anubis lehnte sich nach vorn und – und stürzte um. Ich musste ganz schnell handeln. Ich – ich bin froh, dass noch Zeit dazu war.«
»Ja, ich bin Ihnen auch sehr dankbar«, sagte der Professor kurz. »Aber reden wir nicht mehr von diesem Fluch.«
Als er das Wort »Fluch« aussprach, zuckten alle zusammen. Eine der goldenen Masken hatte sich von der Wand gelöst und war mit dumpfem Dröhnen zu Boden gefallen.
»Da – glauben Sie es nun, Sir?«, fragte Wilkins. Er war noch bleicher geworden.
»Der Wind«, erklärte der Professor, aber es klang nicht mehr so ganz überzeugt. »Er hat Anubis umgerissen und die Maske von der Wand geweht.«
Justus, noch immer über die Holzfigur gebeugt, ließ seine Hand an dem quadratischen Sockel entlanggleiten, auf dem sie gestanden hatte.
»Ganz schön schwer«, stellte er fest. »Und der Sockel war nicht beschädigt. Das müsste ein gewaltiger Windstoß sein, der eine solche Statue umwerfen könnte.«
»Junger Mann«, belehrte ihn Professor Yarborough, »ich bin Wissenschaftler. Ich glaube nicht an Flüche oder böse Geister. Wenn ihr mir helfen wollt, muss ich euch bitten, das zu bedenken.«
Justus richtete sich mit nachdenklichem Gesicht auf. »Ich glaube auch nicht an solche Dinge«, sagte er. »Aber es steht fest, dass wir innerhalb von fünf Minuten zwei seltsame Vorfälle ohne ersichtliche Ursache erlebt haben.«
»Reiner Zufall«, meinte der Professor. »Nun, junger Mann,

du sagtest, du glaubst mir, dass die Mumie in meiner Gegenwart geflüstert hat. Vielleicht hast du auch eine Theorie, wie eine Mumie flüstern kann?«

Justus Jonas knetete seine Unterlippe zwischen den Fingern. Bob und Peter kannten die Geste: Sie bedeutete, dass er seine Verstandeskräfte jetzt auf Hochtouren brachte.

»Ich habe eine Theorie.«

»Eine wissenschaftliche Theorie?«, forschte Professor Yarborough. Sein weißes Ziegenbärtchen hüpfte auf und nieder, als er die Worte mit ironischer Schärfe ausstieß. »Keinen Hokuspokus?«

»Gewiss. Eine rein wissenschaftliche Theorie.« Just wandte sich an Peter und Bob. »Peter, du gehst bitte mit Bob zu Morton und lässt dir den Lederkoffer aus dem Wagen geben. Es sind ein paar Sachen drin, mit denen ich etwas ausprobieren möchte.«

»Sofort, Just!« Peter war froh, auf diese Art wegzukommen.

»Ich zeige euch den Weg«, erbot sich Wilkins.

Sie ließen Justus und den Professor im Museumsraum allein und folgten Wilkins durch eine lange, geräumige Diele, die zur Eingangstür führte. Draußen wartete der Rolls-Royce. Morton tat das Gleiche wie immer, wenn er nicht anderweitig beschäftigt war: Er polierte das spiegelblanke Äußere des Wagens.

»Hört zu«, flüsterte der Butler, als er den Jungen die Tür öffnete. »Der Professor ist sehr eigensinnig. Er will nicht zugeben, dass hier ein Fluch im Spiel ist. Aber ihr habt selbst gesehen, was passierte. Beim nächsten Mal kommt er vielleicht ums Leben. Oder auch einer von uns. Bitte macht ihm klar, dass er Ra-Orkon nach Ägypten zurückschicken muss!«

Damit ging er und ließ die beiden recht nachdenklich zurück.
»Vielleicht glaubt Just nicht an Flüche«, sagte Peter. »Ich glaube auch nicht daran. Aber etwas sagt mir, dass wir besser von hier verschwinden, wenn wir nicht lebensmüde sind!«
Bob Andrews wusste darauf nichts zu erwidern. Auch er glaubte nicht an Verwünschungen aus vergangener Zeit. Aber wenn nun doch etwas daran sein sollte?
Morton blickte auf, als sie näher kamen. »Alles erledigt, Herrschaften?«, fragte er.
»Jetzt geht's erst richtig los«, erklärte Peter sorgenvoll. »Diesmal befassen wir uns mit einem uralten ägyptischen Fluch, und was daraus werden wird, kann noch niemand sagen. Vorerst brauchen wir den Koffer, den Just mitgebracht hat.«
»Für den jungen Herrn Jonas nehme ich es mit jedem ägyptischen Fluch auf«, versicherte Morton und ging zum Heck des Wagens. Er öffnete den Kofferraum und nahm den flachen ledernen Koffer heraus. »Den muss der junge Herr gemeint haben«, sagte er. »Er hat mich gebeten, ihn mitzunehmen, aber ich sollte keinem etwas davon sagen.«
Peter nahm den Koffer und sie gingen zum Haus zurück.
»Was wohl drin ist?« Neugierig hob er den Koffer ein paarmal an. »Er ist ziemlich schwer. Ich wette, Just hat wieder eine Überraschung für uns.«
Sie betraten das Museum. Just und Professor Yarborough hatten die Anubis-Statue mit dem Schakalkopf wieder aufgerichtet. Just stemmte sich mit einer Hand dagegen. Dann schüttelte er den Kopf. »Es müsste schon ein richtiger Sturm kommen, um diese Figur umzublasen«, sagte er, als Bob und Peter eintraten. »Ein Windstoß schafft das niemals.«

Der Professor zog die buschigen Brauen zusammen. »Willst du damit sagen, dass übernatürliche Kräfte am Werk waren?«
»Ich weiß nicht, aus welchem Grund die Statue umgefallen ist, Herr Professor«, antwortete Justus höflich. »Aber ich möchte Ihnen zeigen, wie man die Mumie flüstern lassen kann.«
Er nahm Peter den Koffer ab und schloss ihn auf. Dann klappte er den Deckel hoch und gab den Blick auf den Inhalt frei: Er sah aus wie drei etwas groß geratene Taschenradios.
Justus verzichtete gern auf lange Erklärungen, wenn er stattdessen eine praktische Vorführung liefern konnte. Er reichte Peter einen der kleinen Apparate. Aus dem Koffer nahm er einen Ledergürtel, der mit Kupferdraht besetzt war, und legte ihn Peter an. Er steckte einen Zuleitungsdraht vom Gürtel in das radioähnliche Kästchen und gab es an Peter zurück.
»Mach die Tür auf und geh auf die Terrasse, dann durch den Garten«, ordnete er an. »Halte dir das Ding ans Ohr und tu so, als ob du Radio hörst. Aber drück stattdessen auf den Knopf hier an der Seite und sag irgendwas. Wenn du auf Empfang schalten willst, musst du den Knopf loslassen.«
»Und was ist das nun?«, wollte Peter wissen.
»Ein Walkie-Talkie – ein Funksprechgerät«, sagte Justus. »Der Kupfergürtel ist deine Antenne. Der Sende- und Empfangsbereich beträgt nicht ganz einen Kilometer. Die Übertragung erfolgt auf Kurzwelle. Ich habe mir überlegt, dass wir eine Möglichkeit brauchen, miteinander in Verbindung zu bleiben, wenn wir bei unserer Arbeit einmal getrennt werden. Also habe ich vorige Woche die Dinger zusammengebaut.«
»Ich geh jetzt also in den Garten und sende«, wiederholte Peter. »Was soll ich denn reden?«

»Was du willst«, sagte Justus. »Mach die Tür auf und geh immer geradeaus.«

»Na schön.« Peter warf dem Ersten Detektiv einen misstrauischen Blick zu. »Also das war deine Methode, Gedanken zu lesen!«

»Davon reden wir später«, sagte Just grinsend. »Jetzt will ich dem Professor etwas demonstrieren. Fang mit dem Sprechen an, wenn du – warte mal ...« Er öffnete die Tür zur Terrasse und sah hinaus. »Ja, wenn du an der Mauer dort bist, beim Torpfeiler mit der Steinkugel.«

»Gut.« Peter ging über die fliesenbelegte Terrasse und hielt sich das Radio ans Ohr.

»Und nun, Herr Professor, wenn Sie nichts dagegen haben, dass ich die Mumie berühre –«, begann Justus.

»Nein, mein Junge«, sagte der Professor. »Sei vorsichtig!«

Justus beugte sich über den Sarg. Gleich darauf richtete er sich wieder auf. In der Hand hielt er eines der drei Walkie-Talkies. Das dritte war nirgends mehr zu sehen. »Es kann losgehen«, sprach er in das kleine Gerät. »Peter, bitte kommen. Herr Professor und Bob, bitte aufpassen.« Alle drei lauschten. Ein undeutliches Gemurmel unterbrach die Stille.

»Gehen Sie ganz dicht an die Mumie heran«, empfahl Justus. Er hielt noch immer das zweite Walkie-Talkie an sein Ohr. Stirnrunzelnd beugte sich der Professor über den Sarg. Bob tat es ihm nach. Und da hörten sie die Mumie flüstern!

Sehr bald wurde ihnen allerdings klar, dass die Mumie mit Peters Stimme flüsterte.

»Ich bin jetzt an der Mauer vorbei«, sagte Peter gerade. »Ich gehe den Hang hinunter auf ein dichtes Gebüsch zu.«

»Weitergehen, Peter«, sprach Justus in sein Gerät. Dann wandte er sich zu den anderen: »Hier, bitte. So einfach ist das, eine Mumie flüstern zu lassen.«
Er schob eine Falte der leinenen Hüllen zurück, die der Professor von Ra-Orkons Gesicht abgenommen hatte. Unter dem Tuch lag das dritte Sprechfunkgerät, und Peters Stimme drang daraus hervor. Die Wirkung war jedoch frappierend. Wenn sie den wahren Sachverhalt nicht gekannt hätten, würden sie ohne Weiteres geglaubt haben, dass die Mumie flüsterte.
»Eine wissenschaftliche Erklärung, Herr Professor«, erläuterte Justus. »Ein kleines Empfangsgerät wird versteckt an der Mumie angebracht, und irgendjemand, der von draußen sendet, lässt Sie natürlich glauben, dass –«
In diesem Augenblick hörte sich Peters Stimme aus dem Kästchen plötzlich beunruhigt an.
»Was ist – oh!«, machte er. »Da vorn im Gebüsch ist jemand versteckt. Ein Junge. Er weiß nicht, dass ich ihn entdeckt habe. Ich geh mal auf ihn los.«
»Halt, warte!«, sagte Justus. »Wir kommen dir zu Hilfe.«
»Nein, nicht – sonst läuft er weg.« Peters Stimme war wieder da. »Ich tu so, als ob ich hier herumspaziere, und dann stürze ich mich auf ihn. Sobald ihr mich rufen hört, kommt ihr her.«
»Also gut, Peter«, sagte Justus. »Du packst ihn und wir helfen dir dann.« Er wandte sich an den Professor. »Da draußen ist ein Eindringling«, erklärte er. »Der bringt uns vielleicht die Lösung des Rätsels – wenn wir ihn zu fassen bekommen.«
»Ich möchte nur wissen, was da jetzt vor sich geht.« Bob zappelte vor Ungeduld. »Peter meldet sich nicht mehr. Ich wollte, ich wäre dabei.«

Sie warteten. Es blieb still.
Peter wanderte durch den Garten am Steilhang unterhalb des Hauses. Mit dem Radio an seinem Ohr beschäftigt, schien er die fast unsichtbare Gestalt, die sich im Gebüsch versteckt hielt, nicht zu bemerken. Langsam näherte er sich den Sträuchern. Dann, als es für den anderen zu spät zur Flucht war, warf er sich auf das Versteck. Ein schlanker Junge, ungefähr so groß wie Bob, mit gelblicher Haut und tiefschwarzen Augen, sprang hervor. Beide prallten aufeinander und stürzten in einem Knäuel von Armen und Beinen zu Boden.
»Ich hab ihn!«, hatte Peter noch in sein Walkie-Talkie gerufen, ehe er lossprang. Als sie zusammenstießen, brüllte der Junge in einer fremden Sprache erregt los. Dann fiel das kleine Gerät zu Boden und wurde unter den beiden begraben, als sie miteinander den Abhang hinunterrollten. Der Fremde versuchte wütend, sich freizukämpfen.
Er war schlank, aber geschmeidig wie ein Aal, und er ließ sich nicht fassen. Kaum hatte Peter ihn fest im Griff, riss er sich los und wäre ums Haar freigekommen. Gerade noch rechtzeitig packte ihn Peter von Neuem, und wieder überkugelten sie sich – immer den abschüssigen Rasen hinunter, bis sie an der Steinmauer landeten.
Noch einmal ließ der Junge sein unverständliches Gezeter vom Stapel. Peter verschwendete seinen Atem nicht mit Reden. Er hoffte nur, Bob und Just würden schnell kommen!
Sie kamen, und mit ihnen Professor Yarborough. Auf Peters Ruf war Bob sofort losgerannt. Trotz seiner Behinderung war er als Erster an der Tür und Just und der Professor folgten ihm dicht auf den Fersen. Unten am Hang sahen sie den Kampf

toben. Aber ehe sie über die Terrasse laufen konnten, erschien noch jemand auf der Bildfläche: ein Mann im blauen Arbeitsanzug. Er rannte zu den beiden hinunter und ließ im Lauf seine Schaufel fallen.

»Das ist einer der Magasay-Brüder, die sich um meinen Garten kümmern«, erklärte der Professor rasch. »Es sind sieben Filipinos und ich konnte sie noch nie auseinanderhalten. Alle sind Judoexperten, klein, aber sehr drahtig. Er wird mehr ausrichten können als wir.«

Sie mäßigten ihr Tempo. Der Gärtner beugte sich gerade über die beiden Buben. Blitzschnell umklammerte er den Hals des fremden Jungen mit einem Arm und trennte so den wild um sich Schlagenden von Peter.

»Ich habe Einbrecher«, rief er mit starkem Akzent. »Ich halte fest!« Peter stand langsam auf. Der wütend strampelnde Junge hatte in seinem Bemühen, loszukommen, den Mann um seine eigene Achse geschwenkt.

»Vorsicht, er ist die reinste Wildkatze!«, sagte Peter.

Der andere Junge knurrte etwas in seiner fremden Sprache.

Mr Magasay brüllte ihn an: »Stillhalten! Sonst tut weh!« Dann verfiel er vor lauter Aufregung in seine Muttersprache und schimpfte unverständliches Zeug. Plötzlich schrie er auf – der Junge schoss davon, den Hang hinab und hinein ins dichte Unterholz, ehe Peter sich auch nur umdrehen konnte.

Gerade waren Justus und Professor Yarborough mit Bob im Gefolge dazugekommen. »Was ist denn los?«, rief der Professor. »Wie ist er freigekommen?«

Der Gärtner wandte sich um. »Ich dumm«, sagte er. »In Judo nicht beißen, so ich nicht gedacht daran.«

Er streckte die rechte Hand aus. Auf ihrem Rücken waren blutige Spuren von Zähnen zu sehen. Der fremde Junge hatte tief und verzweifelt zugebissen, um loszukommen.
»Sie haben getan, was Sie konnten«, meinte Professor Yarborough. »Gehen Sie sofort zum Arzt und lassen Sie sich die Hand verbinden, sonst riskieren Sie eine Infektion.«
»So dumm, entschuldigen«, sagte der Gärtner. Er drehte sich um und ging auf das Haus zu, hinter dem sein Transporter parkte. Wie viele Gärtner in Südkalifornien waren er und seine Brüder selbstständige Gewerbetreibende, die mehrere Anwesen betreuten und von einem zum anderen fuhren.
Peter war noch immer nicht wieder zu Atem gekommen. »Na, so was«, sagte er enttäuscht. »Ich dachte, den hätten wir.«
»Ich möchte wissen, wer er ist«, überlegte Bob. »Was tat er denn hier?«
»Er hat das Haus aus dem Gebüsch heraus beobachtet«, erwiderte Peter. »Ich sah, wie er sich bewegte, und da habe ich euch verständigt.«
»Er hätte uns zweifellos eine ganze Menge erzählen können«, meinte Justus und bearbeitete seine Unterlippe zwischen den Fingern.
»Also, ihr Jungen«, sagte Professor Yarborough, »ich weiß zwar nicht, was ich davon halten soll –«
Gespannt wandten sie sich ihm zu.
»– aber gleich nachdem Peter ihn gepackt hatte, hörten wir den Burschen etwas rufen, das klar verständlich über das Funkgerät kam.«
»Irgendeine fremde Sprache«, stimmte Peter zu.
»Es war Arabisch, wie es heute gesprochen wird«, erklärte

der Professor. »Und was der Junge da schrie, hieß: ›Ich rufe den Geist des edlen Ra-Orkon um Hilfe an!‹«
Justus wollte etwas sagen, aber ein Schrei von Peter schnitt ihm das Wort ab.
»Achtung!«, rief Peter und zeigte zum Hang.
Sie fuhren herum und starrten erschrocken hinauf. Eine der gewaltigen Granitkugeln, deren jede mindestens eine Tonne wog, hatte sich von ihrem Platz auf dem Torpfeiler gelöst. Mit wachsender Schnelligkeit rollte und holperte sie auf die Gruppe zu.

Eine gelungene Überraschung

Bob und Peter wollten vor der mächtigen Steinkugel davonlaufen. Ein energischer Befehl des Professors hielt sie zurück.
»Stehen bleiben!«, rief er. »Nicht bewegen!«
Justs Respekt vor Professor Yarborough wuchs. Der kluge Mann hatte noch vor ihm selbst bemerkt, dass eine Unebenheit im Gelände die riesige Kugel an ihnen vorbeischießen lassen würde.
So kam es auch. Die Kugel wurde aus ihrer Bahn gelenkt, polterte in drei Meter Entfernung an Bob und Peter vorbei und landete weiter unten krachend in einer Gruppe Eukalyptusbäume.
»Volltreffer!« Bob wischte sich die Stirn. »Gerade dorthin wollte ich mich verkriechen.«
»Ich nicht«, sagte Peter. »Mich zog's in die andere Richtung. Das Ding wiegt garantiert eine Tonne.«
»Dies dürfte nicht reichen«, meinte Professor Yarborough. »Eine Granitkugel dieser Größe hat einen Rauminhalt von – Augenblick mal …«
»Herr Professor!«
Sie sahen auf. Wilkins, der Butler, kam vom Haus her auf sie zugestürzt.
»Ich habe vom Küchenfenster aus gesehen, was passiert ist«, keuchte er. »Ist jemand verletzt?«
»Nein, nein«, erwiderte der weißhaarige Mann ungehalten. »Wie Sie sehen: nein. Und ich weiß, was Sie jetzt gleich sagen werden. Aber lassen Sie das. Ich verbiete es Ihnen.«

»Ich kann nicht anders, Sir«, gab Wilkins zurück, »es ist der Fluch des Ra-Orkon. Er hat auch das bewirkt. Ra-Orkon wird Sie töten, Sir. Er kann uns alle töten!«

»Der Fluch des Ra-Orkon?« Justs Augen leuchteten auf. »Gibt es denn einen solchen Fluch, Herr Professor?«

»Aber nein, das ist Unsinn«, wehrte der Professor ab. »Du bist zu jung, um es miterlebt zu haben, aber als ich damals das Grab im Tal der Könige entdeckte, brachten die Zeitschriften eine Menge lächerlicher Berichte über eine gewisse Inschrift …«

»Und die lautete: ›Wehe allen, die Ra-Orkon, den Gerechten, der hier ruht, in seinem Schlaf stören‹«, ergänzte Wilkins mit zitternder Stimme. »Und seither ist ein Teilnehmer dieser Expedition nach dem anderen ums Leben gekommen oder gefährlich verletzt worden, weil –«

»Wilkins!«, drohte der Professor mit Donnerstimme. »Sie vergessen sich!«

»Jawohl, Sir«, sagte der Butler, offensichtlich aufgebracht. »Es tut mir leid, Sir.«

Professor Yarborough wandte sich an Justus. »Die Inschrift lautete so: ›Hier ruht Ra-Orkon, der Gerechte. Wehe ihm, wenn sein Schlaf gestört wird.‹ Damit ist gemeint, dass Ra-Orkons Friede dann bedroht wäre. Es stimmt zwar, dass Lord Carter und ich verschiedener Ansicht über die genaue Auslegung der Inschrift waren, aber ich weiß, dass meine Meinung richtig ist.«

Er hielt inne und fuhr dann fort: »Es stimmt auch, dass sich mit Ra-Orkon rätselhafte Begleitumstände verbinden. Lord Carter und ich entdeckten ihn tatsächlich durch Zufall. Sein Grab war in einer zerklüfteten Felswand verborgen. Es enthielt keine der üblichen Beigaben, die sonst in Königsgräbern zu finden sind. Nichts war darin als der schlichte Sarkophag mit Ra-Orkons Mumie und der Leichnam seiner Lieblingskatze, den man ebenfalls einbalsamiert hatte. Nirgends war die sonst gebräuchliche Inschrift zu entdecken, die über seine Person und sein Lebenswerk Aufschluss gegeben hätte. Es schien fast, als sei er absichtlich so unauffällig bestattet worden. Möglicherweise wollten seine Angehörigen ihn später in eine prächtiger ausgestattete Grabstätte überführen. Wenn ihn einer der Grabschänder jener Epoche entdeckt hätte, so hätte er sich an diesem Grab kaum bereichern können! Die Sorgfalt jedoch, mit der Ra-Orkon einbalsamiert worden war, verweist darauf, dass er kein gewöhnlicher Mensch gewesen war. Aber nicht einmal den Zeitpunkt seines Todes konnten wir ermitteln. Auch sein Name ist verwirrend. Die Silbe ›Ra‹ tritt in den Namen von Königen früherer Dynastien auf. ›Orkon‹ deutet auf libyschen Einfluss hin – die Libyer fielen vor über dreitausend Jahren in Ägypten ein und gewannen schließlich die Oberherrschaft. Ich möchte den genauen Zeitpunkt von Ra-Orkons Begräbnis feststellen. Und dann werde ich den Fall eingehend untersuchen, um in Erfahrung zu bringen, warum er so im Stillen und ohne Aufwand beigesetzt wurde.«

Der Professor räusperte sich energisch. »Wilkins sagte, dass die Teilnehmer unserer Expedition zu Schaden gekommen seien. Das darf euch nicht zu falschen Schlüssen verleiten. Lord Carter wurde bei einem Verkehrsunfall getötet. Aleph Freeman, ein hervorragender Gelehrter – dabei Autodidakt –, wurde in einem Basar in Kairo ermordet. Er war der Vater meines Freundes Freeman, der dort drüben wohnt.« Er wies auf den Hang gegenüber. »Der Fotograf und Lord Carters Privatsekretär wurden bei dem Unfall verletzt, der Carter das Leben kostete, aber beide lebten noch viele Jahre. Der ägyptische Aufseher des einheimischen Arbeitstrupps starb an einem Schlangenbiss. Es ist nur natürlich, dass im Lauf eines Vierteljahrhunderts den Mitgliedern einer jeglichen Gruppe in gewissem Umfang Unfälle zustoßen können, und auch, dass einige von ihnen nach so langer Zeit nicht mehr am Leben sind. Glaubt mir – es gibt diesen Fluch nicht!«

Peter und Bob sahen einander an. Sie wollten ihm gern glauben, aber einfach war es nicht.

»Ach ja, da ist noch etwas«, sprach der Professor weiter. »Es kann nichts mit dem Flüstern zu tun haben, aber vorige Woche, am selben Tag, als Ra-Orkon zu mir gebracht wurde, kam ein libyscher Teppichhändler namens Achmed Soundso und wollte mich überreden, ihm Ra-Orkon zu überlassen. Er sagte, er reise hier für das Haus Hamid aus Libyen, und Ra-Orkon sei ein Vorfahr seines Dienstherrn. Dies habe ein Magier in einer Vision offenbart. Blanker Unsinn! Ich schickte den Kerl auf der Stelle weg. Als er ging, prophezeite er mir, dass Ra-Orkons Geist mir keine Ruhe lassen werde, bis ich ihm, Achmed, die Mumie anvertraue, damit sie von ihren Nachkommen gebührend beigesetzt werde.«

Peter und Bob wechselten noch einen Blick. Diese ganze Geschichte bekam ja mit jeder Minute eine unheimlichere Färbung – auch wenn Just sichtlich sein Vergnügen an dem düsteren Geheimnis hatte.

»Aber jetzt«, schloss der Professor, »wollen wir nachsehen, warum diese dekorative Kugel von ihrem Pfeiler rollte.«

Er ging voraus, den Abhang hinauf und zu dem Steinpfeiler, auf dem die Granitkugel gethront hatte. Sie sahen sofort, dass sie von einem ringförmigen Wulst aus Mörtel, ähnlich einem schmalen Stehkragen, an ihrem Platz gehalten worden war. Aber die Jahre und die Witterung schienen den Zementring beschädigt zu haben. An einer Stelle war er schon ganz abgebröckelt, und als Folge einer Bodenverschiebung hatte sich außerdem der steinerne Torpfeiler ein wenig hangabwärts geneigt.
»Dafür gibt es eine ganz natürliche Erklärung«, kommentierte Professor Yarborough. »Die Witterungseinflüsse haben den Mörtelring zersetzt. Die leichte Neigung des Pfeilers reichte gerade aus, um die Kugel herabrollen zu lassen. Möglicherweise wurde dies eben jetzt durch ein ganz schwaches Erdbeben ausgelöst. Hier in der Gegend haben wir ja alljährlich Dutzende solcher leichter Beben.«
Mit ungläubigem Kopfschütteln entfernte sich der Butler. Die anderen stiegen wieder zur Terrasse hinauf und gingen ins Museum, wo sie sich um Ra-Orkons Mumie versammelten.
»Du hast sehr scharfsinnig die Mumie zum Flüstern gebracht«, sagte der Professor zu Justus. »Dennoch kann deine Theorie nicht richtig sein, denn im Mumiensarg ist kein Sender versteckt.«
»Haben Sie auch nachgesehen, Sir?«, fragte Justus respektvoll. Der Professor blinzelte.
»Nachgesehen? Nein …«, gestand er. »Das will ich nachholen.«
Er entfernte das Walkie-Talkie, das Justus zwischen die leinenen Hüllen der Mumie gesteckt hatte, und tastete alles ab, um festzustellen, ob sich darin noch etwas anderes verbarg. Als er

nichts fand, hob er Ra-Orkon vorsichtig hoch. Alle konnten sehen, dass sich auch unter dem Körper der Mumie nichts befand. Nun war es an Justus, Verwirrung zu zeigen. Er begann den Sarg genau zu untersuchen – erst den Deckel, dann das Gehäuse. Er hob ihn sogar hoch, um an der Unterseite nachzuschauen.

»Kein Draht«, sagte er schließlich. »Kein Empfänger – nichts. Ich bedaure, Herr Professor, meine erste Theorie hat sich als falsch erwiesen.«

»Das pflegen erste Theorien so an sich zu haben«, meinte der Professor. »Aber ich hoffe, du hast eine zweite Theorie parat, die das Flüstern dieser Mumie erklärt.«

»Im Augenblick habe ich nicht einmal eine Idee, Sir«, entgegnete Justus. »Sie sagten, die Mumie flüstert nur dann, wenn Sie allein im Raum sind?«

»Ja.« Der Professor nickte. »Und bisher geschah es nur am Spätnachmittag.«

Justus knetete seine Lippe. »Wohnt hier im Haus noch jemand außer Ihnen?«

»Nur Wilkins. Er ist seit zehn Jahren bei mir. Früher war er Schauspieler. Ich glaube, beim Varieté. Die Putzfrau kommt dreimal in der Woche, aber sonst ist Wilkins außer Butler auch Küchenmeister und Chauffeur.«

»Und der Gärtner?«, fragte Justus weiter. »Ist er vielleicht noch nicht so lange hier?«

»Oh doch«, versicherte der Professor. »Die Magasay-Brüder – ich sagte ja schon, dass es sieben sind – arbeiten seit acht Jahren für mich. Einmal kommt dieser, dann ein anderer. Aber hier im Hause ist keiner von ihnen je gewesen.«

»Hm.« Justus dachte nach, das runde Gesicht in Falten gelegt. Dann nickte er. »Ja«, sagte er, »ich muss die Mumie einmal selbst flüstern hören.«

»Aber das Flüstern ist offenbar nur für mich allein bestimmt«, wandte der Professor ein. »In Gegenwart von Wilkins oder Professor Freeman wollte Ra-Orkon nicht flüstern.«

»Eben«, meldete sich Bob. »Warum sollte er für dich flüstern, Just? Er kennt dich doch überhaupt nicht.«

»Halt, halt – jetzt reicht's mir aber!«, protestierte Peter. »Ich finde dieses ganze Gerede grässlich. Als ob die Mumie – na ja, als ob sie wüsste, was um sie herum vorgeht!«

»Nun, das klingt zwar unwissenschaftlich«, gab Professor Yarborough zu, »aber es scheint, als wüsste sie es irgendwie doch.«

Just gab sich zuversichtlich. »Ich glaube, ich werde die Mumie flüstern hören. Das wird mir weitere Informationen für meine Ermittlungen verschaffen. Heute Abend werden wir noch einmal herkommen, Herr Professor, und einen Versuch machen.«

»Hör mal, wo bleibt eigentlich Just?«, fragte Peter mit einem Blick auf die elektrische Uhr an der Wand. Es war am Abend in der Zentrale. »Es ist Viertel nach sechs, und er wollte, dass wir uns hier Punkt sechs treffen.«

»Hat er seiner Tante nicht gesagt, wo er hinwollte?« Bob sah von dem Bericht auf, den er gerade über die Ereignisse des Vormittags schrieb. Den ganzen Nachmittag hatte er in der Bibliothek zu tun gehabt, wo er stundenweise arbeitete, deshalb war er erst jetzt an seinen Sonderauftrag gekommen.

»Nein, eben nicht«, sagte Peter. »Aber er ist mit Morton im Wagen weggefahren. Vielleicht sind sie schon in Sichtweite.« Er ging zum Spion und brachte ihn in die richtige Stellung.

»Da sind sie ja!«, rief er, das Auge am Sehrohr. »Sie kommen aus der Stadt zurück. Just beugt sich aus dem Fenster. Vielleicht will er uns über Sprechfunk erreichen.«

Sie liefen zum Schreibtisch. Dort stand der kleine Lautsprecher, den Justus so getrimmt hatte, dass bei Telefongesprächen alle drei die Stimme am anderen Ende der Leitung mithören konnten. Allerdings hatte er den Apparat während der letzten Woche umgebaut, ohne den beiden etwas davon zu sagen. Der Apparat diente jetzt gleichzeitig als Funksprechgerät und übertrug alles, was in der Zentrale gesprochen wurde, nach draußen.

»Just als Gedankenleser!«, brummte Peter, als sie sich an den Tisch setzten. »Heute früh, als er mit seinem Rad angeschoben kam, hat er natürlich alles mitgehört, was wir über die Briefe von Mr Hitfield und Mrs Selby redeten.« Er beugte sich zu dem Gerät und betätigte einen Schalter. »Hier Zentrale«, sagte er. »Zentrale ruft Ersten Detektiv. Bitte kommen!«

Er schaltete um, und im Apparat summte es jetzt. Dann kam Justs Stimme. »Hier Erster Detektiv. Ich komme zu euch, sobald ich kann. Ich stelle fest, dass ihr den Spion benutzt habt. Holt ihn ein, wenn ihr ihn nicht mehr braucht. Ende.«

»Verstanden. Ende.« Peter schaltete den Lautsprecher ab. Bob ging zum Periskop.

»Just entgeht aber auch gar nichts«, stellte er fest. »Jetzt fährt der Wagen in den Hof. Just steigt aus. Er trägt eine kleine Tasche. Gleich wird er da sein. Morton wartet im Wagen.« Er holte den Spion ein und setzte sich wieder. »Ich möchte wissen, wo er gewesen ist«, sagte er.

Nach ein paar Minuten, als sich ihr dritter Mann noch nicht

gemeldet hatte, meinte er: »Und jetzt interessiert's mich, was ihn aufhält. Meinst du, er ist im Tunnel stecken geblieben?«
Doch im selben Augenblick hörten sie das vereinbarte Klopfzeichen. Die Falltür hob sich, ein Kopf und ein Paar Schultern erschienen.
Peter und Bob starrten sprachlos. Halb aus der Versenkung aufgetaucht war ein älterer Herr mit buschigem weißem Haar, goldgefasster Brille und weißem Kinnbärtchen.
»Herr Professor!«, rief Peter erstaunt. »Wie kommen denn Sie hierher? Was ist mit Just?«
»Der Fluch des Ra-Orkon hat ihn getroffen.« Der alte Mann kletterte mit überraschender Behändigkeit herauf. »Ra-Orkon hat ihn in mich verwandelt.«
Damit riss er sich die weißhaarige Perücke und den Bart herunter, nahm die Brille ab und grinste. »Wenn ich euch hereingelegt habe, müsste ich auch eine Mumie überlisten können. Noch dazu eine mit geschlossenen Augen!«
»Just!«, rief Bob.
»Mensch, Just!«, sagte Peter verwirrt. »Du hast uns wirklich drangekriegt. Aber warum hast du dich denn als Professor Yarborough verkleidet?«
»Das war ein Test«, antwortete Justus, während er die letzten Stufen erklomm und Perücke, Brille und Bärtchen in seine Tasche packte. Im vollen Licht sahen sie jetzt, dass auf Justs Stirn und um die Augen mit einem Schminkstift Runzeln gemalt waren, die sein Jungengesicht wie das Antlitz eines alten Mannes erscheinen ließen. »Ich war bei Mr Grant«, berichtete er weiter. »Ich habe ihm den Professor genau beschrieben, und so hat er mich dann zurechtgemacht.«

Mr Grant war ein Maskenbildner, den sie bei einem früheren Auftrag kennengelernt hatten. Er war ein Zauberkünstler, wenn es darum ging, das Aussehen eines Menschen zu verändern.

»Aber wozu das alles?«, wollte Bob wissen.

»Um die Mumie zu täuschen«, sagte Justus.

»Die Mumie täuschen?«, rief Peter entsetzt. »Was meinst du damit?«

»Wenn die Mumie glaubt, ich sei Professor Yarborough, dann flüstert sie vielleicht doch«, erklärte Justus. »Denn offenbar ist sie bei anderen Menschen nicht dazu bereit.«

»Nun mach aber einen Punkt!«, rief Peter. »So wie du redest, sollte man meinen, diese Mumie könnte nicht nur sprechen, sondern auch hören und sehen. Mann, es ist doch bloß eine Mumie! Sie ist seit dreitausend Jahren tot. Wenn ich an einem Fall mitwirken soll, wo sich jemand extra maskieren muss, um damit eine mausetote Mumie zu täuschen, dann steige ich aus. Ich stimme dafür, dass wir die Mumie Mumie sein lassen und die verschwundene Katze suchen.«

Bob wollte etwas sagen, schluckte dann aber und schwieg. Just knetete seine Lippe und sah sehr nachdenklich aus.

»Dann willst du also nicht mit uns kommen und sehen, ob ich die Mumie zum Flüstern bringen kann?«, fragte er.

Jetzt war es an Peter zu zaudern. Schon bedauerte er seinen Ausbruch. Aber nun war es heraus, und da er von Natur aus stur war, blieb er wohl oder übel dabei. Er nickte. »Genau das meine ich«, knurrte er. »Das nächste Mal stürzt vielleicht das Dach ein. Dieser Fluch war uns heute Morgen dicht auf den Fersen.«

»Na gut.« Justus gab nach. »Da wir zu dritt sind, sehe ich nicht ein, weshalb wir nicht mehr als einen Fall zur gleichen Zeit aufgreifen sollten. Du gehst zu Mrs Selby, der die Katze gehört, und hörst dir an, was sie zu sagen hat. Und Bob und ich gehen zur Mumie und tun das Gleiche. Recht so, Bob?«

Bob wusste, dass Peter nicht ernstlich geglaubt hatte, Just würde ihn beim Wort nehmen. Aber Justus war der Chef. Er hatte recht: Es war nicht einzusehen, warum sie sich nicht mit mehreren Fällen gleichzeitig befassen sollten. Also nickte er.

»Sehr schön«, sagte Justus. »Du wirst vorm Dunkelwerden gerade noch Zeit für einen ersten Besuch haben, Peter. Den Rolls-Royce brauchen wir. Du kannst Patrick fragen, ob er dich im Lieferwagen nach Santa Monica fährt.«

Peter zögerte. Dann sagte er mürrisch: »In Ordnung, Just. Wird gemacht.«

Er hob die Falltür, ließ sich hinab und kroch durch Tunnel II bis zum Werkstatteingang hinter der Druckerpresse. An Stapeln von Altmaterial vorbei ging er zum Büro vor. Patrick war schon beim Abschließen, aber er fand sich bereit, Peter nach Santa Monica zu fahren.

Warte nur, dachte Peter, dir werd' ich's zeigen, Just. – Er würde diese verloren gegangene Katze schon finden – mochten seine beiden Kompagnons dem Fluch des Ra-Orkon zum Opfer fallen! Wenn sie es unbedingt so haben wollten – bitte sehr!

Der Schakalgott erscheint

Kaum eine Stunde später war Peter in Santa Monica und unterhielt sich mit der nervösen kleinen Mrs Selby über ihre entlaufene Katze.

Fast zur selben Zeit betrat Justus Jonas ohne Begleitung den Museumssaal von Professor Yarborough und knipste die Deckenbeleuchtung an. Draußen war es noch Tag, aber da die Sonne schon hinter dem Bergrücken jenseits der Schlucht verschwunden war, umgab dämmriges Zwielicht das große Haus. Justus bewegte sich mit den bedächtigen Schritten eines alten Mannes. Er ging zunächst zur Glasfront und öffnete ein paar Flügel. Dann trat er an den hölzernen Schrein, in dem die Mumie des Ra-Orkon ruhte. Er hob den Deckel ab, beugte sich über die Mumie und blickte lange in ihr regungsloses Antlitz.

»Ra-Orkon«, sprach Justus laut. »Sprich, und ich will dich anhören. Ich will versuchen, dich zu verstehen.«

Justus redete nicht mit seiner normalen Stimme, sondern imitierte recht gut die Sprechweise von Professor Yarborough. Er trug auch wieder die Perücke, die Brille und den Bart, die ihm der Maskenbildner verschafft hatte. Dazu hatte er einen der leinenen Arbeitskittel und eine Krawatte des Professors angelegt. Der Professor war klein und rundlich, Justus gedrungen und muskulös – es war für den Jungen nicht allzu schwierig, den berühmten Ägyptologen zu kopieren.

In einem Nebenzimmer warteten Bob und der Professor gespannt auf das Ergebnis. Wilkins hatte in der Küche zu tun und war über die Maskerade nicht informiert.

Justus blickte noch einmal in den Sarg und wiederholte: »Großer Ra-Orkon, sprich zu mir. Mach dich verständlich.«
War da nicht ein Murmeln? Er drehte den Kopf, um besser horchen zu können. Jetzt hörte er Worte – seltsame, kehlige Worte, die keiner ihm bekannten Sprache angehörten, in zischendem Flüsterton gesprochen. Erschrocken hob Justus den Kopf und sah sich im Raum um. Er war allein. Die Tür zu dem Zimmer, wo Professor Yarborough und Bob warteten, war geschlossen. Er näherte sein Ohr von Neuem den unbeweglichen Lippen der Mumie, und das Flüstern hielt an, eindringlich, befehlend. Nur – was verlangte dieser Befehl?
Justus wusste nun immerhin, dass der Professor nicht das Opfer seiner Einbildungskraft geworden war. Die Mumie flüsterte wirklich!
Unter dem Kittel hatte Just ein tragbares Tonbandgerät an seinen Gürtel geschnallt. Moderne Ermittlungsverfahren erfordern gutes technisches Rüstzeug, hatte er damals gesagt, als die Jungen ihr Detektivbüro »Die drei ???« gründeten. So hatten sie sich allmählich eine ganz beachtliche Ausstattung zugelegt, wovon das meiste selbst gebastelt oder umgebaut worden war. Das Ausgangsmaterial lieferten ausgediente Geräte, die Justs Onkel als Schrott aufgekauft hatte.
In dem kleinen Labor in der Zentrale besaßen sie ein Mikroskop, einen Vergrößerungsapparat für Fingerabdrücke, weiteres Experimentiergerät und eine Dunkelkammer fürs Entwickeln der Fotos, die sie mit der Blitzlichtkamera, Bobs Beitrag, aufnahmen. Der Spion und die Walkie-Talkies waren Neuerwerbungen, die Justus in dieser Woche erst beigesteuert hatte. Das Tonbandgerät stammte von Peter – er hatte es bei einem

Schulkameraden gegen seine Briefmarkensammlung eingetauscht.
Jetzt klemmte Justus das kleine, aber hochempfindliche Mikrofon an das Leinen der Umhüllung, nur wenige Zentimeter von den Lippen der Mumie entfernt.
»Ich kann dich nicht verstehen, Ra-Orkon«, sagte er laut. »Sprich noch einmal zu mir.«
Da begann das Flüstern wieder, das für kurze Zeit verstummt war. Eine lange, jedoch nur leise geflüsterte Wortfolge war zu vernehmen. Justus hoffte, das leistungsstarke Mikrofon werde die schwachen Laute auffangen können.
Das Flüstern dauerte diesmal über eine Minute. Da verfing sich Justus mit seinem falschen Bart an einem Splitter, der vom Rand des alten Sargs abstand. Der Bart blieb hängen und wurde ihm vom Kinn gerissen. Dabei zupfte der zäh haftende Klebstoff schmerzhaft an der Haut.
»Autsch!«, sagte Justus laut mit unverstellter Stimme. Er griff hastig nach dem Bart, verlor dabei das Gleichgewicht und stürzte zu Boden. Im Fallen verlor er die Brille, und die Perücke rutschte ihm über die Augen.
Blinzelnd stand er auf und fummelte an seiner durcheinandergeratenen Verkleidung herum. Die Tür flog auf, und der Professor und Bob stürzten herein.
»Was ist los, Just?«, fragte Bob.
»Wir hörten dich schreien«, sagte der Professor. »Ist etwas passiert?«
»Ich bin ein Tollpatsch«, gestand Justus zerknirscht. »Jetzt habe ich wahrscheinlich alles verdorben. Die Mumie hat geflüstert –«

»Also hast du sie überlistet!«, rief Bob.
»Das kann ich noch nicht sagen.« Just ärgerte sich gehörig ... »Vielleicht flüstert sie noch mal.«
Er hob das Mikrofon auf, das sich bei seinem Sturz losgerissen hatte, und beugte sich damit noch einmal über den Sarg. »Sprich, Ra-Orkon«, drängte er. »Sprich noch einmal.«
Alle warteten, aber es herrschte völlige Stille, nur von ihrem Atem unterbrochen.
»Es hat keinen Zweck«, meinte Justus schließlich. »Er wird jetzt nicht mehr flüstern. Ob wohl etwas aufs Band gekommen ist?«
Er ging voran in das angrenzende Zimmer. Dort legte er seine Kostümierung ab und zog den Kittel des Professors aus. Das Bandgerät stellte er auf einen Tisch, dann spulte er das Band zurück, schaltete auf »Wiedergabe« und ließ es ablaufen.
Erst kam nur das leise Eigengeräusch des Bandes. Dann waren bei angestrengtem Hinhören Laute zu vernehmen – offenbar Worte. Doch was die flüsternde Mumie gesprochen hatte, wurde bei voller Lautstärke vom Rauschen überdeckt.
»Konnten Sie es verstehen, Herr Professor?«, fragte Justus hoffnungsvoll, als das kurze bespielte Stück mit seinem eigenen lauten »Autsch!« zu Ende war.
Professor Yarborough, der höchst verwirrt schien, schüttelte den Kopf. »Manchmal glaubte ich ein Wort zu verstehen, aber nicht eindeutig«, sagte er. »Wenn das hier aus dem Sprachraum des Mittleren Ostens ist, sei es nun eine tote oder lebendige Sprache, dann könnte es nur ein einziger Mann in Kalifornien verstehen: mein alter Freund Professor Freeman, von dem ich euch schon erzählt habe.« Er wies auf die Glas-

wand, hinter der das Haus von Professor Freeman gerade noch zu sehen war. »Er wohnt eigentlich nicht weit von hier«, fuhr Professor Yarborough fort, »aber wir müssen die ganze Schlucht auf der Höhenstraße umfahren, um dorthin zu gelangen. Wenn euer Fahrer uns mit dem Wagen hinbringt, sind wir allerdings in fünf oder zehn Minuten dort. Ich schlage vor, dass wir ihm jetzt gleich das Band vorspielen. Ich habe ihm schon davon erzählt, dass die Mumie flüstert, und er hat mir seine Hilfe angeboten. Aber ich hatte den Eindruck, dass er mir im Grunde nicht glaubte.«

Justus stimmte zu und der Professor rief Wilkins herein.

»Wilkins«, sagte er, »die Jungen und ich gehen jetzt zu Professor Freeman. Sie bleiben hier und bewachen das Haus. Wenn irgendetwas Außergewöhnliches geschieht, so rufen Sie mich sofort an.«

»Jawohl, Sir«, versicherte Wilkins.

In weniger als fünf Minuten waren Bob, Justus und der Professor im Rolls-Royce unterwegs. Inzwischen war es beinahe Nacht geworden.

Nachdem sie abgefahren waren, ging Wilkins in die Küche, wo er orientalische Museumsstücke aus Messing poliert hatte, und nahm seine Beschäftigung wieder auf. Wenig später wurde er auf ein leises Geräusch von draußen aufmerksam.

Das Geräusch wiederholte sich nicht, aber er stand auf, ergriff ein antikes Schwert aus der Sammlung des Professors und ging in den Museumsraum hinüber. Dort schien alles in Ordnung zu sein. Auf dem Sarg der Mumie lag wieder der Deckel, die Glastüren waren alle geschlossen, wie er sie vorhin verlassen hatte.

Er öffnete einen Türflügel und trat auf die Terrasse hinaus. Im selben Augenblick drang eine Stimme an sein Ohr – eine seltsam raue Stimme mit befehlendem Klang. Wilkins, dessen Nerven zum Zerreißen gespannt waren, blickte verstört um sich.

Er nahm eine Bewegung im Gebüsch wahr und hob das Schwert, wie um sich zu verteidigen. Im Zwielicht kam eine Gestalt auf ihn zu. Sie hatte den Körper eines Mannes, aber den Kopf eines Schakals, der Wilkins mit glühenden Augen anstarrte.

Wilkins wurde leichenblass. »Anubis!«, rief er mit erstickter Stimme. »Der Schakalgott!«

Anubis, der Totengott der alten Ägypter, kam noch einen Schritt näher. Er hob eine Hand und streckte sie drohend nach dem Mann aus.

Wilkins ließ das Schwert fallen. Von Entsetzen überwältigt, sank er ohnmächtig zu Boden.

Ein Versteck wird zur Falle

Morton hatte den Professor und die beiden Jungen zur gegenüberliegenden Seite des Canyons gefahren. Vor der Einfahrt zu Professor Freemans Garage hielt er den Rolls-Royce an. Eine kurze Brücke verband die Garage mit der Straße. Das Wohnhaus lag tiefer am Hang. »Herrschaften, hier ist es mir zum Parken zu eng«, meinte Morton. »Da könnte einer mit Vollgas aus der Kurve kommen und mir den Lack zerkratzen.«

Morton war auf den alten Wagen so stolz, als sei es sein eigener, und er hegte und pflegte ihn wie ein Kind.

»Weiter unten an der Straße ist ein Parkplatz«, sagte er. »Die Straße verbreitert sich dort zu einer Aussichtsstelle. Da werde ich warten.«

Yarborough und die Jungen stiegen aus und gingen die Betontreppe hinunter, die hinter der Garage zu Professor Freemans Haus führte. Auf ihr Läuten kam Freeman sogleich zur Tür. »Was für eine Überraschung, Yarborough«, sagte er. »Kommen Sie alle herein. Ich war bei der Arbeit an meinem Wörterbuch – Wortstämme des Mittleren Ostens. Was führt Sie zu mir?«

Als Professor Yarborough erklärte, er habe ein Tonband bei sich, auf dem tatsächlich Ra-Orkons Flüstern zu hören sei, zeigte sich Freeman äußerst interessiert.

»Unglaublich!«, rief er. »Das müssen wir sofort abspielen. Wir wollen sehen, ob wir verstehen können, was uns der gute Alte zu sagen hat.« Er ging voran ins Arbeitszimmer, das mit

Büchern, Plattenspielern und mehreren Tonbandgeräten vollgestopft war. Mit geübter Hand legte er das Band ein.
Alle lauschten aufmerksam, als Ra-Orkons raue Flüsterstimme in vielfacher Verstärkung den Raum füllte. Doch bald wich Professor Freemans Spannung der Verwirrung.
»Es tut mir leid, Yarborough«, sagte er. »Ich konnte kein Wort verstehen. Allerdings rauscht die Aufnahme sehr stark. Ich hole rasch meinen Apparat zum Ausfiltern von Nebengeräuschen, den ich kürzlich bekommen habe, und dann probiere ich es noch auf einem anderen Wiedergabegerät. Vielleicht haben wir dann mehr Glück.«
Er ging hinaus und kam gleich darauf mit einem kleinen Zusatzgerät zurück, das er an einen anderen Apparat anschloss. Dann legte er das Band ein und sie lauschten von Neuem.

Ungefähr zur gleichen Zeit stoppte der kleine Lastwagen der Firma Jonas auf der anderen Seite der Schlucht vor Professor Yarboroughs Haus. Es war jetzt ganz dunkel, nur in einem Raum sah man Licht. »Sieht so aus, als sei keiner zu Hause, Peter«, sagte Patrick, der kräftige Ire hinter dem Lenkrad, als Peter vom Trittbrett sprang.
»Wilkins müsste aber da sein«, meinte Peter. »Als ich vorhin übers Autotelefon Verbindung mit dem Rolls-Royce bekam, sagte Morton, er habe den Professor mit Bob und Just zu einem Haus auf der anderen Seite der Schlucht gefahren. Sie wollten dort jemanden besuchen, aber bald zurück sein. Also sagte ich, ich würde mich von dir hierherfahren lassen und sie dann treffen. Ich werde hier warten und Wilkins Gesellschaft leisten, bis sie wieder da sind.«

»Ist gut«, sagte Patrick. »Dann geh ich jetzt. Kenneth und ich wollen ins Autokino.«
Er fuhr los. Peter ging zur Haustür und klingelte. Während er wartete, dachte er nach – über seinen derzeitigen Fall und über das, was er bei Mrs Selby erfahren hatte.
Mrs Selby hatte sehr viel und sehr schnell geredet, aber genau betrachtet, hatte er nicht allzu viel erfahren. Es lief darauf hinaus, dass ihre herrliche Abessinierkatze, eine hierzulande sehr seltene Rasse, seit einer Woche verschwunden war. Die meisten dieser Katzen – so sagte Mrs Selby – seien wild und feindselig, aber ihr bildschöner Kater Sphinx war ganz anders – sanft und gut Freund mit jedermann. Sie befürchtete, jemand könne ihn entführt haben. Oder hatte er sich bei einem Streifzug verirrt und fand nicht mehr heim? Sie war davon überzeugt, dass die drei Detektive ihren Kater finden würden.
Peter hatte sich ziemlich anstrengen müssen, das Gespräch in vernünftige Bahnen zu lenken. Doch schließlich war es ihm gelungen, eine Beschreibung des Katers zu bekommen. Er war rotbraun mit weißen Pfoten und hatte als besonderes Kennzeichen verschiedenfarbige Augen. Die meisten Abessinierkatzen hatten gelbe oder orangefarbene Augen, aber Sphinx hatte ein orangefarbenes und ein blaues Auge.
Verschiedenfarbige Augen seien bei Katzen zwar nichts Alltägliches, aber auch wieder nicht so ungewöhnlich, hatte Mrs Selby erklärt. Natürlich konnte Sphinx bei Schönheitskonkurrenzen niemals einen Preis gewinnen. Doch andererseits verliehen ihm diese Augen einen äußerst reizvollen, klugen und wissenden Ausdruck – als verstehe er alles, was gesprochen werde, und als könne er antworten, wenn er nur wollte.

Fotos von Sphinx waren wegen seiner Augen oft in Zeitungen und Zeitschriften veröffentlicht worden, und Mrs Selby legte Peter ein Farbbild vor, das erst vor einem halben Jahr in einer Illustrierten erschienen war. Es zeigte eine sehr hübsche Katze mit rötlichem Fell, zwei weißen Vorderpfoten und verschiedenfarbigen Augen, die dem Tier ein etwas unheimliches Aussehen verliehen.

Damit hatte Peter alles ermittelt, was nur möglich war, und er verabschiedete sich rasch. Jetzt konnte er zu den anderen zurückgehen. Er hatte es sich nochmals überlegt – es war seine Pflicht, bei ihnen zu sein, wenn sie sich dem Fluch der flüsternden Mumie aussetzten.

Er mochte nicht länger warten und öffnete die Haustür. Laut rief er: »Hallo, Wilkins! Wo sind Sie? Ist niemand da?«

Es kam keine Antwort. Peter sah sich um. Alles schien in Ordnung zu sein. Er rief noch einmal, dann ging er den Flur entlang zum Museum. Die Tür stand offen, die Deckenlampe brannte. Alles wirkte ganz normal. Der Mumienschrein war geschlossen, an der Glasfront stand die Anubis-Statue still an ihrem Platz.

Dennoch hatte Peter das unbehagliche Gefühl, dass irgendetwas nicht stimme. Was das war, hätte er nicht sagen können, aber ein Prickeln in der Kreuzgegend machte ihn ganz nervös. Er schlich sich vorsichtig in den gespenstisch wirkenden Museumssaal. Gern hätte er den Sarg geöffnet und Ra-Orkon angeschaut. Aber das verwarf er wieder. Angenommen, die Mumie begänne plötzlich zu flüstern? Da ging er lieber zu einer der geöffneten Glastüren und sah ins Freie hinaus. Über dem dunklen Garten stand noch ein schwacher Schein am Himmel. Kein

Lüftchen rührte sich. Peter spürte das Prickeln im Kreuz stärker. Zum Kuckuck, warum kamen Just und die anderen nicht zurück?
Gerade wollte er in die Wohnung gehen, das Telefon suchen und Morton noch einmal im Wagen anrufen, da bemerkte er etwas Glänzendes auf der Terrasse. Er ging hinaus, um es deutlich zu sehen. Der Gegenstand auf den Fliesen war ein Schwert. Verwirrt hob er es auf. Es war ein sehr altes Schwert aus Bronze. Vermutlich stammte es aus der Sammlung des Professors. Während er es noch betrachtete, schreckte ihn ein Geräusch auf. Sein Herz klopfte wild. Im Gebüsch regte sich etwas.
Dann sprang ein kleines Tier mit einem Satz heraus und lief auf ihn zu. Es blieb stehen, schmiegte sich an ihn und rieb sich an seinem Bein, wobei es ein lautes, zufriedenes Schnurren hören ließ.
»Eine Katze!« Peter musste über sich selbst lachen. »Nichts als eine Katze!«
Er legte das Schwert hin und hob das Tier auf. Es war ein zutraulicher großer Kater mit rötlichem Fell. Auf Peters Arm schnurrte er weiter. Peter sah noch einmal genau hin – und hätte beinahe das Tier fallen lassen.
Es hatte ein orangefarbenes und ein blaues Auge!
»Mensch!«, rief er. »Das ist ja Sphinx! Der Kater von Mrs Selby! Just wird staunen, wenn er kommt und sieht, dass ich den Fall der entlaufenen Katze ganz allein aufgeklärt habe!«
Der Gedanke begeisterte ihn so, dass er sich überhaupt nicht fragte, wieso der verloren gegangene Sphinx ausgerechnet hier und jetzt aufgetaucht war.
Er wandte sich um und wollte mit der Katze ins Haus gehen.

Da sprang ihm von hinten etwas gegen die Beine – ihm kam es vor wie ein kleiner Tiger. Er stürzte und streckte alle viere von sich. Der Kater entschlüpfte und floh blitzartig in die Büsche. Im nächsten Augenblick kämpfte Peter, als gelte es das Leben. Er versuchte einer kleinen, aber fuchsteufelswilden Bestie zu entkommen, die ihn von allen Seiten angriff.

Erst nach ein paar Sekunden erkannte Peter, dass dieses Geschöpf, das ihn da von hinten überfallen hatte, ein Junge war. Er entwand sich dem Gegner, packte ihn um die Mitte und konnte ihm kurz ins Gesicht sehen. Es war derselbe Junge, mit dem er schon heute Morgen im Garten gekämpft hatte.

Peter war so überrascht, dass er fast losgelassen hätte. Der Junge zappelte, um freizukommen. Aber mit einem Polizeigriff drehte Peter ihn flach auf den Rücken. Dann kniete er über dem fremden Jungen und hielt ihn eisern fest.

»Wer bist du?«, fragte er streng. »Wozu treibst du dich hier herum? Warum bist du auf mich losgegangen?«

Der Junge mit der olivfarbenen Haut und den schwarzen Augen schien mit Zornestränen zu kämpfen.

»Du hast Großvater Ra-Orkon gestohlen!«, schrie er. »Dann du willst stehlen meine Katze. Aber ich, Hamid vom Hause Hamid, ich fange dich!«

Peter blinzelte verwirrt. »Was soll das heißen – ich und deinen Großvater Ra-Orkon stehlen?«, fragte er. »Und deine Katze? Erstens ist es gar nicht deine Katze. Sie gehört Mrs Selby. Und zweitens habe ich sie nicht gestohlen. Sie kam angelaufen und wollte mit mir Freundschaft schließen.«

»Du weißt nicht von Großvater Ra-Orkon?«, fragte er. »Du hast ihn nicht fortgetragen?«

»Ich weiß nicht, wovon du redest«, erwiderte Peter. »Wenn du die Mumie meinst: Warum nennst du sie Großvater? Sie ist dreitausend Jahre alt. Und außerdem ist sie da drinnen in ihrem Sarg.«
Der andere Junge schüttelte den Kopf. »Er ist fort. Zwei Männer ihn haben gestohlen heute Abend, vor wenig Zeit, als niemand war hier.«
»Ra-Orkon gestohlen!«, rief Peter. »Das glaube ich nicht.«
»Es ist wahr«, behauptete der Junge. »Hamid vom Hause Hamid aus Libyen lügt nicht.«
Peter schaute in den Museumssaal. Der Sarg schien unberührt. Aber wenn dieser Junge, der sich Hamid nannte, die Wahrheit sprach, wenn die Mumie verschwunden war, dann hatte der ganze Fall allerdings eine überraschende Wendung genommen …
»Pass auf«, sagte er. »Ich weiß nur, dass die Mumie flüsterte, wenn Professor Yarborough bei ihr war. Und wir wollten ihm helfen, dieses Rätsel zu lösen. Vielleicht kannst du mir erklären, wieso Ra-Orkon flüsterte?«
Der Junge schien verwirrt. »Großvater Ra-Orkon flüsterte?«, fragte er. »Ich verstehe nicht. Was ist das für ein Rätsel?«
»Das wollen wir ja herausfinden«, sagte Peter eindringlich. »Du weißt anscheinend eine ganze Menge über die Mumie. Aber vielleicht weiß ich manches, was du nicht weißt. Wenn du mir sagst, warum du dich heute früh hier herumgedrückt hast und was du überhaupt willst, dann können wir das Rätsel vielleicht mit vereinten Kräften lösen.«
Während er redete, überlegte sich Peter: Falls ihm Hamid weitere Tipps über das Geheimnis der flüsternden Mumie gäbe,

könnte es ihm vielleicht gelingen, beide Fälle – den der Mumie und den der verschwundenen Katze – aufzuklären, ehe Just und Bob zurückkamen. Er war schließlich auch nur ein Mensch – ein einziges Mal hätte er Justus zu gern den Rang abgelaufen. Der dunkelhäutige Junge zögerte. Dann nickte er. »Sehr gut«, sagte er. »Hamid vom Hause Hamid bietet dir sein Vertrauen. Lass mich frei, dann wollen wir reden.«
Peter stand auf und wischte sich den Staub und Schmutz ab. Hamid tat das Gleiche. Dann drehte er sich um und rief etwas Unverständliches in die Dunkelheit. »Ich rufe meine Katze«, erklärte er. »In ihm ist lebendig Geist von Ra-Orkon, und er wird uns helfen, die Mumie zu finden.«
Sie warteten, aber der Kater kam nicht wieder zum Vorschein. »Ich sag's dir ja«, meinte Peter, »dieser Kater gehört Mrs Selby und heißt Sphinx. Verschiedenfarbene Augen, rotbraunes Fell, zwei weiße Vorderpfoten. Die Beschreibung stimmt haarscharf.«
»Nein«, widersprach Hamid sehr bestimmt, »Vorderpfoten schwarz, nicht weiß. Schwarz wie bei Ra-Orkons Lieblingskater. Seine Mumie wurde mit Ra-Orkon gelegt in verborgene Grabkammer vor viele Jahrhunderte.«
Peter kratzte sich am Kopf. Er hatte sich wirklich nicht damit aufgehalten, die Vorderpfoten zu untersuchen. Vielleicht hatte er sich in der Katze geirrt? Trotzdem war es merkwürdig, dass ihm am selben Abend, an dem er auf der Suche nach einer Katze mit verschiedenfarbenen Augen war, eine zweite Katze mit ebendiesem Merkmal über den Weg laufen sollte.
»Das können wir immer noch feststellen«, meinte er. »Jetzt will ich wissen, ob die Mumie wirklich fort ist.«

Er ging voraus zum Museum. Gemeinsam hoben die beiden Jungen den Deckel des Mumienschreins. Hamid hatte die Wahrheit gesagt: Der Sarg war leer.
»Er ist weg!«, rief Peter. »Was ist da passiert?«
»Ihr amerikanischen Jungen, ihr habt ihn weggeholt!«, ereiferte sich Hamid. »Ihr habt meinen Großvater gestohlen!«
»Nun reg dich mal wieder ab, Hamid.« Peter dachte scharf nach. »Davon weiß ich gar nichts. Und meine Freunde auch nicht. Wir wollten nur herausbekommen, warum die Mumie flüstert. Du behauptest nun, davon wüsstest du nichts. Ich sage es noch mal: Wenn du mir erzählst, was du weißt, und ich dir erzähle, was ich weiß, dann kommen wir vielleicht weiter.«
Hamid runzelte die Stirn, dann nickte er. »Sehr gut. Was willst du wissen?«
»Erstens: Warum nennst du Ra-Orkon deinen Großvater? Er ist dreitausend Jahre alt.«
»Ra-Orkon ist Ahnherr vom Hause Hamid«, erklärte der Junge voll Stolz. »Vor dreitausend Jahren kamen Könige aus Libyen nach Ägypten, um das Land zu regieren. Ra-Orkon war großer Fürst. Er wurde getötet, weil er versuchte, zu sein gerecht und gut, und er wurde begraben heimlich, um zu verstecken ihn vor Feinden. Seine Familie dann ging zurück nach Libyen, und heute sie heißen Hamid – Haus Hamid. Mein Vater hat erfahren das alles von Zauber-Bettler Sardon, der Geister beschwören kann und weissagen. Er kennt das Vergangene, das Heutige und die Zukunft. Er sagt meinem Vater, dass Ra-Orkon auf weite Reise geht zu Land der Barbaren, und wird niemals wieder schlafen in Frieden, bis er zurückgebracht ist und zur Ruhe gebettet, wie es ihm zukommt. Mein

Vater ist krank, so schickt er Achmed Bey, seinen Geschäftsführer, als meinen Vormund, und mich, Hamid, seinen ältesten Sohn, damit wir Ra-Orkon zurückbringen in Heimat.«
Hamid, der Libyer, hielt inne, um Luft zu holen. Normalerweise würde Peter es sich verbeten haben, zum Volk der Barbaren gezählt zu werden, aber jetzt glaubte er plötzlich die Zusammenhänge zu begreifen. Hatte nicht Professor Yarborough erzählt, ein libyscher Teppichhändler namens Achmed habe ihn überreden wollen, ihm Ra-Orkon zu überlassen? Yarborough hatte den Burschen weggeschickt; da also alles Überreden nichts half, wollten nun Achmed und Hamid wohl auf anderem Weg zu der Mumie kommen.
»Aha!«, sagte Peter. »Deshalb hast du hier gelauert und auf eine Gelegenheit gewartet, Ra-Orkon selber zu stehlen!«
»Der Barbaren-Professor will nicht zurückgeben meinen Viel-Urgroßvater«, sagte Hamid mit blitzenden Augen. »Deshalb wir, Achmed und ich, machten eine Plan, um ihn zu stehlen, wenn wir es können. Es ist unsere Pflicht, zu bringen Friede seinem Geist. Achmed verkleidet sich in Gärtner und gibt Brüder Gärtner Geld, damit sie tun, als ob Achmed gehört zu ihnen. So er konnte immer in der Nähe sein. Professor bemerkt nichts. Wie Achmed sagt, niemand gibt acht auf Gärtner. Und außerdem Achmed verkleidet sich.«
»Dann war es Achmed und keiner von den Gärtnern, der dich heute Morgen erwischt hat?«, rief Peter. »Deinem eigenen Vormund bist du in die Hände gelaufen!«
»Ja«, gab Hamid zu. »Er ruft mir zu arabisch, ich soll beißen. Ich beiße, und er lässt mich los. Er hat euch an Nase umgeführt. Er ist sehr klug, Achmed.«

Peter brauchte einen Augenblick, um das alles zu verdauen und sich damit abzufinden, dass ausgerechnet der vertrauenerweckende Gärtner ein Schwindler gewesen war – Achmed, der Libyer, der Ra-Orkon für Hamids Vater stehlen wollte. Während er noch daran herumkaute, fuhr Hamid plötzlich auf.

»Draußen ist jemand! Ich höre Lastauto halten.«

Er lief zum Fenster, wo man die Zufahrt von der Straße her sehen konnte, Peter hintendrein. Sie sahen einen ramponierten blauen Lastwagen in der Einfahrt halten. Zwei stämmige Männer stiegen herunter und strebten ganz offensichtlich auf die Terrasse vor dem Museum zu.

»Die gleichen Männer!«, zischte Hamid. »Sie sind es, die Ra-Orkon stehlen. Ich sah, sie tragen eingewickelte Gestalt in Auto vor ein paar Minuten. Und wenn ich wusste, Haus ist leer, und ich ging zu Museum, ich fand den Sarg. Aber Ra-Orkon war nicht da.«

»Sie kommen hierher«, murmelte Peter. Die Männer waren sichtlich keine angenehmen Zeitgenossen. »Ich frage mich, was die hier wollen?«

»Wir müssen verstecken«, sagte Hamid schnell. »Vielleicht sie wollen noch etwas stehlen. Wenn wir verstecken, wo wir hören können, was sie sagen, wir erfahren vielleicht, wohin sie haben gebracht Ra-Orkon.«

»Gar nicht dumm. Aber wohin mit uns?« Peter sah sich um. »Kein Versteck«, sagte er. »Hier drin geht's nicht. Wir könnten natürlich hinauslaufen und uns im Gebüsch verstecken –«

»Dann hören wir nicht, was Männer reden!«, wandte Hamid ein. »Schnell! Der Sarg! Sarg von Ra-Orkon. Er ist leer. Wir haben Platz darin. Sie werden nicht wissen, dass jemand innen ist.«

»Das ist wahr«, stimmte Peter zu. Schon war der kleinere Junge wieselflink durch den Raum gehuscht und in den Sarg der Mumie geschlüpft. »Schnell!«, rief er mit gedämpfter Stimme. »Komm, hier ist Platz!« Die Männer waren jetzt vor der Tür. Peter zögerte nicht länger, neben Hamid zwängte er sich in den Sarg. Gemeinsam zogen sie den Deckel über sich zu. An einer Ecke klemmte Peter einen Bleistiftstummel ein, damit sie durch die Spalte Luft bekämen und hören könnten, was im Raum gesprochen wurde.

Es war höchste Zeit gewesen. Kaum war der Deckel zu, da öffnete sich die Tür, und sie hörten schwere Schritte.

»Hast du den Traggurt, Joe?«, fragte jemand.

»Hab ich«, sagte eine andere Stimme barsch. »Hör mal, Harry, von dem Kunden da hab ich langsam die Nase voll. Warum sagt er nicht gleich, was er will? Schickt uns wegen der alten Kiste noch mal zurück! Ich hätte gute Lust, ihm eine gesalzene Rechnung zu verpassen.«

»Ganz deiner Meinung, Joe«, sagte die ernste Stimme. »Den lassen wir mal schön zahlen. Komm, mach den Gurt fest.«

Gleich darauf bemerkten die bestürzten Jungen, dass etwas gegen den Sarg bumste und er sich an einem Ende vom Boden hob. Da schien tatsächlich ein Gurt umgelegt zu werden, der den Deckel an seinem Platz halten sollte. Hätte Peter nicht den Bleistift eingeklemmt, wären sie luftdicht verpackt worden.

»Sie sind wiedergekommen, zu stehlen auch den Sarg!«, flüsterte Hamid in der pechschwarzen Dunkelheit Peter zu. »Was sollen wir tun?«

»Mit solchen Rowdys lasse ich mich nicht gern ein«, gab Peter zurück. »Wir bleiben am besten flach liegen. Jetzt haben wir die Chance, herauszubekommen, wer ihr Auftraggeber ist. Sie werden uns direkt zu ihm bringen. Und wenn er den Deckel abnimmt, springen wir raus und sausen los!«

»Hamid hat keine Furcht«, sagte der kleine Libyer tapfer.

»Ich auch nicht«, erwiderte Peter. Aber als der Sarg nun gehoben wurde und die zwei Männer ihn davontrugen, war er doch ziemlich aufgeregt. »Verdammt schwer, der olle Kasten«, brummte der Kerl, der Joe genannt worden war.

»Schwer wie Blei«, stimmte Harry zu. »Los, hilf mir das Ding auf die Pritsche heben.«

Der Mumienschrein schwebte schwankend in die Höhe und wurde unsanft umhergestoßen. Dann krachte er dumpf auf die Ladefläche des Lastwagens.

»Das wäre geschafft«, grunzte der mit der tiefen Stimme. »Aber jetzt nichts wie weg. Ich möchte nur wissen, was der Kerl mit einer Mumie und einer alten Holzkiste anfangen will.«

»Manche haben eben einen Sammeltick«, sagte der andere. »Jedenfalls darf er erst mal blechen – für zwei Fuhren. Wenn er nicht will, bekommt er eben seine Ware nicht. Wir bringen sie in ein Versteck und rücken sie erst raus, wenn er uns die Tour extra zahlt. So, auf geht's!«

Die Wagentür fiel krachend ins Schloss. Im nächsten Augenblick fuhr der Lastwagen los. Im fest verschnürten Sarg gingen Hamid und Peter auf die Reise. Wo würde das Ziel sein?

Verblüffende Entdeckungen

In Professor Freemans Haus übten sich Justus, Bob und Professor Yarborough in Geduld. Professor Freeman hörte zum zwanzigsten Male das Tonband mit dem merkwürdigen Flüstern des Ra-Orkon ab.
»Ich meine immer mehr, dass ich es verstehen müsste«, sagte er. »Ab und zu ist ein einzelnes Wort deutlich zu hören.«
Er schaltete das Gerät ab und bot Professor Yarborough eine Zigarre an.
»Sagen Sie, wie sind Sie zu dieser Aufnahme gekommen? Und ich möchte auch sehr gern mehr darüber hören, wie die Anubis-Statue fast auf Sie gestürzt wäre und wie die Granitkugel vom Torpfeiler Sie ums Haar erschlagen hätte.«
Er nahm gespannt auf, was Yarborough erzählte. Mitten im Bericht wurden sie durch ein Klingeln unterbrochen.
»Entschuldigen Sie mich«, sagte Professor Freeman, »draußen am Garagentor ist jemand. Ich will nur rasch nachsehen. Bitte, machen Sie es sich bequem, bis ich zurück bin. Es war ohnehin Zeit für eine kurze Pause. Nachher versuchen wir es dann noch einmal.«
Während Professor Freeman draußen war, gewann Professor Yarborough allmählich seine Fassung zurück. »Ich erzählte euch ja, dass Freeman wohl der einzige Mensch ist, der Ra-Orkon verstehen könnte«, bemerkte er. »Sein Vater war, wie gesagt, mein Assistent, als ich Ra-Orkons Grab entdeckte.«
»War das nicht der, den sie umbrachten – eine Woche nachdem das Grab geöffnet war?«, erkundigte sich Bob.

Professor Yarborough schien nicht eben glücklich über diese Frage.

»Doch«, bestätigte er. »Aber bringt doch bitte seinen Tod nicht mit irgendeinem Fluch in Verbindung. Aleph Freeman liebte das Abenteuer. Ich fürchte, sein Schicksal hat ihn ereilt, als er eines Nachts in Kairo allein auf Entdeckungstour ging. Nun, sein Sohn begann sich auch für Ägyptologie zu interessieren und ist heute einer der besten Experten für die Sprachen des Mittleren Ostens.«

Als Professor Freeman zurückkam, trug er ein Tablett mit gefüllten Limonadegläsern. »Es war nur ein Nachbar, der für irgendetwas Wohltätiges sammeln wollte«, erklärte er. »Und weil es so heiß ist, dachte ich mir, Sie hätten sicher gern eine Erfrischung. Jetzt wollen wir aber das Band noch einmal abhören, und ich mache mir wieder Notizen. Ich habe aus meiner Bibliothek ein ganz spezielles Wörterbuch geholt, das uns vielleicht weiterhelfen wird.«

Wieder ließ er das Band ablaufen, schrieb sich hier und dort ein Wort auf, schlug im Wörterbuch nach. Bob und sogar Justus zappelten schon vor Ungeduld. Schließlich hielt Professor Freeman inne, reckte sich, ging zum Fenster und atmete tief die frische Luft ein. Dann wandte er sich wieder den anderen zu.

»Ich glaube, ich habe alles getan, was ich konnte«, sagte er. »Es handelt sich wohl um eine alte arabische Sprachform, deren Aussprache völlig verschieden vom heutigen Arabisch ist. Ich konnte einen gewissen Sinn daraus entnehmen. Allerdings habe ich einige Bedenken, ihn wiederzugeben –«

»Bitte, reden Sie«, bat Professor Yarborough. »Was es auch sei, ich möchte es hören.«

»Nun ja …« Professor Freeman zögerte noch immer. »Wenn ich richtig verstanden habe – berücksichtigen Sie bitte, dass ich nur vermuten kann –, so besagt die Botschaft etwa dies: ›Ra-Orkon ist weit von seiner Heimat. Man hat seine Ruhe gestört. Wehe all jenen, deren Schuld das ist. Sie sollen keinen Frieden mehr finden, bis Ra-Orkon selbst wieder Frieden findet. Sie sollen ihm in den Tod folgen, wenn Ra-Orkon seiner Heimat nicht zurückgegeben wird.‹«
Bob Andrews rieselte es kalt den Rücken hinunter. Auch Justus war ein wenig bleich geworden. Professor Yarborough sah sehr unglücklich aus. »Sie wissen, dass ich nie etwas auf diesen sogenannten Fluch gegeben habe«, sagte er mit störrisch vorgerecktem Kinn. »Und ich werde es auch jetzt nicht tun.«
»Natürlich«, pflichtete sein Kollege bei. »Das wäre nicht im Sinn der exakten Wissenschaft.«
»Es spräche jeder Wissenschaft hohn«, stellte Professor Yarborough fest.
»Dennoch könnte ich Ihnen vielleicht helfen«, meinte Professor Freeman. »Wie wäre es, wenn Sie Ra-Orkon für ein paar Tage zu mir brächten? Es würde mich interessieren, ob er auch hier flüstert. Wenn wir über dieses Flüstern etwas Genaueres herausbekommen könnten … Ich muss gestehen, es verwirrt mich und macht mir Sorge –«
»Mir geht es nicht anders«, sagte Professor Yarborough. »Besten Dank. Aber ich lasse mich von einer Mumie nicht ins Bockshorn jagen. Die Jungen hier« – er zeigte auf Bob und Justus – »stehen mir zur Seite. Irgendwie werden wir zum Kern dieses Geheimnisses vorstoßen.«
Sie verabschiedeten sich von Professor Freeman und stiegen

die Stufen zur Straße hinauf. Morton wartete im Rolls-Royce auf dem Parkplatz.

»Ich dachte mir ja, dass Freeman Ra-Orkons Worte übersetzen könnte, sofern das überhaupt möglich wäre«, bemerkte Professor Yarborough auf der Heimfahrt. »Nun, Justus Jonas, hast du schon eine Theorie, wie Ra-Orkons Flüstern zustande kommt? Das interessiert mich, offen gestanden, weit mehr als irgendeine Drohung oder ein Fluch.«

»Nein, Herr Professor«, bekannte Justus. »Bis jetzt ist es ein äußerst verwirrender Fall.«

»Ein spezialgelagerter Sonderfall«, murmelte Bob. Das sagte Freund Peter mit Vorliebe.

»So, da wären wir.« Morton parkte den großen Wagen in der Einfahrt vor dem Haus des Professors.

»Den Lastwagen sehe ich nicht, aber Peter muss da sein«, meinte Justus. »Er hat ja Morton angerufen und gesagt, er wolle uns hier treffen.«

Sie gingen ins Haus. Überall war Licht, aber niemand war da.

»Wilkins kommt normalerweise zur Tür, wenn ich fort war«, sagte der Professor stirnrunzelnd. Dann rief er: »Wilkins!«

»Peter!« Auch Justus rief laut. »Bist du da?«

Ringsum herrschte Stille.

»Sehr sonderbar«, sagte der Professor.

Justus sah schon sorgenvoll drein. »Vielleicht sollten wir sie suchen.«

»Gute Idee. Sie sind womöglich im Museum.«

Sie gingen in den Museumssaal. Zunächst fiel ihnen nichts Besonderes auf. Dann bemerkten sie, dass der Mumienschrein verschwunden war.

»Ra-Orkon!«, rief Bob. »Er ist fort!«
Der Professor lief zu der Stelle, wo der Sarg gestanden hatte. Ein paar leichte Kratzer auf dem Fußboden waren alles, was noch darauf hinwies. Und Justus fand hinter einer Vitrine auf dem Boden ein zerknülltes blaues Taschentuch.
»Ra-Orkon ist gestohlen worden!«, sagte der Professor ungläubig. »Die Kratzer hier zeigen, dass der Schrein weggerückt wurde. Aber wer sollte eine antike ägyptische Mumie stehlen? Sie hat ja überhaupt keinen Handelswert.« Dann runzelte er die Stirn. »Dieser Teppichhändler, Achmed Soundso!«, rief er erregt. »Er wollte Ra-Orkon doch unbedingt haben! Er hat es getan, kein anderer! Dem schicke ich die Polizei auf den Hals. Nur –« Er zögerte und blickte in die Runde. »Wenn ich die Polizei verständige, muss ich von dem Flüstern berichten. Und dann steht es in allen Zeitungen. Ich mache mich ja zum Gespött der Leute! Nein, ich kann unmöglich die Polizei rufen.« Er biss sich auf die Lippen.
»Was soll ich machen? Mein Ruf als Wissenschaftler bedeutet mir mehr als die Mumie.«
Bob wusste keinen Rat. Justus wies das blaue Tuch vor.
»Es müssen mindestens zwei Männer gewesen sein, die den Sarg weggetragen haben«, meinte er. »Dieser Achmed – wenn er daran beteiligt ist – kann es also nicht allein getan haben. Solche Taschentücher sieht man meist bei Arbeitern. Das hier könnte ein Indiz sein. Vielleicht hat es ein Mittäter verloren. Es ist aber auch durchaus möglich, dass Mr Achmed unschuldig ist und jemand anders Ra-Orkon gestohlen hat.«
Der Professor fuhr sich mit der Hand über die Stirn. »Das ist alles so verwirrend«, sagte er. »Erst flüstert die Mumie – dann

ist sie verschwunden. Ich weiß wirklich nicht –« Er unterbrach sich. »Wilkins! Wir haben ja Wilkins ganz vergessen! Er war hier. Wenn ihm die Kerle nun etwas getan haben ... Wir müssen ihn suchen.«

»Sie sind sicher, dass er nicht mit ihnen unter einer Decke steckt, oder?«, fragte Bob. Er hatte schon viele Detektivgeschichten gelesen, in denen sich der Butler schließlich als Bösewicht entpuppte.

»Absolut sicher. Wilkins ist seit zehn Jahren bei mir! Kommt mit und helft ihn suchen.«

Der kleine weißhaarige Mann lief behände auf die Terrasse hinaus. Sein Blick fiel auf das Schwert am Boden. Er hob es auf.

»Aus meiner Sammlung!«, stellte er fest. »Wilkins hat es wahrscheinlich genommen, um sich zur Wehr zu setzen. Sie haben auch ihn entführt! Ich fürchte, jetzt müssen wir die Polizei doch rufen.«

Er wollte gerade ins Haus zurückgehen, als er ein schwaches Stöhnen hörte. Es kam aus einem Gebüsch am Rande der Terrasse. Justus war als Erster dort.

»Es ist Wilkins«, sagte er.

Wilkins lag im Gras hingestreckt, die Hände über der Brust gekreuzt, hinter ein paar Sträuchern verborgen. Deshalb hatten ihn auch Peter und Hamid vorher nicht entdeckt.

»Man hat ihn hierhergelegt – so ist er nicht gefallen«, sagte der Professor und beugte sich über seinen Diener. »Ich glaube, er kommt gleich wieder zu Bewusstsein.« Er sprach lauter. »Wilkins! Hören Sie mich?«

Wilkins' Lider zitterten und waren dann wieder reglos.

»Da, schaut!«, rief Bob. Er hatte im Schatten ein kleines Tier

erspäht. »Eine Katze! – Komm, Miez!« Er streckte die Hand aus. »Komm her, Miez, Miez!«
Die Katze, die sich geputzt hatte, stand auf und schlenderte herüber. Bob hob sie vom Boden auf.
»Seht mal«, sagte er. »Sie hat ein blaues Auge und ein orangefarbenes. So eine Katze habe ich noch nie gesehen.«
»Gütiger Himmel!« Professor Yarborough schien erregt. »Verschiedenfarbene Augen? Lass sehen!«
Bob hielt ihm die Katze hin. Der Professor runzelte die Stirn. »Eine abessinische Katze mit ungleichen Augen!«, bestätigte er. »Ich weiß nicht mehr, woran ich bin. Diese ganze Geschichte entwickelt sich zu – fantastisch. Ich habe euch doch erzählt, dass Ra-Orkon bei seinem Begräbnis die Mumie seines Lieblingskaters als einzige Grabbeigabe erhielt. Und dieser Kater war eine Abessinierkatze – die Könige im alten Ägypten hielten sich diese Rasse –, und er hatte ungleiche Augen und schwarze Vorderpfoten. Seht euch die Katze hier an: Auch sie hat verschiedenfarbene Augen und vorn zwei schwarze Pfoten!«
Es stimmte. Die Katze hatte pechschwarze Vorderpfoten. »Vielleicht kann uns Wilkins etwas dazu sagen, wenn wir ihn wieder zu Bewusstsein bringen«, meinte der Professor. Er massierte seinem Diener die Handgelenke. »Wilkins, alter Freund, wachen Sie auf. Erzählen Sie mir, was geschehen ist!«
Der Butler schlug die Augen auf. Er starrte Professor Yarborough an, schien ihn aber nicht zu sehen. Sein Blick war leer. Stumm bewegte er die Lippen.
»Wilkins! Was ist passiert?«, drängte der Professor. »Wer hat Ra-Orkon gestohlen? War es der Teppichhändler?«
Wilkins versuchte mühsam, zu sprechen.

»Anubis!«, flüsterte er voll Entsetzen. »Anubis!«

»Anubis?«, fragte Professor Yarborough. »Wollen Sie damit sagen, dass Anubis, der Schakalgott, Ra-Orkons Mumie gestohlen habe?«

»Anubis …«, wiederholte Wilkins langsam. Dann schloss er die Augen. Der Professor legte ihm die Hand auf die Stirn. »Er hat Fieber«, stellte er fest. »Ich muss ihn sofort ins Krankenhaus bringen. Die Polizei werde ich noch nicht rufen. Die Presse würde alles zu einer Sensation hochspielen. Wilkins scheint sagen zu wollen, dass eine Gottheit des ägyptischen Altertums die Mumie gestohlen habe. Und hier läuft uns eine Katze über den Weg, die eine Wiedergeburt des Lieblingskaters von Ra-Orkon nach dreitausend Jahren sein könnte. Das alles ist mir unerklärlich, aber zuallererst muss ich mich um Wilkins kümmern. Wenn ihr nichts dagegen habt, bringen wir ihn mit eurem Wagen ins Krankenhaus. Und wenn er uns dann berichten kann, was geschehen ist, wissen wir vielleicht besser, was wir unternehmen sollen.« Er wandte sich an Bob. »Den Kater nehmt ihr über Nacht zu euch und morgen ruft ihr mich an – dann sehen wir weiter. Jetzt helft mir bitte, Wilkins zum Wagen tragen. Wir dürfen keine Zeit verlieren.«

Sie brachten Wilkins vorsichtig in den Wagen, und Morton fuhr sie zu einer kleinen Privatklinik, die ein Freund des Professors leitete. Wilkins wurde dort versorgt und bald waren Bob und Justus wieder auf dem Heimweg zur Zentrale. Bob hielt den behaglich schnurrenden Kater im Arm.

»Das ist vielleicht ein Ding, Just«, sagte Bob. »Glaubst du wirklich, dass der Kater etwas mit dem Verschwinden von Ra-Orkon zu tun hat?«

Justus zog die Stirn in Falten. »Ganz sicher«, meinte er. »Aber was – davon habe ich keine blasse Ahnung.«
Just ließ sich nur höchst widerwillig verblüffen. Und so ratlos wie jetzt hatte ihn Bob kaum zuvor erlebt. Vor lauter Verwirrung dachte Just gar nicht daran, dass sie keine Verbindung mehr mit Peter hatten – bis Bob davon anfing.
»Sag mal, wo ist eigentlich Peter geblieben?«, fragte er. »Er hätte sich doch längst melden müssen.«
Justus erschrak sichtlich. »Du hast recht. Wir wollen mal Mrs Selby anrufen – vielleicht ist er noch dort.«
Das Autotelefon in ihrer Prachtkutsche kam ihm jetzt sehr zustatten. Auch während der Fahrt konnte man mit jedem Fernsprechteilnehmer Verbindung bekommen. Erst rief Just Mrs Selby an, sie sagte, Peter sei schon lange weggegangen. Dann wählte er die Nummer der Zentrale, bekam aber keine Antwort. Schließlich sprach er noch mit seinem Onkel Titus. Von ihm erfuhr er, dass Patrick und Kenneth mit dem kleinen Lastwagen ins Autokino gefahren waren. Nachdem Mr Jonas nachgesehen hatte, meldete er noch, dass Peters Rad im Lagerhof abgestellt sei.
»Wo kann er bloß sein?«, fragte Bob sorgenvoll.
»Ich kann mir's nicht denken.« Justus schüttelte den Kopf. »Er muss auf dem Weg zu Professor Yarboroughs Haus gewesen sein, aber ich habe keine Ahnung, wo er jetzt steckt. Wir müssen eben warten. Bei Peter habe ich keine Bedenken.«
Allerdings – Bedenken wären ihm wohl gekommen, wenn er gewusst hätte, dass Peter mit Hamid, dem Jungen aus Libyen, im fest verschnürten Sarg der Mumie zu einem unbekannten Ziel in der Innenstadt von Los Angeles transportiert wurde.

Gefangen

Die Reise im Sarg dauerte lange. Der Lastwagen rumpelte über erbärmlich schlechte Straßen. Peter und Hamid wurden allerdings nicht zu sehr durchgeschüttelt, weil sie so eng zusammengepfercht waren. Schon kam ihnen die Luft stickig vor. Zum Glück war der Spalt zwischen Sarg und Deckel, für den Peter gesorgt hatte, dicht bei ihren Köpfen, sodass sie wenigstens ein bisschen frische Luft bekamen.

Hamid wirkte nicht ängstlich. Peter sah ein, dass der Junge Mut hatte.

»Wohin, glaubst du, sie bringen uns?«, fragte Hamid. Er flüsterte, obwohl das unsinnig war. In ihrem Schrein auf der Pritsche des Lastwagens konnte sie keiner hören, auch wenn sie sich die Lungen aus dem Leib geschrien hätten.

»Sie sprachen davon, dass sie den Sarg irgendwo verstecken und ihn nicht zu ihrem Auftraggeber bringen wollten«, sagte Peter. »Wenn sie das tun, haben wir eine Chance, freizukommen.« Er gab sich sicherer, als er war. Was, wenn die Männer dann den Gurt um den Sarg geschnallt ließen und weggingen?

»Sie sprechen davon, dass sie gefahren sind zweimal«, meldete sich Hamid leise noch einmal. »Und dass sie böse sind auf jemand. Was bedeutet das, Detektiv Peter?«

»Jemand hat sie anscheinend losgeschickt, um die Mumie von Ra-Orkon zu stehlen«, erklärte Peter. »Sie holten die Mumie, aber weil der Sarg schwer war, ließen sie ihn stehen. Als sie die Mumie ablieferten, wurde der Bursche, für den sie arbeiten, böse, weil der Sarg fehlte. Er schickte sie deshalb noch mal hin, und da wurden sie dann auch wütend und nahmen sich vor, den Sarg zu verstecken und erst dann herauszurücken, wenn der Kerl ordentlich gezahlt hat.«

»Ah ja, ich glaube, du hast recht«, pflichtete Hamid bei. »Aber ich kann nicht verstehen. Wer wollte die Mumie von Ra-Orkon stehlen? Er war *mein* Großvater, vor hundert Leben, und nicht der Großvater von irgendjemand.«

»Wirklich, es ist mir ein Rätsel«, gab Peter zu. »Ich kann's mir direkt vorstellen: Genau in dieser Minute spricht sicher auch Bob vom ›Rätsel der flüsternden Mumie‹.«

»Bob?«, fragte Hamid. »Wer ist das?«

»Einer der drei Detektive«, antwortete Peter.

»Was bedeutet das?« Der kleine Junge begriff nichts. Peter erzählte ihm von Anfang an die Geschichte der drei Detektive. Hamid hörte sehr interessiert zu. »Ihr amerikanischen Jungen, ihr seid so – ich kann das Wort nicht finden –, ihr geht hin und tut etwas«, sagte er nicht ohne Neid. »In Libyen es ist ganz anders. Meine Familie kauft und verkauft Orientteppiche. Ich weiß viel über Teppiche, aber nichts über Fingerabdrücke, Tonbandgeräte, Periskope, Walkie-Talkies ...«

»Walkie-Talkie?«, entfuhr es Peter. »Warum bin ich da nicht draufgekommen? Wir können Hilfe herbeirufen!« Er hatte das Sprechfunkgerät, das bei seinem Kampf mit Hamid am Morgen beschädigt worden war, inzwischen repariert. Just hatte seinen Freunden eingeschärft, im Dienst müsse jeder sein Gerät bei sich tragen. Es kostete Peter einige Anstrengung, das Walkie-Talkie aus der Tasche zu ziehen. Dann nahm er die Antenne und steckte das Ende durch den Luftspalt. Als sie ganz draußen war, drückte er auf den Knopf »Sprechen«.

»Hallo, Erster Detektiv!«, sagte er. »Hier Zweiter Detektiv. Hörst du mich? Dringlich! Bitte kommen.«
Er lauschte. Einen Augenblick war es still. Dann tat sein Herz einen Sprung – er hörte eine Männerstimme.
»Hallo, Tom«, sagte die Stimme. »Hast du das eben gehört? Da ist jemand mit drin.«
»Stimmt, Jack«, meldete sich eine andere Stimme. »Irgend so ein Lausebengel. He, du Störenfried, halt dich gefälligst da raus! Das hier ist dienstlich. – Also noch mal, Jack: Ich habe eine Reifenpanne und stehe an der Autobahn. Es wäre mir recht, wenn du –«
»Helfen Sie uns!«, rief Peter verzweifelt. »Bitte hören Sie mich an. Ich heiße Peter Shaw. Bitte rufen Sie für mich Justus Jonas in Rocky Beach an. Es ist ein Notfall.«
»Anrufen? Wen?«, fragte der Mann, der Tom hieß. »Was hast du gesagt, Junge?«
»Bitte rufen Sie Justus Jonas in Rocky Beach an«, wiederholte Peter beschwörend. »Sagen Sie ihm, dass Peter dringend Hilfe braucht. Äußerster Notfall.«
»Aha. Und was ist mit dir los, Junge?«, forschte der andere, Jack.
»Ich bin in einem Mumiensarg eingesperrt. Ich werde in einem Lastwagen entführt – von den Männern, die die Mumie von Ra-Orkon gestohlen haben. Justus kapiert das schon. Bitte, telefonieren Sie für mich!«
»Hast du das gehört?«, sagte der fremde Jack lachend. »Sagt doch der Bursche, er sei in einem Mumiensarg eingesperrt und da drin unterwegs! Diese Bengels! Was die sich noch alles einfallen lassen!«

»Bitte!«, flehte Peter. »Es ist alles wahr! Rufen Sie Justus Jonas an!«

»Hör zu, Jack«, sagte Tom ungerührt. »Du weißt, wo ich stehe. Schick mir Hilfe. Und du, Bürschchen, halt die Klappe. Müsste eine Bestimmung geben, dass diese Gören ihre dummen Scherze nicht in unserem Sprechfunkbereich loslassen dürfen.«

Jetzt war die Verbindung unterbrochen. Sosehr sich Peter auch anstrengte, er kam nicht mehr durch.

»Es hat keinen Zweck, Hamid«, meinte er trübsinnig. »Ich hätte den beiden sagen sollen, dass ich mein Geld verloren habe oder sonst was. Weil ich die Wahrheit sagte, nämlich, dass ich in einem Sarg stecke, glaubten sie, ich sei ein frecher Bengel, der aus Jux dazwischenfunkt.«

»Da ist nichts zu tun. Du hast es versucht, Detektiv Peter. Es ist eine sehr ungewöhnliche Ereignis, wenn man eingesperrt ist in Mumiensarg. Das konnten sie nicht leicht sich vorstellen.«

»Eben – so was passiert ja nur alle dreitausend Jahre einmal. Und dann muss es ausgerechnet mir passieren!«, stöhnte Peter.

Eine Zeit lang schwiegen sie. Beim Rumpeln des Wagens dachte Peter über all das nach, was er gern gewusst hätte. Justus an seiner Stelle würde die Zeit zu seinem Vorteil nützen. Also verlegte sich Peter aufs Fragen.

»Du, sag mal, Hamid«, fing er an. »Wie kommt es eigentlich, dass du dich so gut mit mir unterhalten kannst, wo du doch aus Libyen bist?«

»Wenn du meinst, ich spreche gut Englisch, bin ich glücklich«, sagte Hamid. Es klang erfreut, obwohl Peter im Dunkeln sein Gesicht nicht sehen konnte. »Ich habe Lehrer aus Amerika. Mein Vater, Herr des Hauses Hamid, wünscht, dass ich reise in die ganze Welt und unsere Teppiche verkaufe. Deshalb ich lerne Englisch, Französisch, Spanisch. Ja, Detektiv Peter, das Haus Hamid in Libyen wohlbekannt seit vielen, vielen Generationen. Wir machen und kaufen und verkaufen die schönsten Orientteppiche. Aber mein Vater ist krank. Deshalb hat er mich vieles gelehrt, auch wenn ich noch jung bin, damit ich Chef des Hauses Hamid einmal sein kann.«

»Ja, aber was hat das alles mit Ra-Orkon zu tun?«, fragte Peter. »Du behauptest, er sei dein Ahnherr, aber Professor Yarborough sagt doch, dass man nur seinen Namen kennt und sonst nichts. Niemand weiß, wer er war und was er tat – nichts.«

»Der Professor weiß nur, was in den Büchern ist.« Hamids Stimme klang sehr geringschätzig. »Vieles Wissen ist nicht in Büchern, und es gibt weise Männer, die Dinge wissen, von denen andere dürfen nichts erfahren. Vor sechs Monaten kam ein Zauberer und Bettler, Sardon, in unser Haus. Er sagte zu meinem Vater, dass er hatte eine Vision, und eine Stimme hatte geboten, er soll gehen zum Hause Hamid. Mein Vater gab ihm Essen und dann der Zauberer Sardon fiel in Trance. In diesem Schlaf sprach er mit vielen Zungen, und auch der Geist Ra-Orkons sprach durch seinen Mund. Ra-Orkon sagte, er würde bald geschickt zu dem Land der hellhäutigen Barbaren und er könnte niemals in Frieden ruhen, bis er in seine Heimat zurückkehrt. Ra-Orkon sagte, er ist Ahnherr des Hauses Hamid, und er bittet meinen Vater, ihn zu retten und ihm Frieden zu geben. Ra-Orkon sagte weiter, wenn mein Vater in das Land der Barbaren geht, um ihn zurückzuholen, dann er, Ra-Orkon, wird erscheinen in Gestalt von Lieblingskater, mit nicht gleichen Augen und schwarzen Pfoten vorn. Dies wird sein das

Zeichen, dass er sprach die Wahrheit, und so mein Vater muss wissen, dass es ist richtig und notwendig, Mumie von Ra-Orkon zurückzuholen und nach Libyen zu bringen. – Nachdem Ra-Orkon hatte gesprochen, Sardon erwachte, und er wusste nichts mehr davon, was war gesprochen. Er war ein sehr alter Mann, mit lange weiße Haar, und er hatte nur ein Auge und hinkte und ging mit Stock. Ehe er ging fort, schaute er in Kristallkugel mit sein eine Auge und sagte zu meinem Vater viele seltsame Dinge von Vergangenheit und von Zukunft.«

»Interessant!«, sagte Peter. »Und was tat dann dein Vater?«

»Mein Vater schickte Achmed, seinen Geschäftsführer, nach Kairo. In Museum war Mumie von Ra-Orkon und sie sollte geschickt werden weit weg nach Vereinigte Staaten – zu einem Professor Yarborough in Kalifornien. Achmed berichtete meinem Vater, dass Sardon, der Bettler, hatte gesprochen Wahrheit. Weil mein Vater krank war, er schickte mich, älteste Sohn, mit Achmed in dieses Land, damit ich sollte zurückholen Mumie von Vielmals-Urgroßvater. Achmed versuchte überreden Professor, er soll Ra-Orkon hergeben, aber es gelang nicht.«

»Ja, und der Professor warf ihn einfach raus«, sagte Peter.

»Da machte Achmed Plan zu erscheinen als Gärtner, damit er konnte bei Mumie sein und vielleicht mitnehmen. Ich blieb in Nähe auch, um zu helfen. Deshalb hast du mich gefangen. Weil wir Fremde sind in eurem Land, wir wagen es nicht, zu schnell zu handeln. Wir müssen genau planen.«

»Das ist ja eine Wucht!«, sagte Peter. Hamids Bericht beeindruckte ihn. »Aber warum wolltet ihr die Mumie gleich stehlen? Der Professor hätte sie euch vielleicht verkauft, wenn ihr ihm genug dafür geboten hättet.«

»Man kauft nicht eigenen Ahnherr!« Hamids Stimme war messerscharf. »Wir hatten nur einzige Hoffnung, ihn zu stehlen. Wir wussten, dass alles wahr ist, was Sardon hatte gesagt, weil eine Nacht erschien in mein Zimmer Geist von Ra-Orkon. Wie Sardon hatte vorausgesagt, er lebt wieder in Körper von abessinischer Katze mit ungleichen Augen und zwei schwarzen Pfoten. Ra-Orkon ist mein Ahnherr wirklich, denn Worte von Sardon sind wahr geworden. Aber nun« – er machte eine Pause – »ein anderer hat gestohlen Ra-Orkon. Ich kann nicht verstehen.«

Peter überlegte fieberhaft.

»Vielleicht hat Achmed diese Burschen, Joe und Harry, bezahlt, damit sie Ra-Orkon stehlen«, meinte er schließlich. »Vielleicht hat er dir bloß nichts davon gesagt.«

»Das ist unmöglich!«, rief Hamid. »Ich würde wissen. Er sagt mir alles. Ich werde einmal sein Herr über Haus Hamid.«

»Na ja, das mag schon sein«, gab Peter zu. Insgeheim bezweifelte er, dass Achmed Hamid wirklich in alles einweihte. Achmed war klug. Er konnte durchaus einen eigenen Plan verfolgen.

»Aber wie erklärst du dir Ra-Orkons Flüstern?«

»Ich weiß nicht. Vielleicht ist Ra-Orkon zornig. Vielleicht ist er böse auf mich und Achmed, und auch auf den Professor. Es ist alles eine große Rätsel für mich.« In dem dunklen Sarginnern klangen Hamids Worte sehr bekümmert.

»Nicht nur für dich«, meinte Peter. »He – wir halten ja schon!«

Der Lastwagen hielt wirklich. Sie hörten ein Geräusch wie vom Hochschieben eines Garagentors. Der Wagen rollte ein paar Meter vorwärts und stoppte wieder. Dann wurde das Tor offenbar heruntergeschwenkt. Vermutlich waren sie in einer Lagerhalle oder einer großen Garage. Die hintere Ladeklappe wurde heruntergelassen. Gleich darauf hob jemand den Sarg unsanft vom Wagen herunter. Peter und Hamid wurden kräftig durchgerüttelt, als die beiden Männer den Sarg ein Stück weit schleppten und ihn dann zu Boden plumpsen ließen.

»Komm jetzt, Joe«, sagte Harrys Stimme. »Hier steht er sicher.«

»Ich glaube auch«, meinte Joe. »Wir rufen den Kerl morgen an und sagen ihm, dass wir den doppelten Preis wollen. Heute Nacht soll er sich mal schön den Kopf zerbrechen.«

»Morgen haben wir aber schon was vor«, sagte der andere Mann. »Weißt du nicht mehr, dass wir einen Auftrag in Long Beach übernommen haben?«

»Ja, richtig. Na gut – lassen wir ihn eben noch den ganzen Tag zappeln. Dann ist er abends so richtig fertig. Und dann rufen wir ihn an und sagen ihm, dass wir das Ding abliefern, sobald er bezahlt.«

»Vielleicht rückt er sogar das Dreifache raus«, meinte Harry. »Er war ja mächtig scharf drauf, auch noch die Kiste zu der Mumie zu kriegen. Na, gehen wir.«

Das Tor öffnete sich erneut. Dröhnend sprang der Motor an und dann hörten die Jungen den Lastwagen aus der Halle rollen.

Mit bangem Herzklopfen stemmten sie sich gegen den Sargdeckel – ohne Erfolg. Der Deckel hob sich keinen Millimeter. Joe und Harry hatten den fest umgeschnallten Gurt nicht abgenommen.

Bob und Justus machen sich Sorgen

In der Zentrale saß Bob Andrews an der Schreibmaschine und brachte das Ergebnis seiner Ermittlungen zu Papier. Er konnte gut tippen, weil ihn sein Vater, der in Los Angeles für eine Zeitung arbeitete, mit zwölf Jahren in einen Maschinenschreibkurs geschickt hatte.

Justus Jonas hatte den seltsamen Kater, der ihnen bei Professor Yarborough begegnet war, auf dem Schoß. Der Kater schnurrte vernehmlich, während Justus ihn mit einer Hand streichelte. Mit der anderen Hand knetete er seine Unterlippe – das Anzeichen dafür, dass sein Denkapparat auf volle Leistung geschaltet war.

»Was – schon fünf vor zehn?«, sagte Bob. »Und Peter ist immer noch nicht da. Wo könnte er bloß stecken?«

»Vielleicht ist er einem Indiz auf der Spur«, vermutete Justus.

»Aber er muss um zehn zu Hause sein. Ich übrigens auch. Ich muss jetzt gleich gehen, sonst machen sie sich daheim Sorgen.«

»Wenn du anrufst, lassen sie dich sicher noch ein bisschen bleiben«, meinte Justus. »Inzwischen kreuzt vielleicht Peter auf.«

Bob ging zum Telefon. Es war ihr eigener Geschäftsanschluss, und sie brachten die Gebühren dadurch auf, dass sie Mr Titus Jonas halfen, noch verwendbare Gegenstände aus seinen Einkäufen zu reparieren. Wenn er sie dann weiterverkaufen konnte, gab er den Jungen die Hälfte der Einnahmen.

Bobs Mutter war am Apparat, und als sie hörte, dass ihr Sohn bei Justus sei, gab sie eine halbe Stunde zu.

Justus setzte den schnurrenden Kater ab und schaute durch den Spion. Der Hof war von einer Straßenlaterne und der Lampe am Eingangstor teilweise erhellt. Alles war still. In dem kleinen Haus am anderen Ende, wo Justus mit Onkel und Tante wohnte, sah man Licht aus dem Wohnzimmer. Sie sahen sich wohl ein Fernsehprogramm an. In dem noch kleineren Häuschen dahinter war alles dunkel. Dort wohnten Patrick und Kenneth, die beiden muskelstarken Mitarbeiter der Firma Jonas. Justus hätte Patrick gern gefragt, wo er Peter zuletzt gesehen hatte, aber er wusste, dass Patrick mit seinem Bruder zum Autokino gefahren war.

Justus schwenkte das Periskop und sah einen Wagen die Straße entlangkommen. Er fuhr langsamer, dann wieder schneller. Als er unter der Straßenlaterne war, sah Justus, dass es ein blauer Sportflitzer war. Ein großer, dünner Junge saß am Steuer.

Justus ging zum Schreibtisch zurück. »Keine Spur von Peter«, meldete er. »Aber Skinny Norris ist eben hier vorbeigefahren.«

»Was, der?«, rief Bob. »Was hat denn der vor?«

»Wahrscheinlich plagt ihn die Neugier«, meinte Justus. »Er will wissen, was wir vorhaben. Sicher hat er herausgefunden, dass wir einen Fall bearbeiten, und nun will er mitmischen.«

»Wenn er nicht aufpasst, fällt er dabei auf die Nase!«, sagte Bob. »Dieser alte Schnüffler!«

Skinny Norris war ein hoch aufgeschossener, magerer Junge mit einer langen Nase, etwas älter als die drei. Sein ganzes Streben ging dahin zu beweisen, dass er klüger war als Just. Bis jetzt hatte er dabei nur Pech gehabt, aber das spornte ihn höchstens noch mehr an, alles daranzusetzen, um es Justus, Bob und Peter einmal richtig zu zeigen.

Justus dachte schon nicht mehr an Skinny Norris. Er machte sich wegen Peters Verschwinden mehr Sorgen, als er zugeben wollte. Es kam ihm allmählich so vor, als hätten sie da einen Fall aufgegriffen, der für die drei Detektive ein zu heißes Eisen war. Womöglich musste er doch noch die Polizei zu Hilfe rufen. Nur machte es ihm sein Dickkopf schwer zuzugeben, dass er am Ende seiner Weisheit war. Und außerdem wollte Professor Yarborough auf gar keinen Fall öffentliches Aufsehen erregen. Justus wog das Für und Wider gegeneinander ab und kam zu einem Entschluss: »Wir geben Peter noch eine halbe Stunde. Dann müssen wir etwas unternehmen.«

Bob hörte auf zu tippen. In seinem Kopf drehten sich all die merkwürdigen Vorgänge wie ein Karussell – eine flüsternde Mumie, die plötzlich verschwunden war, eine umstürzende Statue, eine rollende Granitkugel, eine Katze mit ungleichen Augen, ein Fluch aus ägyptischer Vorzeit. Er konnte keinen klaren Gedanken mehr fassen.

»Just«, verkündete er, »ich gehe jetzt besser nach Haus. Ich bin zum Umfallen müde.«

Justus nickte. »Wir sollten alle einmal richtig ausschlafen«, sagte er. »Aber ich will noch warten – vielleicht kommt Peter doch oder er ruft wenigstens an.«

»Warum versuchst du's nicht mal über das Walkie-Talkie?«, schlug Bob vor. »Peter bemüht sich womöglich, mit uns Funkverbindung zu bekommen.«

»Ich hätte den Sendebereich größer bemessen sollen, als ich die Dinger baute«, stellte Justus kritisch fest. »Ich werde sie noch entsprechend umbauen. Aber probieren wir's mal.«

Er drückte den Knopf an dem kleinen Lautsprecher, der zugleich Funkgerät war. »Zentrale ruft Zweiten Detektiv«, sagte er. »Bitte kommen, Nummer Zwei. Hörst du mich? Bitte kommen.«

Im Lautsprecher summte es, aber es kam keine Antwort.

»Sendepause«, meinte Justus. »Oder er ist zu weit weg. Ich bleibe hier am Gerät. Du gehst nach Hause.«

Widerstrebend machte sich Bob mit dem Fahrrad auf den Heimweg. Als er zu Hause ankam, war sein Vater ausnahmsweise schon da, er arbeitete sonst bis spätnachts für die große Morgenzeitung. Bob steckte noch so tief in Gedanken, dass sein Vater ihn zweimal ansprechen musste, ehe er reagierte.

»Warum so tiefsinnig, Bob?«, fragte Mr Andrews. »Schulsorgen können es nicht sein – ihr habt ja Ferien.«

»Es ist ein Fall.« Bob setzte sich zu seinem Vater auf die Sessellehne. »Die Sache ist ziemlich rätselhaft.«

»Willst du mir was Näheres erzählen?«

»Na ja, es geht einmal um eine Katze mit einem blauen und einem orangefarbenen Auge«, sagte Bob, worauf sein Vater mit »hmm« antwortete und sich seine Pfeife neu stopfte. »Aber eigentlich dreht sich alles um eine Mumie, die flüstert. Wie kann eine dreitausend Jahre alte Mumie richtige Worte flüstern?«

»Das ist doch ganz einfach.« Der Vater lachte leise. »Genauso, wie man eine Holzpuppe zum Sprechen bringt.«

»Und wie macht man das?«, fragte Bob gespannt.

»Durch die Kunst des Bauchredens«, entgegnete sein Vater und zündete die Pfeife an. »Betrachten wir es mal logisch. Eine Mumie kann nicht sprechen oder flüstern. Deshalb muss es jemand so erscheinen lassen, als ob sie flüstert. Dazu gehört ein

Bauchredner. Schlussfolgerung: Hast du eine dreitausend Jahre alte Mumie, die flüstert, so schau dich in der Nähe nach einem Bauchredner um.«

»Mensch, Paps«, staunte Bob, »das könnte hinhauen! Bitte entschuldige mich – ich muss Just anrufen.«

»Bitte sehr«, sagte Mr Andrews lächelnd, als Bob zum Telefon in der Diele lief. Er erinnerte sich noch gut an seine eigene Jugend und an die sonderbaren Dinge, für die er sich damals interessiert hatte.

Bob wählte rasch die Nummer der Zentrale. Als Justus antwortete, klang seine Stimme enttäuscht. »Ich hatte gehofft, es sei Peter«, sagte er. »Was gibt's noch zu melden, Bob?«

»Ich habe über unseren Fall mit meinem Vater gesprochen«, sagte Bob. »Er meint, es gäbe eine Möglichkeit, eine Mumie zum Sprechen zu bringen: mit einem Bauchredner. Er hat vorgeschlagen, dass wir uns in der Nähe nach einem Bauchredner umsehen.«

»Daran habe ich auch schon gedacht«, gab Justus zu. »Aber ein Bauchredner, der weiter entfernt ist, müsste seine Stimme durch Funk übertragen. Wir konnten uns ja schon davon überzeugen, dass kein Funkgerät oder Radio vorhanden war. Und während ich als Professor Yarborough verkleidet dort im Raum war, flüsterte die Mumie wirklich. Wir wissen beide, dass ich nicht gut der Bauchredner sein konnte. Also sind wir so klug wie zuvor.«

»Wir sollten trotzdem darüber nachdenken«, meinte Bob. »Vielleicht war jemand direkt hinter der Tür versteckt, sodass seine Stimme im Zimmer zu hören war. Hast du schon bei Professor Yarborough angerufen? Vielleicht ist Peter jetzt dort.«

»Das will ich gleich tun«, erklärte Justus. »Inzwischen denke ich noch mal über die Möglichkeit mit dem Bauchredner nach. Es scheint mir zwar völlig unwahrscheinlich, aber Sherlock Holmes sagte einmal, wenn man alle anderen Lösungen verworfen hat, dann ist das, was übrig bleibt, der Schlüssel zur Wahrheit.«
Sie legten beide auf. Bob ging zu Bett. Er machte sich Sorgen um Peter, aber er kam auf keine rettende Idee. Justus versuchte, Professor Yarborough zu erreichen, aber es meldete sich niemand. Wahrscheinlich war er bei Wilkins in der Klinik.

Zur gleichen Zeit, als Justus mit Bob telefonierte, stemmten sich Peter und Hamid mit aller Macht gegen den Deckel des Mumienschreins. Während sie sich damit abmühten, hörten sie ein Geräusch, das sie innehalten ließ. Der Lastwagen kam zurück. Sie hörten das Schwingtor hochgehen, dann hielt der Wagen, und die zwei Männer stiegen wieder aus.
»Gute Idee, das Ding da abzudecken«, sagte der eine. »Außer uns wird ja wohl kaum jemand hierherkommen. Aber wenn es doch einem einfallen sollte, brauchen wir ihn nicht gleich mit der Nase draufzustoßen.«
Die Jungen hörten ein schleifendes Geräusch. Der Sarg wurde mit einer schweren Plane bedeckt.
»Das stoppt uns die Luftzufuhr!«, flüsterte Peter Hamid zu. »Ich muss jetzt doch um Hilfe rufen. Hier drin können wir nicht eingesperrt bleiben.«
Er holte tief Luft, um tüchtig zu schreien. Aber bei den nächsten Worten der Männer da draußen überlegte er es sich wieder. Er blieb mäuschenstill.

Auf der Flucht

»Hör mal, Joe«, meldete sich nochmals der Mann, der Harry hieß. »Die Gurte können wir morgen vielleicht brauchen.«
»Stimmt«, meinte Joe. »Nehmen wir sie mal mit.«
Peter und Hamid warteten gespannt. Sie hörten, wie die Plane weggezogen wurde. Der Sarg ruckte, als die Männer die starken Gurte, die ihn zum Gefängnis gemacht hatten, lockerten und abnahmen. Dann kam die Plane wieder darüber. Die Jungen hörten den Motor anspringen, der Lastwagen rollte aus der Halle und das große Tor wurde zugeschwenkt.
Peter und Hamid drückten gegen den Deckel. Jetzt ließ er sich leicht heben. Sie krochen aus ihrem Gehäuse und arbeiteten sich unter der schweren Plane hervor.
Es war so dunkel, dass sie kaum etwas sehen konnten. Nur durch eine Dachluke drang ein schwacher Lichtschimmer herein. Sie konnten erkennen, dass sie in einem Lagergebäude mit hohen, fensterlosen Betonmauern waren.
Sie sahen sich suchend um und bemerkten sofort das große Eisentor, durch das ein Lastwagen in die Halle fahren konnte. Allerdings war es von außen gut verschlossen und bewegte sich kaum, als sie daran rüttelten.
Darauf erforschten sie im Halbdunkel, was der Lagerraum enthielt. Sie fanden ein merkwürdiges Sammelsurium von Gegenständen vor. Als Erstes fiel ihnen ein altes Automobil auf. Halb erspähte, halb ertastete Peter im schwachen Licht, dass es eine alte Pierce-Arrow-Limousine war, sehr ehrwürdig und elegant.

»Ein altes Auto«, wunderte sich Hamid. »Wie kommt ein solches Ding hierher?«

»Es ist ein Originalmodell von früher. So um 1920 gebaut, nehme ich an. Solche Typen werden von Liebhabern sehr geschätzt«, erklärte Peter.

Danach stießen sie auf viele Möbelstücke. Sie waren schwer und reich mit Schnitzwerk verziert, wie die Jungen tastend feststellten. Alle Möbel standen auf einer hölzernen Plattform.

»Damit sie im Trockenen stehen«, meinte Peter. »Sie sind hier eingelagert. Aber was ist das hier? Da liegt ein Haufen Zeug herum.«

Hamid berührte erregt den pyramidenförmigen Stapel aus etwa einem Dutzend langer, dicker Rollen. »Teppiche!«, sagte er. »Orientteppiche. Sehr schön! Sehr kostbar!«

»Woran merkst du das im Dunkeln?«, fragte Peter. »Ich sehe, dass es Teppiche sind, aber das ist auch alles.«

»Meine Finger sagen es mir. Wenn ich acht Jahre war, mein Vater lehrte mich, Teppiche aus allen Gebieten von Orient durch Fühlen zu kennen. Es ist die Knüpfweise, und Wolle, und viele kleine Dinge. Keiner von diesen stammt aus dem Hause Hamid, aber alle sind sehr wertvoll. Zweitausend, dreitausend Dollar für jeden!«

»Was, so viel? Dann sind sie vielleicht gestohlen!«, sagte Peter. »Ich möchte fast wetten, dass alles hier drin geklaut ist und dass die beiden Burschen, Joe und Harry, Langfinger von Beruf sind. Wahrscheinlich hat man sie deshalb auch engagiert, um Ra-Orkon und seinen Sarg zu stehlen.«

»So ist es«, bestätigte Hamid. »Ich fühle, du hast recht. Aber wie sollen wir nun kommen hier heraus?«

»Hier ist eine Tür«, stellte Peter fest. In der Dunkelheit war sie kaum zu erkennen. Sie saß in einer starken Ziegelwand, die anscheinend den Lagerraum von einem anderen Teil des Gebäudes trennte.
Peter packte den Griff und drehte daran. Die Tür gab nicht nach. Da sahen sie noch eine Tür – aber die führte zu einem kleinen Waschraum.
»Ich könnte mir denken«, sagte Peter schließlich, »dass der Raum hier ein geheimes Versteck für Diebesgut ist und dass nur Joe und Harry reinkommen. Aber es gibt trotzdem einen Weg nach draußen.«
»Einen Weg? Wo?«, fragte Hamid. »Ich sehe keinen Weg. Nur dicke Wände ohne Fenster und Türen.«
»Da oben!« Peter zeigte zur Decke. Die Luke, durch die ein wenig Licht von draußen in den Raum drang, stand einen Spalt offen. Aber sie war ungefähr vier Meter über ihren Köpfen.
»Wenn wir könnten fliegen«, sagte Hamid, »dann wir könnten diese Weg nehmen.«
»Mal sehen, was wir wirklich ausrichten können. Pass auf: Das alte Vehikel steht fast genau unter der Luke.«
»Das ist wahr«, stimmte Hamid eifrig zu. »Schnell, lass sehen, ob die Höhe reicht.«
»Langsam, Hamid!«, mahnte Peter, als Hamid aufs Dach der Limousine steigen wollte. »Deine Schuhe würden ja den Lack zerkratzen. Willst du ein Museumsobjekt kaputt machen?«
Beide Jungen zogen sich die Schuhe aus, damit der Lack des alten Prunkstücks keine Kratzer abbekam. Sie banden die Schuhe an den Schnürsenkeln zusammen und hängten sie sich

um den Hals. Dann stiegen sie auf das Wagendach. Aber wenn sich Peter auch zu seiner vollen Höhe emporreckte – die Luke war noch einen Fußbreit über seinen Fingern, und außerdem lag sie seitlich von ihrem Standort.

»Ich springe, Hamid!«, beschloss Peter. »Hier können wir nicht bleiben.«

Er sprang. Seine Finger klammerten sich um den Metallrahmen der offen stehenden Luke. Nach kurzer Anstrengung konnte er das Dachfenster vollends aufstoßen. Dann zog er sich hoch und zwängte sich auf das flache Dach aus Kiesbeton hinaus. Er beugte sich über die Luke und streckte die Arme in die Öffnung.

»Spring, Hamid! Ich fang dich«, sagte er. »Du musst nur meine Handgelenke packen.«

Einen Augenblick lang zögerte der kleinere Junge. Er sah auf den Zementboden hinunter. Dann blickte er entschlossen zu Peter auf, reckte die Arme und sprang.

Seine Finger bekamen Peters Handgelenke nur knapp zu fassen. Peter schloss seinen Griff um Hamids Gelenke und zog. Gleich darauf hatte er Hamid neben sich auf das Dach gehoben.

»Du bist sehr stark und auch mutig, Detektiv Peter«, sagte Hamid voll Bewunderung.

Das Lob tat Peter gut. »Du solltest mal sehen, was wir in der Turnhalle jeden Tag machen«, meinte er leichthin. »Jetzt ziehen wir aber die Schuhe wieder an und sehen zu, wie wir hier runterkommen.«

Vorn endete das Dach an einer hohen Ziegelmauer, zur Straße hin war ein höherer Gebäudeteil angebaut. Mit diesem Weg war es also nichts. Hinten befand sich jedoch eine Eisenleiter, damit man das Dach für Reparaturarbeiten erreichen konnte. Im nächsten Augenblick waren sie in eine dunkle Seitenstraße hinuntergeklettert. Sie blieben stehen und versuchten, sich zu orientieren. Peter holte ein Stück blauer Kreide aus der Tasche und malte ein paar große Fragezeichen in die linke untere Ecke des Einfahrtstors zum Lagerraum.

»Das ist unser Geheimzeichen«, erklärte er Hamid. »So werden wir das Versteck des Mumienschreins leichter finden, wenn wir später wieder hierherkommen. Jetzt gehen wir erst mal auf die Hauptstraße und sehen nach dem Straßenschild und der Hausnummer und – Achtung, da kommt jemand! Vielleicht ein Herumtreiber oder ein Einbrecher. Gehen wir lieber hinten herum bis zur nächsten Querstraße!«

Sie rannten durch das lange Gässchen, vorbei an den dunklen und stillen, geschlossenen Hintereingängen von Läden und Werkstätten, bis sie auf eine spärlich beleuchtete, heruntergekommen wirkende Straße kamen. Peter fand keinerlei Anhaltspunkte. Er war noch nie zuvor in diesem Stadtteil gewesen.

»Wir müssen herauskriegen, wo wir sind«, sagte er zu Hamid. »Komm mit – bis zur nächsten Ecke. Dort ist sicher ein Straßenschild. Das merken wir uns, damit wir wieder hierherfinden.«

Aber an der Kreuzung war das Straßenschild unter der vor Schmutz blinden Laterne so verbeult und abgestoßen, dass sie es nicht entziffern konnten. Jemand musste mit Steinen danach geworfen haben.

»Verflixt!«, schimpfte Peter. »Es gibt doch ekelhafte –«

In diesem Augenblick drang aus einer Seitenstraße ein Geräusch von splitterndem Glas. Dann rannten zwei Männer an ihnen vorbei und sprangen in einen Wagen, der mit ihnen davonbrauste. Peter und Hamid starrten ihm nach. Plötzlich hörten sie hinter sich wütendes Geschrei.

»Halt, ihr Diebe!«, brüllte eine Männerstimme. »Ihr Lausebengel! Ihr habt mir die Scheibe eingeschlagen! Ihr habt meine Uhren gestohlen! Aber euch krieg ich schon!«

Ein großer, starker Mann lief auf sie zu und drohte ihnen mit den Fäusten. Offenbar hielt er sie für die Einbrecher.

Peter folgte seinem ersten Instinkt, packte Hamid an der Hand und rief: »Schnell weg!«

Sie rannten – eine Straße hinauf, die nächste hinunter, in Seitengassen hinein. Andere Leute und auch ein paar Hunde gesellten sich zu ihrem Verfolger. Sie liefen, bis sie völlig außer Atem waren und jegliche Orientierung verloren hatten. Endlich hatten sie den letzten Verfolger abgeschüttelt und konnten stehen bleiben.

»Vielleicht hätten wir dem Mann sagen sollen, dass wir's nicht waren«, sagte Peter keuchend. »Aber ich bin einfach abgehauen, ehe ich mir das lang überlegen konnte.«

»Wenn jemand schreit ›Dieb‹ und läuft auf dich los, ist es ganz natürlich, dass du fliehst«, meinte Hamid. »Das ist nicht dein Fehler.«

»Aber das Schlimme dabei ist«, erklärte Peter stirnrunzelnd, »dass ich nicht weiß, von wo aus wir losgelaufen sind. Ich weiß nur noch, dass es viele Häuserblocks von hier weg war. Wir haben nicht die leiseste Ahnung, wo das Lagerhaus nun ist.«

»Das stimmt«, stellte Hamid nüchtern fest. »Noch ein Problem, nicht wahr, Detektiv Peter?«

»Und ob. Wie sollen wir es jemals wiederfinden? Und wie sollen wir nach Hause kommen? Wir müssen mindestens fünfundzwanzig Kilometer von Rocky Beach und fünfzehn Kilometer von Hollywood entfernt sein. Wir sind hier irgendwo im Industrieviertel von Los Angeles.«

»Wir nehmen ein Tachometer«, schlug Hamid vor.

»Taxameter. Sag Taxi, das genügt«, sagte Peter. »Aber das kostet Geld!«

»Oh, ich habe Geld«, versicherte Hamid. »Achmed gibt mir Geld für Notfall. Ich habe viele Dollars.« Er zeigte Peter eine Brieftasche voller Banknoten.

»Prima«, sagte Peter. »Schau mal, da vorn sind Lichter. Dort finden wir vielleicht einen Wagen.«

Sie liefen die Straße entlang. An der Ecke fanden sie einen Taxistand und einen Fahrer, der zu der weiten Fahrt bereit war, als Hamid ihm zeigte, dass sie genügend Geld bei sich hatten. Ehe sie losfuhren, merkte sich Peter, wo sie sich jetzt gerade befanden. Immerhin war es höchstens fünfzehn oder zwanzig Häuserblocks von jenem geheimnisvollen Lagerhaus entfernt, in dem Ra-Orkons Sarg nun stand.

Peter ging noch in eine Telefonzelle und rief Justus an. »Alles in Ordnung. Ich fahre jetzt nach Hause. Das Weitere erzähle ich dir später. Ich ruf dich an, sobald ich daheim bin.«

»Nimm doch dein Walkie-Talkie«, sagte Just. »Ich bleibe wach und warte. Gut, dass du dich gemeldet hast.«

Justs Stimme klang so erleichtert, dass Peter merkte, wie besorgt er gewesen sein musste. Wie würde er aber reagieren, wenn er erfuhr, dass Peter mit dabei gewesen war, als der Sarg versteckt wurde – und das Versteck nun nicht mehr wusste?

Peter stieg zu Hamid ins Taxi und sie fuhren ab. Die Fahrt verlief ohne Zwischenfälle. Hamid bestand darauf, dass erst Peter heimgebracht wurde. Er wollte dann im Taxi zu dem Haus zurückfahren, das Achmed in der Nachbarschaft von Professor Yarborough für sie beide gemietet hatte.
Als Peter vor seinem Elternhaus in Rocky Beach aussteigen wollte, hielt Hamid ihn zurück.
»Detektiv Peter«, sagte er, »willst du mit deinen Freunden helfen, dass die Mumie von Ra-Orkon und der Sarg gefunden werden? Ich, Hamid vom Hause Hamid, möchte gern euch engagieren.«
»Nun«, gab Peter zu bedenken, »die Mumie gehört eigentlich Professor Yarborough und wir arbeiten schon für ihn.«
»Arbeitet auch für Hamid«, bat der Junge eindringlich. »Bis Ra-Orkon und der Sarg gefunden. Gebt an Professor zurück. Dann werden Achmed und ich nochmals versuchen, Professor zu überzeugen und Ra-Orkon zu bekommen.«
»Das ließe sich machen, nehme ich an«, meinte Peter. »Also gut, dann sprich mit Justus. Komm morgen früh um zehn zur Firma Jonas!«
Hamid war einverstanden. Sie gaben sich die Hand und Peter lief ins Haus. Es war sehr spät. Die Eltern saßen vor dem Fernsehgerät. Sein Vater, ein athletisch gebauter Mann, war Trickspezialist in einem der Filmstudios von Hollywood.
»Du kommst spät, Peter«, sagte er. »Deine Mutter und ich haben uns Sorgen gemacht.«
»Entschuldige bitte.« Peter versuchte zu erklären. »Ich ging eigentlich los, um eine verschwundene Katze zu suchen, und dann … dann kam etwas anderes dazwischen.«

Er war schon dabei, die ganze Geschichte zu erzählen, aber seine Mutter schüttelte den Kopf. »Nimm ein Bad und dann ab ins Bett, Junge. Lieber Himmel, wie können sich Buben nur so schmutzig machen?«
»Entschuldige«, sagte Peter mechanisch und ging brav die Treppe hinauf. Oben lief er in sein Zimmer, öffnete das Fenster, hängte den Antennen-Gürtel hinaus und drückte auf den Sprechknopf seines Walkie-Talkies.
»Zweiter Detektiv ruft Zentrale. Zweiter Detektiv ruft Zentrale. Hallo, Zentrale, bitte kommen.« Er ließ den Knopf los und wartete. Justs Stimme war sofort da. »Hier Erster Detektiv. Ich bin schon im Bett, aber ich hatte noch eingeschaltet. Ist alles in Ordnung mit dir? Was war denn los?«
Peter berichtete kurz über die wichtigsten Ereignisse des inhaltsreichen Abends. Zuletzt erzählte er, dass er nicht wusste, wohin die Fahrt im Mumiensarg eigentlich gegangen war.
Justus schwieg einen Augenblick. Dann sagte er: »Dafür kannst du nichts. Und irgendwie werden wir den Sarg schon finden. Morgen müssen wir eine Sitzung einberufen. Es sind neue Fakten ins Spiel gekommen. Aber sie verwirren die Fäden noch mehr. Zum Beispiel habe ich hier die Katze, die du erwähnt hast und von der dieser Hamid behauptet, sie sei eine Wiedergeburt des Ra-Orkon. Das ist jedoch unhaltbar. Nach dem, was du mir erzählt hast, ist die Katze mit den ungleichen Augen in Wahrheit Mrs Selbys Kater – nur maskiert.«
Damit war Justs Stimme weg, und Peter blieb nichts übrig, als zu Bett zu gehen und sich noch lange grübelnd von einer Seite auf die andere zu wälzen.
Wo gab es denn so etwas – einen maskierten Kater?

Justus sucht eine Spur

Am nächsten Morgen trafen sich die drei Detektive zu einer Sitzung in der Zentrale. Peter und Bob sahen es Justus an, dass er seit dem vergangenen Abend viel nachgedacht hatte. Doch er ließ sich nicht dazu drängen, seine neuen Ideen ihrer Neugierde preiszugeben.

»Ich liebe keine vagen Vermutungen«, sagte er. »Wir müssen zuerst unsere Sitzung abhalten, und wir können erst anfangen, wenn Hamid hier ist.«

Peter schaute durchs Periskop und erspähte ein Taxi, das in den Lagerhof einfuhr. Hamid stieg aus. Peter lief durch Tunnel II, um Hamid in Empfang zu nehmen und ihn zur Zentrale zu bringen. Da Hamid nun zur Kundschaft gehörte und ohnehin bald wieder in seine Heimat zurückkehren würde, fanden sie nichts dabei, ihn in das Geheimnis ihres Hauptquartiers einzuweihen.

»Hamid«, sagte Peter, »das ist Bob Andrews, der unsere Akten führt und recherchiert, und das ist unser Erster Detektiv, Justus Jonas.«

»Ich bin sehr erfreut, Bob und Ersten Detektiv Justus kennenzulernen«, erwiderte der kleine Libyer artig.

»So«, sagte Justus, »und jetzt hätte ich gern die ganze Geschichte von gestern Abend noch mal im Einzelnen gehört, Peter, und zwar von dem Moment an, wo du dich von uns getrennt hast. Bob, du schreibst mit.«

Peter erzählte von dem Interview mit Mrs Selby über den verschwundenen Kater Sphinx, dann berichtete er über seine

Ankunft bei Professor Yarborough und über alle weiteren abenteuerlichen Geschehnisse des Abends. Bob, der auch Stenografie gelernt hatte, musste sich tüchtig anstrengen, um alles mitzubekommen. Vieles war ja auch ihm neu. Dass Ra-Orkons Schrein gestohlen worden war und dass Peter und Hamid darin auf die Reise gegangen waren, hörte er jetzt zum ersten Male.

»Das ist ja ein Ding«, sagte er, als Peter geendet hatte. »Ihr wart also tatsächlich in dem Lager, in dem die Diebe den Sarg versteckt haben? Und ihr wisst trotzdem nicht, wo das war?«

»Ich sag dir doch: Wir mussten sehen, dass wir wegkamen«, erklärte Peter. »Wir hatten einfach keine Zeit, stehen zu bleiben und nach Straßenschildern auszuschauen. Aber ich würde die Gegend im Umkreis von zwanzig Häuserblocks wiederfinden.«

»Zwanzig Blocks!«, rief Bob. »Das heißt, wir müssen vierhundert Straßen absuchen, wenn wir von einer Fläche mit zwanzig mal zwanzig Blocks ausgehen. Und wenn dann nur die Hälfte der Straßen durch Seitensträßchen und Gassen miteinander verbunden ist –«

»Zum Glück hat Peter das Tor zum Lagerhaus mit unserem Geheimzeichen markiert«, unterbrach ihn Justus. »Wenn wir die Fragezeichen sehen, wissen wir, dass wir am Ziel sind.«

»Aber wir haben bloß diesen einen Tag!«, rief Bob. »Und wenn wir all die Seitengässchen absuchen wollen –«

»Ich habe einen Plan«, erklärte Justus. »Aber er braucht seine Zeit. Jetzt wollen wir uns erst dem seltsamen Geheimnis der Mumie widmen, die bei Professor Yarborough geflüstert hat.«

»Die Mumie von Ra-Orkon, dem Ahnherrn des Hauses Hamid!«, schrie Hamid aufgeregt. »Weißt du, wo du ihn finden kannst?«
Justus knetete seine Lippe. »Noch nicht«, sagte er. »Aber ich muss etwas klarstellen, Hamid. Ich glaube nicht, dass Ra-Orkon der Ahnherr eurer Familie ist.«
Hamid sah zuerst böse, dann verwirrt drein. »Aber Sardon sagte, er sei es«, stellte er beharrlich fest. »Und Sardon war ein Magier. Er besitzt Gabe der Weissagung und kann in Zungen reden. Er fiel in Trance und Geister sprachen zu ihm. Er hatte große Macht, und mein Vater wusste, dass er Wahrheit sprach. Und ich weiß auch.«
»Es stimmt«, sagte Justus, »dass Könige aus Libyen während der zwanzigsten Dynastie, vor ungefähr dreitausend Jahren, Ägypten unter ihre Herrschaft brachten.«
»Und Ra-Orkon war libyscher Fürst«, behauptete Hamid eigensinnig. »Sardon sagte so.«
»Vielleicht war er das«, gab Justus zu. »Aber selbst Professor Yarborough ist nicht sicher, wer Ra-Orkon war und wann er begraben wurde. Er könnte ein libyscher Fürst gewesen sein. Aber deshalb ist er nicht unbedingt dein Urahn, Hamid.«
»Sardon sagte so!« Hamid war nicht zu überzeugen. »Sardon, der Magier, sprach Wahrheit.«
»Nicht ganz«, widersprach Justus. »Er irrte sich mit der Katze. Und wenn er in einem Punkt von der Wahrheit abwich, muss man auch das, was er sonst noch sagte, infrage stellen.«
»Ich verstehe nicht«, sagte Hamid beleidigt.
»Pass auf«, fuhr Justus fort, »nach deiner Erzählung sagte Sardon, dieser Magier, dass dir nach deiner Ankunft in Ame-

rika der Geist des Ra-Orkon erscheinen werde, und zwar als Wiedergeburt in Gestalt seiner Lieblingskatze, einer Abessinierkatze mit ungleichen Augen und schwarzen Vorderpfoten, zum Beweis für die Wahrheit seiner Worte.«
»So ist es«, sagte Hamid. »Und es geschah. Der Geist von Ra-Orkon, als Katze, erschien vorige Woche in meinem Zimmer.«
»Das ist es ja eben –«, fing Justus an. Aber Peter meldete sich zu Wort. »Was bedeutet das eigentlich: Wiedergeburt?«, fragte er. »Ich hab mal davon gehört, aber genau weiß ich es nicht.«
»Im Orient«, erklärte Justus, »glauben viele religiöse Menschen, dass sie nach ihrem Tode wiedergeboren werden, manchmal auch in Gestalt eines tiefer stehenden Geschöpfs oder sogar eines Insekts. Das nennt man Wiedergeburt – Reinkarnation oder Seelenwanderung.«
»Ja«, warf Bob ein, »und irgendwann einmal werden sie auch wieder als Mensch geboren.«
»Und Ra-Orkons Geist wurde wiedergeboren als abessinische Katze, in Gestalt von Lieblingskatze, die mit ihm begraben war«, sagte Hamid. »Wie du sagst, Erster Detektiv Justus, sie hat ungleiche Augen und schwarze Vorderpfoten.«
»Das ist es ja eben«, meinte Justus. »Ich will euch etwas zeigen – etwas sehr Wichtiges.«
Er verschwand in dem kleinen Laboratorium nebenan und kam mit einer schnurrenden Katze auf dem Arm zurück.
»Ra-Orkon!«, rief Hamid. »Hochverehrter Ahnherr, ich bin glücklich, dass Ihr seid in Sicherheit.«
»Der Kater tauchte gestern Abend aus dem Gebüsch bei Pro-

fessor Yarboroughs Haus auf«, sagte Justus. »Ich habe ihn mit nach Hause genommen, damit ihm nichts passiert. Aber jetzt müsst ihr mal genau hersehen.«
Justus zog sein Taschentuch und befeuchtete es mit einem Lösungsmittel. Dann rieb er an einer der schwarzen Vorderpfoten des Tieres herum. Das Taschentuch bekam schwarze Flecken und die schwarze Katzenpfote wurde weiß. »Der Kater hier hat in Wirklichkeit weiße Pfoten«, erklärte er Hamid. »Siehst du? Er ist Mrs Selbys Kater Sphinx, und seine Pfötchen hat man ihm schwarz gefärbt, damit er so aussieht wie die Katze, die dir nach Sardons Prophezeiung erscheinen sollte.«
Jetzt begriff Peter, was Justus mit der »maskierten« Katze gemeint hatte! »Na, so was!«, staunte er. »Wer ist wohl auf die Idee gekommen?«
Hamid griff nach der Katze. Er untersuchte die weiße Pfote, die eben noch schwarz gewesen war. »Richtig!«, rief er aufgeregt. »Katze in Maskerade. Das ist nicht Ra-Orkons Geist. Der Magier und Bettler Sardon sagte deutlich, dass die Katze, die wird erscheinen, schwarze Vorderpfoten haben wird wie die Katze von Ra-Orkon.«
»Das bedeutet«, sagte Justus und setzte sich wieder, »dass Mrs Selbys Kater Sphinx mit einer bestimmten Absicht maskiert wurde: Du solltest glauben, dass die Prophezeiung des Bettlers in Erfüllung gegangen sei.«
»Aber warum?«, fragte Hamid, und Peter fiel wie das Echo ein: »Warum?«
»Damit Hamids Vater und Achmed auch den Rest der Geschichte glaubten – von dem Ahnherrn, der Ra-Orkon angeb-

lich sein sollte – und damit sie versuchen würden, die Mumie des Ra-Orkon von Professor Yarborough zurückzubekommen«, erläuterte Justus. »Für mich ist es so gut wie sicher, Hamid, dass Ra-Orkon nicht euer Ahnherr ist.«

»Ra-Orkon ist unser Ahnherr!« Hamids dunkle Augen blitzten. Er war ganz außer sich und kämpfte mit den Tränen. Justus wechselte das Thema.

»Die Wahrheit wird ans Licht kommen, wenn wir herausfinden, wer Ra-Orkon gestohlen hat und aus welchem Grunde«, sagte er taktvoll. »Peter hat seinen Bericht geliefert. Jetzt schlage ich vor, dass du, Hamid, uns alles, was du Peter gestern Abend gesagt hast, noch mal erzählst, damit Bob es aufschreiben kann.«

Hamid kam der Bitte gern nach. Er berichtete, wie der lahme, halb blinde, wandernde Magier Sardon in seinem Elternhaus in Libyen angekommen war. Er erzählte von Sardons Trance, wie der Geist des Ra-Orkon mit seiner Stimme gesprochen habe und wie er Hamids Vater gebeten habe, ihn aus dem Barbarenland zu retten.

Er sprach davon, wie er und Achmed nach Amerika gekommen waren und ein Haus in der Nachbarschaft von Professor Yarborough gemietet hatten, und weiter, wie Achmed den Professor um die Mumie des Ra-Orkon gebeten hatte und abgewiesen worden war; wie dann Achmed die Magasay-Brüder bestochen hatte, damit sie ihn bei dem Professor als Gärtner auftreten ließen. So konnte er immer in der Nähe der Mumie sein und eine günstige Gelegenheit wahrnehmen, sie an sich zu bringen.

»Also so war das!«, rief Bob, als Hamid so weit gekommen

war. »Achmed lungerte die ganze Zeit ums Haus herum! Und Achmed packte dich auch, als Peter dich entdeckt hatte! Kein Wunder, dass du ihm gleich wieder entwischt bist!«

»Achmed sagt, beiße meine Hand, und ich tue es«, erklärte Hamid stolz. »Achmed ist sehr klug.«

Justus knetete seine Unterlippe. »Sag mal, Hamid, wusstet ihr eigentlich von dem Fluch, mit dem die Mumie behaftet sein soll?«

»Sicher«, antwortete der kleine Libyer. »Sardon erzählte davon. Er sagte, dass Ra-Orkon keine Ruhe finden wird, bis wir ihm geben Frieden.«

»Es sind ja verschiedene seltsame Dinge geschehen«, fuhr Justus fort. »Die Anubis-Statue kippte um. Eine Maske fiel von der Wand. Ich bin zu dem Schluss gekommen, dass Achmed die Vorfälle verursacht hat.«

»Ja.« Hamid zeigte beim Lächeln all seine weißen Zähne. »Als Gärtner in Arbeitsanzug, niemand beachtet ihn. Er stand im Garten, an großes Fenster. Mit lange Stange er stieß durch Spalte zwischen Fenster und Rahmen und umwarf Anubis. Dann stieß er die Maske von Wand. Und er nahm weg Mörtel von Steinsäule, so die Kugel rollte herunter. Er versuchte zu machen den Professor ängstlich, damit er Ra-Orkon hergibt.«

»Genau so dachte ich mir's auch«, sagte Justus. »So billig kann man also zu einem ägyptischen Fluch kommen. Man braucht dazu nur einen Gärtner, der Vertrauen genießt und in Wirklichkeit ein Wolf im Schafspelz ist.«

»Da hast du recht«, meinte Peter. »Aber wie erklärst du dir, dass Ra-Orkon gestohlen wurde? Hamid schwört, dass Achmed damit nichts zu tun habe. Und wer hat Mrs Selbys Kater gestohlen? Und warum hat man ihn angestrichen und dann in Hamids Zimmer laufen lassen? Mir scheint, hier haben wir noch immer ein paar hübsche kleine Rätselchen zu lösen.«

»Genau«, stimmte Bob zu. »Und vom Flüstern der Mumie war auch noch nicht die Rede. Hamid wusste davon gar nichts. Wie erklärst du dir das nun?«

»Eins nach dem andern«, sagte Justus gelassen. »Hamid, hast du wirklich gesehen, wie diese beiden Männer, Joe und Harry, Ra-Orkon gestohlen haben?«

»Ja.« Hamid nickte. »Gestern Abend Achmed sagt, seine Hand schmerzt, und er will Ruhe haben. Deshalb bei Dunkelheit ich schleiche die Straße entlang, um das Haus von Professor zu beobachten. Die Katze folgte mir. Ich komme hin, da zwei Männer tragen Ra-Orkon aus dem Haus und in großen Wagen.«

»Das war also, nachdem wir von Professor Yarborough zu Professor Freeman hinübergefahren waren«, bemerkte Bob.

»Ich warte, nicht weiß, was tun«, fuhr Hamid fort. »Dann Detektiv Peter kommt. Er geht durch das Haus, dann hinaus auf Terrasse und nimmt meine Katze. Ich überlege, dass er und einer von euch Ra-Orkon gestohlen und nun Katze stehlen. Ich werde sehr böse und angreife ihn. Es tut mir leid, Detektiv Peter.«

»Halb so schlimm«, wehrte Peter ab. »Eigentlich hat uns das gerade zusammengeführt. Und dann rückten wir dem Geheimnis mit vereinten Kräften zu Leibe!«

»Mhm.« Justus schaute nachdenklich vor sich hin. »So weit ist ja alles klar – nur ziemlich verworren.«

»Verworren ist das, was du da redest«, protestierte Peter, »und unklar dazu. Für mich ist das Ganze immer noch ein spezialgelagerter Sonderfall.«
Justus berichtigte sich. »Ich meine damit, dass wir den Sachverhalt klar überblicken. Nun müssen wir eine vernünftige Erklärung für alles finden.«
Bob hätte gern für alles, was er bis jetzt aufgeschrieben hatte, eine vernünftige Erklärung gehabt. Je mehr er darüber nachdachte, umso wirrer ging in seinem Kopf alles durcheinander.
»Ich glaube«, sagte Justus, »dass wir der richtigen Lösung auf die Spur kommen werden, wenn wir das Versteck des Mumienschreins finden können. Ich schlage vor, dass wir dieses geheime Lagerhaus ausfindig machen und dort warten. Irgendwann im Lauf des Abends werden Joe und Harry den Sarg ihrem geheimnisvollen Auftraggeber bringen, der schon die gestohlene Mumie hat. Wenn wir sie verfolgen, werden wir uns den Burschen schnappen und damit den Drahtzieher zu fassen kriegen. Und die Mumie holen wir uns auch zurück.« Justus war sichtlich angetan von der Aussicht, einem Kriminellen vom Range eines Drahtziehers das Handwerk zu legen.
»Dann«, fuhr er fort, »haben wir den Verbrecher, die Mumie und den Sarg. Wenn uns das geglückt ist, werden sich die übrigen Rätsel lösen.«
»Großartig«, kommentierte Peter mit unverhohlenem Sarkasmus. »Wirklich großartig. Aber wie ist das nun mit all den Straßen und Gassen, die wir nach meinem Kreidezeichen absuchen müssen? Gehen wir lieber – wir brauchen bestimmt

eine Woche, vielleicht auch zwei. Und wir haben bloß acht oder neun Stunden Zeit.«

»Das habe ich nicht vor«, erklärte Justus. »Stattdessen habe ich heute früh schon einiges in die Wege geleitet. Ihr erinnert euch sicher noch an die Telefonlawine, die wir gestartet haben, als der kleinen Susie das neue Fahrrad gestohlen worden war?«

Natürlich erinnerten sie sich. Es war ein Geistesblitz von Justus gewesen und er hatte planmäßig funktioniert.

Nur Hamid sah verwundert aus. »Bitte, was ist das – ein Telefonlawine?«

»Eine Telefonlawine«, erläuterte Justus, »funktioniert so: Man ruft ein paar Freunde an, die etwas wissen oder es herausbekommen können, und außerdem bittet man jeden Einzelnen, wieder ein paar andere Jungen anzurufen. Zuletzt sind es hunderte oder gar tausende von Jungen in der ganzen Umgegend, die sich bemühen, Teilfragen des Falles aufzuklären, um den sich alles dreht. Jeder, der etwas weiß, meldet es unserer Zentrale. Und wir können die neuesten Meldungen laufend für unsere Ermittlungen verwerten. Als es damals um das gestohlene Rad ging, meldete sich ein Junge, der ein paar Kinder mit einem gelben Gummihund kicken sah – und dieser Hund sah ganz genau so aus wie das Vieh, das Susie immer in dem Körbchen an ihrer Lenkstange spazieren gefahren hatte. Die Kleinen hatten den Hund bei einem Wochenendhaus auf dem Komposthaufen entdeckt. Untendrunter fanden wir dann auch das Rad, ohne Sattel und ohne Gangschaltung zwar, aber es war doch wieder da.«

Hamid hatte gespannt zugehört. »Und heute Morgen«, fuhr

Justus fort, »rief ich fünf Jungen an, deren Väter im Industrieviertel von Los Angeles arbeiten. Ich gab jedem den Auftrag, wieder andere Freunde anzurufen, deren Väter auch in Los Angeles arbeiten. Jeder Junge soll seinen Vater bitten, nach blauen Fragezeichen auf einem Hallentor Ausschau zu halten. Wenn der Vater welche findet, so soll er die Adresse für seinen Sohn aufschreiben. Als Erklärung sagte ich, es sei eine Art Schatzsuche, und der erste Junge, der mir die Erfolgsmeldung durchgeben könne, werde einen Preis bekommen. Was das sein wird, muss ich mir noch einfallen lassen. Jetzt wollen wir mal hören, ob die Sache angelaufen ist.«

Er nahm den Telefonhörer ab, wählte eine Nummer und sprach kurz mit einem Freund. Über das kleine Mikrofon mit Lautsprecher, das er am Apparat installiert hatte und das auch als Sender und Empfänger für ihren Sprechfunkverkehr mit den Walkie-Talkies diente, konnten Bob, Peter und Hamid mithören.

Der Junge berichtete, dass er auftragsgemäß fünf Freunde angerufen habe und alle ihren Vater gebeten hätten, nach blauen Kreide-Fragezeichen Ausschau zu halten. Natürlich wüssten sie erst abends gegen sechs, wenn die Männer von der Arbeit nach Hause kamen, ob die Kreidezeichen entdeckt worden waren.

»Die Telefonlawine ist im Rollen«, sagte Justus, als er auflegte. »Leider können wir vor heute Abend nichts erfahren. Das bringt uns etwas in Zeitdruck, aber wenn wir Glück haben, brauchen wir dann nur noch zu dem Ort hinzufahren. Inzwischen würde ich mich ganz gern noch mal mit Professor Yarborough unterhalten.«

»Aber deine Tante lässt dich wohl kaum gehen«, gab Peter zu bedenken. »Ich hab doch gehört, wie sie sagte, du müsstest dich gleich nach unserer Besprechung bei ihr melden.«
»Na ja … Das stimmt allerdings.« Justus nickte. »Dann rufe ich ihn eben an. Bob, begleite bitte Hamid hinaus und bestelle ein Taxi für ihn.«
Hamid stand auf. »Ich möchte, dass Achmed einmal dich kennenlernt, Erster Detektiv Justus«, erklärte er. »Er glaubt, alle amerikanischen Jungen sind laut und haben schlechte Benehmen und machen Ärger für ihre Eltern. Ich werde ihm zeigen, einige amerikanische Jungen sind sehr klug und nett.«
»Danke schön, Hamid«, sagte Justus. Die Worte taten ihm sichtlich gut. »Übrigens, du hast doch Achmed nicht alles erzählt, was hier los war, oder?«
»Ich habe gesagt nur, dass ich euch gebeten habe um eure Dienste, zu finden Ra-Orkon und den Sarg«, erklärte Hamid. »Er lachte nur dazu, und er sagte, es ist dumm, zu geben Männerarbeit an Kinder. Dann erzählte ich ihm nichts mehr.«
»So ist's gut«, lobte Justus. »Ich meine, dass du ihm nichts weiter erzählt hast. Ich weiß aus Erfahrung, dass Erwachsene sich unbedingt einmischen müssen, wenn sie hören, dass ein Junge sich etwas Wichtiges vorgenommen hat. Und oft verderben sie damit alles. Gerade in unserem Fall ist es sehr wichtig, dass nichts durchsickert. Weder Professor Yarborough noch das Haus Hamid legen Wert auf eine Unterrichtung der Öffentlichkeit.«
»Du hast recht«, sagte Hamid. »Wann werden wir wieder uns treffen?«
»Komm heute Abend gegen sechs her«, sagte Justus. »Wenn

wir Glück haben, wissen wir dann durch die Telefonlawine schon, wo das Lagerhaus mit dem Mumienschrein steht.«

»Ich werde kommen«, versprach Hamid. »Ich werde mit Taxi kommen. Achmed ist sehr beschäftigt heute. Er sagt, er muss viele Kunden für Teppiche besuchen.«

Er machte eine formvollendete kleine Verbeugung und folgte Bob durch Tunnel II und außer Sichtweite.

»Hamid ist ein netter kleiner Kerl«, meinte Peter, als die beiden fort waren. »Aber ich habe dich beobachtet, Just – dir ist etwas Neues eingefallen, während wir zusammensaßen. Du glaubst jetzt zu wissen, wer Ra-Orkon gestohlen hat. Stimmt's?«

»Ich habe einen Verdacht«, gab Just zu. »Du sagtest doch, dass über Mrs Selbys Kater Sphinx viel in Zeitungen und Zeitschriften berichtet wurde. Auch mit Fotos wegen der verschiedenfarbenen Augen.«

»Ja, stimmt«, sagte Peter. »Sie hat mir die Artikel gezeigt.«

»Angenommen, jemand sucht eine Abessinierkatze mit ungleichen Augen«, fuhr Justus fort. »Er hätte es leicht, sich über Sphinx zu informieren. Da Sphinx, im Gegensatz zur typischen reinrassigen Abessinierkatze, so friedlich veranlagt ist, wäre es auch einfach, ihn zu stehlen und ihm die Vorderpfoten zu färben. Wer hat nun das größte Interesse daran, Ra-Orkon in seinen Besitz zu bringen? Wer wusste Bescheid über den vermeintlichen Fluch und setzte alles daran, um Ra-Orkon dem Professor abspenstig zu machen?«

Peter dachte kurz nach. »Der Gärtner«, meinte er dann. »Das heißt Achmed, Geschäftsführer des Hauses Hamid, als Gärtner verkleidet.«

»Genau«, sagte Justus. »Für ihn wäre auch der Originalsarg

wichtig, um die Mumie darin in seine Heimat zurückzuschaffen. Habe ich recht?«

»Ja, das glaubt eben Hamid. Aber ist dir noch nie aufgefallen, dass ein Erwachsener nicht unbedingt einem Jungen alle seine Pläne anvertraut – auch nicht dem Sohn seines Chefs? Und Achmed hat möglicherweise einen eigenen geheimen Plan: in den Besitz der Mumie zu kommen und dann Hamids Vater gegenüber zu behaupten, er habe dafür einen sehr hohen Preis bezahlen müssen. Natürlich würde Hamid senior ihm das glauben. Und Achmed könnte durch diese Methode ein reicher Mann werden.«

»Klar!«, sagte Peter. »Natürlich. Und Achmed spricht Arabisch. Er könnte sich etwas ausdenken, das wie das Arabisch früherer Zeiten klingt. Und wenn er sich als Gärtner in der Nähe der Türen und Fenster aufhält, könnte er, falls er ein Bauchredner ist, seine Stimme drinnen im Raum hören lassen. Dann scheint es, als ob die Mumie redet.«

Justus nickte. »Aber wenn wir Hamid auch nur ein Wort davon sagen, ehe wir Beweise haben, erzählt er es vielleicht Achmed weiter. Damit wäre Achmed gewarnt und müsste seine Pläne ändern. Wir dürfen Hamid deshalb nicht einweihen.«

»Richtig«, sagte Peter überzeugt. »Aber was jetzt? Wir müssen noch den Nachmittag hinter uns bringen, bis wir das Ergebnis der Telefonlawine erfahren. Und ich fürchte«, fügte er düster hinzu, »dass deine Tante viel Arbeit für uns hat.«

»Ja, eben. Deshalb will ich rasch mit Professor Yarborough telefonieren und nach Wilkins fragen.« Justus wählte schon die Nummer und gleich darauf konnte Peter die Unterhaltung mit dem Professor verfolgen.

»Wilkins ist schon aus der Klinik entlassen worden«, berichtete Yarborough. »Er hatte nur einen Schock erlitten. Er sagte, er hätte gestern Abend etwas höchst Merkwürdiges erlebt: Der Gott Anubis, ein Mann mit dem Kopf eines Schakals, sei plötzlich aus dem Gebüsch erschienen und habe ihm erzürnte Worte in einer fremden Sprache zugerufen. Wilkins wurde vor Schreck ohnmächtig. Also hat Anubis Ra-Orkon gestohlen?« Peter und Justus sahen sich an.
»Aber wir wissen, dass zwei Diebe namens Joe und Harry Ra-Orkon gestohlen haben«, sagte Peter verwirrt.
»Herr Professor«, sprach Justus in die Muschel, »wir sind ganz sicher, dass Wilkins von jemandem erschreckt wurde, der wahrscheinlich eine Gummimaske als Schakalkopf trug. Jemand hat sich als Anubis maskiert.«
Er berichtete noch in großen Zügen, was Peter am vergangenen Abend erlebt hatte.
»Ja, das leuchtet ein«, meinte Professor Yarborough. »Das würde alles erklären. Werdet ihr den Mumienschrein finden können? Und habt ihr eine Idee, was dahintersteckt? Glaubt ihr, dass dieser Achmed das alles angezettelt hat?«
»Ich habe ein paar Vermutungen, Herr Professor«, sagte Justus. »Aber noch keine Beweise. Den Mumienschrein wollen wir heute Abend finden. Sobald wir etwas wissen, werden wir Sie verständigen.« Er legte auf und schaute ins Leere.
Peter rutschte unruhig auf seinem Stuhl hin und her. »Na?«, fragte er. »Was denkst du jetzt wieder?«
»Mir fiel gerade ein«, antwortete Justus, »dass uns der Professor gestern erzählt hat, Wilkins sei Schauspieler beim Varieté gewesen, ehe er Butler wurde.«

»Na und?«

»Ein Schauspieler kann sich sehr geschickt ohnmächtig stellen«, sagte Justus. »Und es ist doch durchaus möglich, dass Wilkins in diesem Varieté als Bauchredner auftrat.«

»Meinst du wirklich?«

»Ich weiß es nicht. Aber nehmen wir es einmal an. Was könnte man daraus schließen?«

»Himmel!«, rief Peter aufgeregt. »Das würde heißen, dass Wilkins doch der Schuldige sein könnte. Oder dass er mit Achmed zusammenarbeitet. Oder auch mit einem Dritten. Was hältst du davon, Just?«

»Die Zeit«, erklärte Justus weise, »wird es an den Tag bringen.« Und zu Peters Verstimmung redete er den ganzen Nachmittag kein Wort mehr über den Fall.

Viel zu viele Fragezeichen

Am frühen Abend rumpelte der kleine Lastwagen der Firma Jonas mit Sondergenehmigung von Mrs Jonas durch die Straßen von Los Angeles. Kenneth saß am Steuer. Justus hatte entschieden, dass es am klügsten sei, erst das Versteck des Sargs auszumachen und dann Joe und Harry dort aufzulauern. Die Jungen würden den beiden Männern folgen und sie überrumpeln, wenn sie den Sarg ihrem Auftraggeber, dem großen Drahtzieher, übergeben wollten. Nur so, meinte Justus, konnten sie ihn überführen. Für dieses Vorhaben wäre der goldbeschlagene Rolls-Royce zu auffallend gewesen. Von dem alten Lastwagen einer Schrottfirma würde dagegen niemand Notiz nehmen.
Hamid war im Taxi auf dem Schrottplatz eingetroffen. Jetzt saß er mit Justus vorn bei Kenneth, Peter und Bob hockten auf ein paar zusammengefalteten Planen im Laderaum. Langsam rollte der Wagen durch verkommene Straßenzüge mit Lagerhäusern und kleinen, schäbigen Ladengeschäften.
Während der Fahrt hatten Bob und Peter eifrig die Frage diskutiert, ob der Bösewicht am Ende Achmed oder Wilkins heiße, und jeder hatte seine Ansicht inzwischen mindestens zweimal geändert. Gerade brachte Kenneth den Wagen zum Stehen, Peter und Bob sahen hinaus. Sie hielten vor einem alten, geschlossenen Theater. Ein zerbrochenes Reklameschild verriet, dass hier einmal das Columbus Theater gewesen war. Auf weiteren Hinweisschildern stand: *Geschlossen. Kein Zutritt. Betreten verboten.* Da Justus und Hamid ausstiegen,

sprangen auch Peter und Bob vom Wagen und liefen hinterher. Bob zog sein Bein noch leicht nach.
»Sieht das dem Gebäude ähnlich, in dem du gestern Abend warst, Peter?«, fragte Justus mit einem skeptischen Blick auf das halb verfallene alte Theater.
»Die Vorderseite habe ich nicht gesehen. Aber unser Haus war nicht so hoch«, stellte Peter nach kritischer Betrachtung fest.
»Scheint nicht zu sein das gleiche Haus.« Hamid schüttelte den Kopf.
»Immerhin ist es die Adresse, die wir von unserem Gewährsmann bekommen haben.« Justus sah noch einmal auf dem Zettel in seiner Hand nach. Vor einer Stunde hatte sich einer der Jungen von der Telefonlawine gemeldet und behauptet, sein Vater habe blaue Fragezeichen an der Hinterfront des Gebäudes Columbus-Street 108 gesehen. Sie waren sofort losgefahren und da standen sie nun – eindeutig war hier Columbus-Street 108.
»Sehen wir mal hinten nach«, schlug Justus vor und führte die anderen in einen seitlichen Durchgang, der zur Rückseite des Gebäudes führte. Sie kamen auf einen Hof und sahen tatsächlich ein großes Einfahrtstor zu einem Lagerraum. In einer Ecke waren mit blauer Kreide mehrere Fragezeichen gemalt!
»Das ist dein Zeichen, Nummer Zwei«, sagte Justus. »Hier muss es demnach sein.«
»Es sieht aber ganz anders aus«, wandte Peter verwirrt ein. »Was meinst du, Hamid?«
»Ich glaube, es ist nicht richtig«, sagte der kleine Libyer. »Aber es war dunkel. Vielleicht wir sahen nicht gut.«
»Viel Zeit hattet ihr wahrhaftig nicht«, meinte Justus. »Da –

hier ist eine kleine Tür neben dem großen Tor. Die steht ja einen Spalt offen! Vielleicht können wir sehen, wo der Sarg steht.«
Sie gingen auf die Tür zu und steckten, einer über den anderen geduckt, ihre Nasen durch den Spalt. Plötzlich wurde die Tür nach innen aufgerissen und drei grinsende Gesichter tauchten auf.
»Aha, da haben wir Justus McSherlock und seine Getreuen!«
Es war Skinny Norris. Er lachte unverschämt.
»Na, war die Spurensuche erfolgreich, Sherlock?«, höhnte der Zweite – ein Freund von Skinny Norris.
»Sucht ihr etwa Fragezeichen? Dann seht euch nur fleißig um«, meinte hämisch der Dritte, ein fetter, rothaariger Kerl. »Es gibt ja genug davon.«
»Schätze, wir brauchen uns hier nicht weiter aufzuhalten«, sagte Skinny. »Sherlock und seine Leute sind Herr der Lage.«
Mit wieherndem Gelächter schlenderten sie an den vier Jungen vorbei. Sie stiegen in Skinnys blauen Sportwagen und rasten davon.
Bob ging zuerst ein Licht auf. »Da, seht doch!« Er zeigte auf die Tore und Türen der umliegenden Gebäude. Alle trugen Fragezeichen. »Wahrscheinlich sieht es in den anderen Straßen ähnlich aus«, sagte er. »Alles voll mit falschen Kreidezeichen.«
Justus war zornrot im Gesicht. »Skinny Norris!«, rief er. »Sicher hat ihn irgendein Junge im Lauf der Telefonlawine angerufen, und dadurch hat er erfahren, dass wir ein Kreidezeichen suchen. Und da kam er mit seinen Freunden hierher und malte Fragezeichen auf dieses Tor und noch auf viele andere, um

es uns schwer zu machen. Dann musste uns einer anrufen, und sie warteten hier, um uns tüchtig auszulachen.«

»Zum Kuckuck, sie haben es uns wirklich schwer gemacht!«, schimpfte Peter. »Und jetzt lachen sie sich halb tot. Wahrscheinlich haben sie die ganze Gegend hier mit blauen Fragezeichen bekritzelt. So was kann nur Skinny einfallen. Wenn ich den mal erwische, schlage ich ihn kurz und klein!«

Es sah wirklich so aus, als hätte ihnen Skinnys übler Trick jede Chance genommen, das richtige Tor zu finden. Es wimmelte von Kreidezeichen! »Was machen wir nun?«, fragte Bob ratlos. »Zurückfahren zur Firma?«

»Kommt gar nicht infrage!«, wehrte Justus ab. »Erst sehen wir uns mal an, wie viele Fragezeichen Skinny und Genossen hier rumgeschmiert haben. Und dann sehen wir weiter. In Zukunft müssen wir bedenken, dass eine Telefonlawine, wie so viele gute Ideen, auch ihre Schattenseiten hat.«

Sie erklärten Hamid kurz, dass Skinny Norris ein Rivale war, der alles daransetzen würde, um ihnen die Aufklärung eines Falles so richtig zu vermasseln. Dann verteilten sie sich und suchten die Straßen und Gässchen der Umgebung ab. Sie fanden Fragezeichen über mehrere Häuserblocks verstreut. Sehr entmutigt trafen sie sich am Lastwagen zur Beratung.

»Wir fahren einfach herum!«, erklärte Justus verbissen. »Vielleicht fällt Peter oder Hamid dabei irgendeine Einzelheit auf, an die sie sich erinnern. Wir dürfen jetzt nicht aufgeben. Es ist unsere letzte Chance. Wenn Harry und Joe den Sarg ohne uns abliefern, ist es endgültig Essig.«

Schweren Herzens stiegen sie in den Wagen. Kenneth fuhr langsam die Straße entlang.

»Wir sind erledigt«, sagte Peter düster. »Warum sollen wir's nicht zugeben?«
»Und uns von Skinny auslachen lassen?« Justus presste die Lippen zusammen. »Wir versuchen es weiter. Hier, die alte Kirche an der Ecke – habt ihr die vielleicht gesehen, als ihr gestern Abend durch die Straßen gerannt seid?«
Peter sah sich den Bau an und schüttelte den Kopf. »Ich glaube, hier waren wir gar nicht«, meinte er. »Die Straßen sahen schmaler und schmuddeliger aus. Und dunkler.«
»Dann probieren wir's anderswo. Bitte rechts abbiegen.«
»In Ordnung«, sagte der Ire gutmütig und bog nach rechts ein. Sie waren gerade über drei Querstraßen gekommen, da packte Peter Justus' Arm.
»Der Eisstand!«, sagte er. »Ich glaube, da sind wir gestern vorbeigekommen – als wir losgerannt sind.«
Er wies auf einen Kiosk, der wie eine riesige spitze Eistüte aussah. Er war nicht in Betrieb und schon halb verfallen. In dieser Gegend ließ sich wohl kein Geschäft machen.
»Anhalten, bitte«, gebot Justus. Kenneth stoppte. Peter, Just, Bob und Hamid stiegen aus. Dann standen sie zu viert auf dem Gehsteig und betrachteten die eistütenförmige Bude auf der Straßenseite gegenüber. »Hamid, hast du das Ding gestern auch gesehen?«, fragte Peter.
»Oh ja.« Hamid nickte. »Ich dachte, es ist kleiner Tempel. So sonderbar – zwischen die andere Häuser.«
Bob grinste. »Hier in Kalifornien gibt es Saftstände, die Orangen gleichen, und Würstchenbuden, die wie Würste aussehen«, erklärte er. »Ein Kiosk, der eine Eistüte darstellt, ist da völlig normal.«

Hamid blieb keine Zeit, sich darüber zu wundern. Mit ein paar Fragen fand Justus heraus, dass sich weder Peter noch Hamid erinnern konnten, in welcher Richtung sie an dem Eisstand vorbeigelaufen waren. Er fasste einen raschen Entschluss.
»Bob, du bleibst mit Hamid hier«, ordnete er an. »Schalte dein Walkie-Talkie ein – für den Fall, dass es noch etwas zu melden gibt. Peter, geh die Straße hier entlang und schau in alle Seitenstraßen. Vielleicht erkennst du eine wieder. Ich gehe in die andere Richtung und nehme mir da die Nebenstraßen vor. Wenn wir die richtige finden, führen uns die Geheimzeichen vielleicht doch noch ans Ziel. Sicher haben Skinny und seine Freunde nicht ganz Los Angeles mit Kreidezeichen bemalt.«
»Na schön, wir können's ja probieren«, stimmte Peter zu.
»Kenneth bleibt mit dem Wagen hier stehen und hier treffen wir uns wieder. Über die Walkie-Talkies bleiben wir in Verbindung.«
Es dunkelte bereits. Bald würde es Nacht sein. Peter und Justus gingen in entgegengesetzten Richtungen los. Im Lastwagen warteten Hamid und Bob.
»Vielleicht sie finden nicht den Sarg«, sagte Hamid. »Vielleicht Mumie von Ra-Orkon ist für immer verloren. Dann Achmed und ich sind sehr traurig zu sagen meinem Vater, wir verloren unseren ehrenwerten Ahnherrn.«
Bob merkte, dass Hamid trotz Justs Erklärungen darauf bestand, dass Ra-Orkon sein Ahnherr sei. »Wo ist Achmed heute Abend?«, fragte er.
»Ich weiß es nicht«, erwiderte Hamid. »Er sagte, er hat Geschäfte für meinen Vater. Er besucht Teppichhändler hier, um ihnen zu berichten von den Waren des Hauses Hamid.«

Bob erschien es wahrscheinlicher, dass Achmed sich irgendwo mit den beiden Dieben, Joe und Harry, treffen wollte, um den Mumiensarg zu übernehmen. Doch davon sagte er Hamid nichts. Der Junge war schon bedrückt genug.

Inzwischen waren Peter und Justus gut vorangekommen und hatten in viele Seitenwege und Querstraßen geschaut. Über Sprechfunk gaben sie ihre Fehlanzeigen durch. Es war schon fast zu dunkel, um überhaupt noch Kreidezeichen zu erkennen. Schweren Herzens gab Justus schließlich einen Befehl:

»Prüfe noch die nächste Querstraße, Nummer Zwei«, sagte er. »Dann komm zum Lastwagen zurück. Wir müssen besprechen, was wir weiter unternehmen.«

Peters Stimme kam aus dem Empfänger. »Verstanden.«

Justus trabte die nächste Seitenstraße hinunter. Sie glich den vielen anderen aufs Haar – auch hier Rückfronten von Geschäftshäusern mit Einfahrten. Ganz am Ende der engen Straße sah er ein großes Gebäude, er ging darauf zu. An der Rückseite befand sich ein riesiges Tor, doch davor stand ein Auto: ein unauffälliger blauer Lastwagen. Als Justus näher kam, schob ein Mann das große Schwingtor hoch. Wenn hier Peters Kreidezeichen gewesen wären – was nicht wahrscheinlich war –, so hätte Justus sie nicht sehen können. Justus blieb stehen. Er seufzte und machte sich auf den Rückweg.

Dann hielt er noch einmal an. Er hatte jemanden sprechen hören.

»So, Harry, du kannst reinfahren«, sagte eine Männerstimme.

»Gut. Geh zur Seite, Joe!«, antwortete eine andere Stimme.

Harry! Joe! Die Namen der beiden Männer, die Ra-Orkons Sarg weggeschafft hatten!

Justus im Alleingang

Justus fuhr herum und rannte auf das Fahrzeug zu, das sich vorsichtig durch das große Tor in einen dunklen Raum schob. Es gab für ihn nur eine Möglichkeit, nicht gesehen zu werden. Joe, der das Tor hochgedrückt hatte, stand links vom Wagen, Justus sauste zur gegenüberliegenden Seite. Als der Wagen durch die Einfahrt rollte, zwängte er sich mit in den dunklen Innenraum. Zwischen Wagen und Türrahmen blieb für ihn kaum mehr als ein halber Meter Platz.

Dann war er drinnen. Der Lastwagen hielt. Auch Justus blieb stehen. »Ich mach jetzt dicht«, rief Joe laut. »Dann schaltest du die Scheinwerfer ein, damit wir was sehen.«

Justus drückte sich an den Wagen und überlegte blitzschnell. Sehen konnte er gar nichts. Wenn er wartete, bis die Lichter angingen, sahen ihn die Männer vielleicht. Nur an einem Ort konnte er hoffen, unentdeckt zu bleiben. Er ging in die Knie, legte sich flach auf den Bauch und robbte unter den Wagen. Das Geräusch, das dabei entstand, wurde vom Zurückschwingen des Tors übertönt. Gleich darauf strahlten die Scheinwerfer auf und erhellten den Raum. Da Just unter dem Fahrgestell lag, war sein Gesichtskreis zwar begrenzt, aber er sah die Räder eines Autos und daneben etwas Großes, Eckiges unter einer Plane – das konnte nur Ra-Orkons Sarg sein.

Er hatte das Versteck entdeckt! Aber Hilfe konnte er nicht herbeirufen, denn wenn er mit der nötigen Lautstärke und Deutlichkeit in sein Walkie-Talkie sprach, würde er sofort gehört und geschnappt werden.

Er wartete. Sein Herz klopfte wild.
Jetzt stieg Harry, der am Steuer gesessen hatte, aus. Justus sah die Beine der beiden Männer knapp zwei Meter vor sich, als sie neben ihrem Fahrzeug standen.
»Unser Kunde zahlt also, wie?« Harry lachte hämisch. »Hab ich's doch gewusst. Er war ja mächtig hinter dem Kasten her. Was er damit vorhat, wird mir ewig ein Rätsel bleiben.«
»Tja, nun hat er sein Ziel erreicht«, antwortete der andere. »Aber jetzt gib acht: Wir sollen das Ding woanders abliefern – ein Stück weit hinter Hollywood. Da ist eine leere Garage, sagt er, und da können wir direkt reinfahren.«
»Na und? Geht in Ordnung.«
»Das ist noch nicht alles. Er hat Angst, dass uns jemand verfolgt. Wir sollen sehr vorsichtig sein, und wenn wir meinen, dass einer hinter uns her ist, sollen wir lieber vorbeifahren.«
»Wer sollte uns verfolgen?«, fragte Joe scharf. »Es weiß doch keiner was von unserem Versteck hier. Wir müssen das Ding loswerden. Ich will mein Geld sehen.«
»Na klar. Aber es geht noch weiter. Wenn wir den halben Weg hinter uns haben und sicher sind, dass uns keiner folgt, sollen wir anhalten und telefonieren. Er sagt, er will den Sarg dann vielleicht doch bei der ursprünglichen Adresse in Empfang nehmen. Es käme darauf an.«
»Und auf was?«
»Hat er nicht gesagt. Das Tollste hast du aber noch gar nicht gehört.«
»So? Schieß los!«
»Wenn wir ihm die Kiste gebracht haben, will er die Mumie wieder reinlegen. Und dann sollen wir die ganze Ladung ir-

gendwohin fahren und verbrennen, sodass nichts davon übrig bleibt. Dafür will er dann noch mal einen Tausender lockermachen.«
»Noch einen Tausender! Warum wollte er dann, dass wir das Zeug klauen, wenn es ihm doch bloß darum geht, alles zu verbrennen?«
»Keine Ahnung. Vielleicht hat er Angst bekommen und will sich den Krempel vom Hals schaffen. Wir kriegen unser Geld – also kann uns der Rest schnuppe sein. Wir tun, was er von uns verlangt! Los jetzt, laden wir das Ding auf. Und dann ab nach Hollywood.«
Die zwei Paar Beine entfernten sich. Im Licht der Scheinwerfer sah Justus, wie sich die beiden Männer dem Sarg näherten und sich darüberbeugten.
»Wie wär's, wenn wir mal nachschauten, was eigentlich drin ist?«, schlug Joe, der Kleinere der beiden, vor. »Könnte doch sein, dass es dem Burschen um etwas Wertvolles geht.«
Sie hoben den Deckel und schauten hinein. Joe tastete den leeren Innenraum mit den Händen ab. »Nö«, sagte er. »Nichts. Komm schon, rauf mit dem Ding auf den Wagen.«
Sie schoben den Sarg zum Heck des Lieferwagens, das im Dunkeln lag. Dann stellten sie fest, dass der Wagen zu dicht am Tor stand und sie den Sarg nicht hinaufmanövrieren konnten.
»Wir müssen die Karre ein Stück vorfahren«, stellte Joe fest.
»Mach du's. Ich brauch einen Schluck Wasser.«
Joe stieg ins Führerhaus, der Motor heulte auf und der Wagen bewegte sich ein paar Meter vorwärts. Justus lag nicht mehr unter dem Fahrzeug, sondern dahinter. Harry verschwand indessen durch eine schmale Tür. Justus war in einer vertrackten

Lage. Wenn er jetzt versuchte, Peter und die anderen über Funk zu erreichen, würde man ihn hören. Wenn er in die nächste Ecke kroch und sich hinter den Fässern dort versteckte, würde der Wagen wegfahren, und er würde ihm nicht folgen können. Kletterte er in den Wagen, so würden ihn die Männer entdecken, wenn sie den Sarg aufluden.
Einen verzweifelten Augenblick lang sah er keine Möglichkeit, verborgen zu bleiben und gleichzeitig Wagen und Sarg so lange im Auge zu behalten, bis er mit den anderen Verbindung aufnehmen und sie bitten konnte, hinterherzufahren.
Dann kam ihm blitzartig die Erleuchtung. Harry war noch im Waschraum, Joe saß hinter dem Lenkrad. Unbemerkt kroch Justus zum Mumienschrein, der auf dem Zementboden stand. Er hob den Deckel, wälzte sich wie ein dicker Aal über den Rand des Gehäuses und brachte von innen den Deckel wieder an seinen Platz. Er dachte noch daran, einen Bleistift einzuklemmen, damit er Luft bekam.
Und dann wartete er, während ihm das Herz im Halse schlug.

Peter, Bob und Hamid standen auf dem Gehweg neben dem Wagen der Firma Jonas. Sie machten sich Sorgen. Es war schon eine Zeit lang her, seit Justus sich das letzte Mal gemeldet hatte, und danach hatten sie trotz aller Bemühungen, ihn über das Walkie-Talkie zu erreichen, nichts mehr gehört. Ob er irgendwo in der Klemme saß?
Plötzlich krachte es in Peters Empfänger.
»Erster Detektiv ruft Zweiten Detektiv. Bitte kommen.«
»Hier Zweiter Detektiv. Verstanden, Empfang klar. Was ist los, Chef?«

»Die Burschen, die wir suchen, fahren gerade nach Hollywood«, meldete Just. »In einem blauen Zweitonner. Der Lack blättert stellenweise ab. Die Nummer ist PX 1043. Jetzt biegt er in die Painter Street ein, westliche Richtung. Habt ihr alles mitbekommen?«
»Alles klar!«, schrie Peter. Justs Meldung besagte, dass sich der Wagen auf derselben Straße befand wie sie und sich von ihnen entfernte. Aber es konnten erst wenige Querstraßen dazwischenliegen, denn Justs Stimme war klar und laut zu hören. »Wir wenden und fahren ihm nach, Chef!«, fügte Peter hinzu. »Wo steckst du?«
»Dort, wo ihr gestern auch gewesen seid«, gab Justus zur Antwort.
»Im Sarg drin?«
»Ja, und leider gut verschnürt«, erwiderte Justus. »Aber nur so konnte ich mit euch Verbindung halten. Bitte, verliert den Lastwagen nicht. Ich brauche eure Hilfe, wenn wir bei dem Burschen ankommen, der den Sarg kriegen soll.«
»Wir bleiben hinter dir«, sagte Peter, und dann kam Leben in die drei Jungen. Sie kletterten in den Wagen. Peter sagte Kenneth, was zu tun war. Der Ire wendete auf der Straße. Er gab Vollgas und der Wagen fuhr mit hohem Tempo davon. Bald tauchte vor ihnen ein schäbiger blauer Lastwagen mit dem Kennzeichen auf, das Justus genannt hatte. Kenneth trat auf die Bremse und fuhr dann in gleichbleibendem Abstand hinterdrein. Die großen Straßenlaternen auf der Allee, in die sie gerade einfuhren, erhellten zum Glück die Gegend so gut, dass sie den blauen Wagen aus größerer Entfernung im Auge behalten konnten.

»Wir sind jetzt hundert Meter hinter euch«, sprach Peter ins Walkie-Talkie. »Hast du eine Idee, wo's hingehen soll?«

»Keine Spur«, antwortete Justs Stimme. »Joe hat den Ort von seinem Kunden telefonisch erfahren.«

»Ist wie in Kino!«, sagte Hamid aufgeregt. »Aber noch mehr Spannung. Ich mache Sorgen für Ersten Detektiv, wenn wir den Wagen verlieren und nicht da sind zu helfen, wenn Justus gefunden wird.«

»So geht's uns auch, Hamid«, murmelte Bob.

Und Justus ging es nicht anders! Er lag lang ausgestreckt im Sarg, die Nase dicht an seinem Luftspalt, und fragte sich, ob er es wohl richtig gemacht habe. Aber der Aufenthalt im Innern des Corpus Delicti war für ihn die einzige Möglichkeit, auf dem Laufenden zu bleiben.

Nun, alles schien glattzugehen. Jetzt waren sie wohl schon ein paar Kilometer gefahren und Kenneth und die anderen kamen noch immer hinterher. Harry und Joe hatten anscheinend nichts gemerkt. Justus wollte eben schon aufatmen und sich zu seinem Erfolg beglückwünschen – da steigerte der Lastwagen sein Tempo. Es rumpelte gewaltig, als ob er über einen Bahnübergang fahre. Im Hintergrund bimmelte es laut und dann ertönte die Signalhupe einer Diesellok. Kaum zehn Meter hinter ihnen brauste dröhnend der Zug vorbei. Dann hörte Just, wie sich Peter verzweifelt meldete. »Chef, wir werden aufgehalten! Ein Güterzug! Er ist bestimmt einen Kilometer lang. Bis der vorbei ist, seid ihr längst weg. Hallo! Hallo!«

»Verstanden!«, schrie Justus. Er schluckte. Während er noch überlegte, was zu sagen und zu tun wäre, fuhr der Lastwagen um eine scharfe Kurve und dann weiter geradeaus.

»Hallo, Nummer Zwei!«, meldete sich Justus. »Wir fahren in einer anderen Richtung weiter! Ich weiß nicht, in welcher Straße wir jetzt sind. Ich habe eine Idee. Hallo – hörst du mich?«
»Chef!« Peters Stimme war nur noch schwach und undeutlich zu vernehmen. »Ich kann dich nicht mehr verstehen. Jetzt bist du ganz weg. Kannst du –«
Dann erstarb Peters Stimme in einem Krachen und Knistern. Justus wusste, dass sie jetzt für die kleinen Walkie-Talkies zu weit voneinander entfernt waren. Es gab praktisch keine Möglichkeit mehr für Kenneth, den blauen Lastwagen wiederzufinden.
Damit war er auf sich allein gestellt!

Wer ist Jäger, wer ist Beute?

Justus wartete ein paar Minuten und hoffte, Peters Stimme nochmals über das Walkie-Talkie zu hören. Aber es blieb still. Offenbar hatten die Freunde den vorausfahrenden Wagen endgültig aus den Augen verloren, als der Zug schließlich durchgefahren war. Er malte sich aus, wie Kenneth jetzt auf der Suche nach dem blauen Laster in Querstraßen einbog, wendete und weiterraste. Aber bei Dunkelheit und im Straßengewirr von Los Angeles standen die Chancen für eine Wiederbegegnung nicht einmal eins zu hunderttausend!
Er versuchte es noch einmal mit einem Funkspruch. »Hallo, Nummer Zwei!«, sagte er. »Hörst du mich? Bitte kommen.«
Es kam keine Antwort von Peter. Aber dafür meldete sich eine unbekannte Stimme, die offenbar einem Jungen in seinem Alter gehörte.
»Hallo«, rief der Junge. »Wer spricht da? Was redet ihr da mit ›Chef‹ und ›Nummer Zwei‹? Ist das ein Spiel? Kann ich mitmachen?«
»Pass auf, du«, sagte Justus schnell entschlossen. »Es ist kein Spiel. Kannst du für mich die Polizei anrufen?«
»Die Polizei anrufen? Wozu denn das?«, erkundigte sich die Jungenstimme. Justus überlegte rasch. Die ganze Wahrheit – das würde unglaubhaft klingen.
»Ich bin hinten in einem Lastwagen eingesperrt. Die Männer, die ihn fahren, wissen nicht, dass ich drin bin. Ich will hier raus. Ruf die Polizei. Sie sollen den Lastwagen stoppen und mich rauslassen.«

Der Augenblick war da, andere um Hilfe zu bitten. Und nur die Polizei konnte den jeweiligen Aufenthalt des Lastwagens schnell ausfindig machen und Just befreien – die Zeit drängte.
»Klar mach ich das!«, gab der Junge zurück. »Wohl als blinder Passagier gefahren und eingeschlossen worden, was? Aber beeil dich mit deiner Erklärung, ich hör dich schon nicht mehr so gut.«
»Geht ganz schnell«, rief Justus. »Hör zu: Es ist ein blauer Zweitonner mit der Nummer PX 1043. Er fährt in Richtung Hollywood. In zehn Minuten müsste er durchkommen. Er ist alt und verbeult und –« Aber die Stimme des anderen Jungen schnitt ihm das Wort ab.
»Was ist denn?«, fragte er. »Ich hab nur ein paar Worte verstanden, dann warst du weg. Ihr entfernt euch wohl rasch von mir? Hörst du mich noch?«
»Ich höre dich«, sagte Justus. »Wie ist es bei dir?«
»Hallo! Hallo!«, rief der Junge. »Ich höre überhaupt nichts mehr. Dein Sendebereich ist wohl nicht so groß. Tut mir leid!«
Entmutigt überlegte Justus, was er tun konnte. Er steckte das Walkie-Talkie in sein Hemd zurück und versuchte, sich einen Plan auszudenken. Gerade diesmal kam ihm kein rettender Gedanke! Harry und Joe hatten den Sarg verschnürt, ehe sie ihn auf die Pritsche hoben. Heraus konnte er also nicht.
Aber darüber machte er sich keine Sorgen. Durch den Spalt bekam er genügend Luft zum Atmen. Was ihn beunruhigte, war der Gedanke an die Folgen. Er schluckte hart, als er sich die Szene ausmalte: Der Lastwagen würde anhalten, Harry und Joe würden den Sarg herauswuchten, den Riemen losmachen und den Deckel öffnen.

Und da hätten sie dann Justus Jonas vor sich gleich einer Auster mit geöffneter Schale – und ebenso hilflos.
Als er darüber nachdachte, brach ihm der Schweiß aus. Harry, Joe und der Auftraggeber würden um den Sarg herumstehen und hineinschauen, und er würde zu ihnen hinaufstarren – drei gefährliche Verbrecher und ein Zeuge, der sie hinter Schloss und Riegel bringen könnte.
Er versuchte, nicht daran zu denken, was gefährliche Verbrecher gegebenenfalls mit gefährlichen Zeugen taten. Er wollte auf einen Ausweg kommen. Wie wäre es, wenn er in dem Augenblick, in dem der Deckel gehoben wurde, heraussprang und losrannte? Dann wären sie vielleicht zu überrascht, um sofort zu reagieren, und er könnte entkommen.
Aber gleich verwarf er diese Hoffnung wieder. Sie würden zu dritt sein – wohin er sich im Sprung auch wenden mochte, einer würde immer nahe genug sein, um ihn zu packen.
Just überlegte, ob ihn seine Tante und sein Onkel vermissen würden. Und Peter und Bob – wenn sie nun niemals erfuhren, was aus ihm geworden war? Vielleicht müssten sie den Rest ihres Lebens damit zubringen, über das Schicksal ihres Freundes nachzugrübeln ... Beim Gedanken daran stieg ihm ein dicker Kloß in die Kehle.
Plötzlich hielt der Lastwagen. Justus erstarrte, er glaubte, seine Stunde habe geschlagen. Aber nichts geschah und nach fünf Minuten fuhr der Wagen wieder ab. Da fiel ihm ein, dass Joe gesagt hatte, sie müssten den Auftraggeber vor der Übergabe anrufen. Wahrscheinlich hing der kurze Aufenthalt damit zusammen.
Während der Lastwagen weiterfuhr, drängten sich ihm von

Neuem trübe Gedanken auf. Er war gerade dabei, gute Vorsätze für das nächste Mal – falls es ein nächstes Mal geben sollte – zu fassen, als er plötzlich aufhorchte. Der Wagen hatte wieder angehalten. Er hörte ein Geräusch, als werde das Kipptor einer Garage geöffnet. Sie hatten ihr Ziel erreicht. Sofort war Justus zu neuen Taten bereit. Sein Trübsinn war verflogen. Er würde nicht einfach hilflos daliegen, wenn sie den Sarg öffneten. Und wenn sie wirklich zu dritt sein sollten, würde er eben den Kleinsten über den Haufen rennen und loslaufen. Er würde kämpfen bis zuletzt!

Jetzt wurden die Türen des Führerhauses geöffnet. Mit dem Gehör verfolgte Justus, was draußen vor sich ging. Das Rumpeln und Rascheln – das waren Joe und Harry, die in den Laderaum kletterten. Und nun hoben sie den Sarg. Einer hätte ihn beinahe fallen gelassen.

»Ist doch komisch mit dem Sarg da«, meinte Joe. »Vorhin im Lagerhaus war er doch nicht so schwer zu schieben. Aber als wir ihn aufladen mussten, fühlte er sich viel schwerer an. Und jetzt ist er immer noch so schwer.«

Normalerweise hätte Justus grinsen müssen. Joes Verwunderung konnte man sich wirklich vorstellen. Schließlich hatte Just das Gewicht des Sargs um mehr als einen Zentner erhöht. Aber er konnte nicht grinsen. Jetzt nicht.

Er wappnete sich, als der hölzerne Sarg vom Lastwagen auf den Boden befördert wurde. Dann hörte er eine andere Stimme.

»Schnell, bringt ihn in die Garage!« Die Stimme war zu gedämpft, als dass Just sie hätte erkennen können. Der Sarg wurde gehoben und ein Stück weit getragen. Dann plumpste er dumpf auf einen Betonboden nieder.

»Gut so«, sagte die dritte Stimme. »Lasst mich jetzt zehn Minuten lang hier allein. Dann könnt ihr den Sarg und die Mumie wieder holen und irgendwo draußen verbrennen.«
»Erst wollen wir unser Geld.« Das war Joe. »Vorher gehen wir nicht. Unser Geld, oder wir nehmen alles wieder mit.«
»Gut, gut – ich habe es in der Tasche: Zweitausend Dollar. Macht das Tor zu, dann kriegt ihr es draußen. Die Hälfte gleich, Rest nachher, wenn ihr das Zeug mitnehmt und verbrennt.«
»Ich will nur meinen Riemen abnehmen, ehe ich's vergesse.« Das war Harry. »Den brauche ich noch.«
Der Sarg ruckte, als der Tragriemen gelockert wurde. Da meldete sich Joe. »Lass doch, Blödmann«, sagte er. »Nachher, wenn wir die Kiste abholen, brauchen wir ihn ja doch.«
»Schon gut«, knurrte Harry. »Ich mach ihn dann wieder drum. Erst das Geld.«
»Kommt mit hinaus, dann sollt ihr es haben.« Der unbekannte »Kunde« wirkte nervös, als wolle er die beiden so schnell wie möglich vom Sarg weg und draußen haben.
Justus hörte, wie das Garagentor wieder heruntergeschwenkt wurde. Dann herrschte Stille. Vorsichtig drückte er den Deckel hoch und spähte hinaus. Er war in einer dunklen Garage, aber er konnte erkennen, dass er allein war. Rasch stieß er den Deckel ab und kletterte hinaus. Er legte den Deckel wieder auf und sah sich nach der Tür um, durch die man in die Garage kommen konnte, wenn gerade kein Wagen einzustellen war. Er entdeckte sie bald, weil von außen Licht durch die Glasscheibe in ihrer oberen Hälfte fiel, und ging darauf zu. Doch da ging die Tür auf und Justus drückte sich flach gegen die Garagenmauer. Die sich öffnende Tür verbarg ihn.

Der Mann, der hereingekommen war, klinkte die Tür hinter sich zu und schloss sie zu Justs Bestürzung auch noch ab. Den in der Ecke kauernden Jungen bemerkte er jedoch nicht. Er ging auf den Schrein zu und rieb sich gierig die Hände.

»Endlich habe ich dich«, sagte er laut. »Nach all diesen Jahren! Fünfundzwanzig Jahre habe ich gewartet. Aber das war es wert. Jede Minute war es wert.«

Er holte eine Taschenlampe hervor und ließ den Schein auf den Deckel des Mumiensarges fallen. Offenbar wollte er ganz ungestört sein und machte in der Garage kein Licht, damit Joe und Harry von draußen nicht hereinsehen und ihn beobachten konnten.

Nachdem er den Sarg eingehend betrachtet hatte, hob er den Deckel ab und legte ihn auf den Boden. Er beugte sich über den Schrein und begann, die Innenflächen abzutasten, als suche er etwas.

Justus handelte impulsiv. Er ging mit drei Schritten auf den Mann los und stieß zu.

Die dunkle Gestalt, die schon tief über den offenen Sarg gebeugt war, stieß einen erstickten Schrei aus und stürzte kopfüber hinein – nur die Füße ragten über den Rand. Justus schob nach, sodass der Mann schließlich der Länge nach im Schrein lag. Mit Kräften der Verzweiflung hob Justus schnell den Deckel und schloss ihn.

Er hatte den Auftraggeber, den Drahtzieher, den Räuber von Mumie und Sarg in ebendiesem Sarg gefangen!

Aber würde er ihn da drinnen auch festhalten können? Justus setzte sich rasch auf den Deckel, ehe der überraschte Mann versuchen konnte, ihn von innen abzuwerfen. Als der Gefangene dann energische Befreiungsversuche unternahm, schwankte und ruckte der Deckel zwar unter Justus, aber ein Gewicht wie das seine ließ sich nicht so leicht abwerfen. Justus hielt den Deckel an seinem Platz. Der Schweiß rann ihm dabei übers Gesicht.

Der Mann im Sarg hämmerte erbittert mit den Fäusten gegen den Deckel und verlegte sich aufs Schreien. »Joe! Harry! Was fällt euch ein? Seid ihr verrückt geworden?«

Doch seine Worte waren nur als gedämpftes Gemurmel zu hören. Wenn nichts dazwischengeklemmt war, saß der Deckel wirklich ausgezeichnet. Joe und Harry konnten draußen nichts hören.

Aber Justus wusste: Gleich würden sie ungeduldig werden und nachsehen. Sie würden ihn finden. Und was sollte dann aus ihm werden?

Erstaunliches kommt an den Tag

Da hörte Justus draußen Stimmen. Rufe. Eine Hupe ertönte grell und wild. Und Tumult wie von einer Rauferei.
Er kam nicht zum Überlegen, was da vor sich ging. Sein Gefangener hatte sich umgedreht, sodass er nun mit dem Rücken nach oben drücken konnte, und allmählich bewegte sich der Deckel aufwärts. Gleich würde er sich trotz Justs Gegendruck an einer Seite heben und ihn einfach zu Boden kippen.
In diesem Augenblick schwang das große Tor dröhnend auf. Jemand rief: »Wer ist da drin?« Dann tastete eine Hand nach dem Lichtschalter neben der Tür. Die Deckenleuchte erstrahlte hell. Der Mann im Mumiensarg stellte seine Anstrengung abrupt ein, als hätte er die Unterbrechung bemerkt.
Justus blinzelte die Gestalten vor dem offenen Tor an. Es waren Peter, Bob und Hamid, und da standen auch Professor Yarborough und Achmed. Und gleich darauf kam noch Kenneth hinzu, der sich vergnügt die Hände rieb: »So, die wären versorgt – hab sie mit dem Abschleppseil gefesselt.« Dann fiel sein Blick auf Justus. »Just!«, rief er. »Alles in Ordnung?«
»Ja, bestens.« Justus sprach fast völlig normal, aber es kostete ihn Mühe. »Wie seid ihr alle hierhergekommen?«
Bob antwortete, den anderen hatte der etwas ungewöhnliche Anblick offenbar die Sprache verschlagen. »Als wir dich und den Lastwagen verloren hatten, versuchten wir –« Er verstummte, als ein plötzlicher, heftiger Stoß des im Sarg eingesperrten Mannes Justus fast von seinem Sitz warf. »Wen hast du denn da drin?«, fragte er mit weit aufgerissenen Augen.

»Ja«, fragte auch Professor Yarborough, »wer steckt um Himmels willen in diesem Sarg?«
Justus fuhr sich mit dem Taschentuch übers Gesicht. »Der Mann, der vor sechs Monaten dies alles angezettelt hat«, erklärte er. »Der zauberkundige Bettler Sardon, der Hamids Vater aufsuchte und ihm einredete, Ra-Orkon sei sein Ahnherr. Sardon, der erreichen wollte, dass Hamids Vater die Mumie zu stehlen versuchte – damit später, wenn Sardon selbst den Diebstahl begehen würde, der Verdacht auf das Haus Hamid fiele.«
»Sardon? Sardon ist hier?«, fuhr Hamid auf. »Ich kann nicht verstehen.«
»Das ist nicht möglich!«, rief auch sein Vormund, der dunkelhäutige Achmed. »Sardon ist in Libyen.«
»Ich werde ihn euch zeigen«, sagte Justus. »Ich denke doch, wir können ihn aufhalten, wenn er zu fliehen versucht.«
Er glitt vom Mumiensarg herunter. Der Deckel schnellte sofort hoch und fiel zu Boden. Ein Mann mit gerötetem Gesicht und zerzaustem Haar erhob sich im Sarg und starrte die Gesellschaft wild an.
»Sardon?«, schrie Hamid. »Das ist nicht Sardon! Sardon ist blind in einem Auge, mit langes weißes Haar, und ist ganz krumm, und geht mit Stock!«
»Alles Maskerade«, entgegnete Justus. »Ra-Orkons Katze war Mrs Selbys Katze – maskiert. Der Gärtner war Achmed – verkleidet. Der Gott Anubis war in Wirklichkeit Joe oder Harry – auch kostümiert. Und Sardons Erscheinen war erst recht eine Maskerade – hier, dieser Mann steckte dahinter.«
»Freeman!«, stammelte Professor Yarborough ungläubig.

Bestürzt starrte er den Mann an, der aufrecht im Sarg stand. »Ich sehe wohl nicht richtig ... Sie haben Ra-Orkon gestohlen? Und den Sarg? Ich meine, Sie ließen sich beides von Dieben beschaffen?«
Für Professor Freeman war der Kampf zu Ende. Er sah, dass kein Entkommen möglich war.
»Ja, Yarborough«, sagte er. »Fünfundzwanzig Jahre lang habe ich darauf gewartet, diese Mumie und ihren Sarg an mich zu bringen – das ist fast so lange her wie die Entdeckung des Grabes. Und jetzt soll ich wegen ein paar naseweiser Bengel eine Million Dollar aufgeben – vielleicht auch zwei.«
»Doch«, meldete sich Achmed plötzlich zu Wort. Er war vorgetreten und sah Professor Freeman prüfend ins Gesicht. »Es ist Sardon! Das Gesicht ist dasselbe, braune Farbe ist abgewischt. Die Stimme – gleich. Das ist der Mann, der kam zum Haus meines Herrn und erzählte Märchen, dass die Mumie von Ra-Orkon war sein Ahnherr. Das ist der Mann, der einredete meinem Herrn, mich zu schicken hierher und Ra-Orkon zurückzuholen, um seinem Geist Frieden zu verschaffen. Lügner!«
Und er spuckte Professor Freeman ins Gesicht.
Der sprachkundige Gelehrte wischte sich mit resignierter Gebärde das Gesicht ab. »Das habe ich wohl verdient, und noch viel mehr«, sagte er. »Ich werde alles aufklären. Ich nehme an, dass Sie als Erstes erfahren möchten, warum ich Ra-Orkon mit allen Mitteln an mich bringen wollte.«
»Das will ich meinen«, rief Professor Yarborough empört. »Herrgott, Sie hätten doch jederzeit kommen und sich bei mir zu Hause mit ihm beschäftigen können!«

»Eigentlich wollte ich Ra-Orkon gar nicht haben«, erklärte Professor Freeman und stieg aus dem Mumiensarg. »Ich wollte diesen Holzschrein, in dem er lag. Mein Vater war ja dabei, Yarborough, als Sie Ra-Orkon entdeckten.«
»Freilich war er dabei«, rief der weißhaarige alte Herr. »Und er war ein prächtiger Mensch. Es hat mich sehr erschüttert, als er in den Basaren von Kairo ermordet wurde.«
»Nun ja«, fuhr Professor Freeman fort. »Mein Vater machte damals eine Entdeckung, von der Sie nichts wussten. Als er den Sarg unbemerkt untersuchte, fand er einen versteckten Hohlraum an der Innenseite, der mit einem Holzpfropfen fest verschlossen war. Und in dem Hohlraum – hier, ich werde es Ihnen zeigen.«
Er nahm eine kleine Säge von der Wand. Dann kippte er den Sarg auf eine Seite und wollte gerade die Säge an einer Ecke ansetzen, als Professor Yarborough ihn aufhielt.
»Halt! Sie sagten doch, der Sarg sei ein ungeheuer wertvolles Stück!«
»Nicht so wertvoll wie das, was drinnen versteckt ist.« Professor Freeman brachte ein schwaches Lächeln zuwege. »Und Sie brauchen doch ohnehin ein Stückchen Holz für Ihren Kohlenstofftest. Ich hätte wirklich nicht den ganzen Sarg zu stehlen brauchen, wenn mein Vater das Versteck nicht so gut zugeleimt hätte, dass man mit der Säge darangehen muss. Sonst hätte ich es ja bei günstiger Gelegenheit in Ihrem Haus öffnen können. Aber mein Vater wollte kein Risiko eingehen. Er hoffte, er würde den Sarg irgendwann und irgendwie in die Hände bekommen, und er sorgte dafür, dass niemand sonst das Geheimnis entdecken konnte.«

Professor Freeman begann zu sägen. »Mein Vater schrieb all dies in einem Brief nieder, der mir zugeschickt werden sollte, falls ihm etwas zustieße, ehe er den Sarg an sich bringen konnte. Nach seinem Tod erhielt ich diesen Brief. Damals war ich noch auf der Universität und studierte Sprachen. Sofort begann ich mich auf die Sprachen des Mittleren Ostens zu spezialisieren, damit ich später nach Ägypten reisen und versuchen konnte, die Mumie vom Museum in Kairo zu bekommen. Das gelang mir nicht. Aber da erzählten Sie, Yarborough, vor sechs Monaten, dass das Museum Ihnen die Mumie schicken wolle. Ich flog nach Ägypten und stellte fest, dass ich nicht an den Sarg herankommen konnte. Da arbeitete ich einen genauen Plan aus, der darauf begründet war, dass ich einem reichen Libyer einredete, Ra-Orkon sei der Ahnherr seines Geschlechts. Ich verkleidete mich als Sardon, der zauberkundige Bettler, und suchte Hamid senior auf, einen wohlhabenden libyschen Teppichhändler. Mit meinen Sprachkenntnissen fiel es mir nicht schwer, in verschiedenen orientalischen Sprachen zu reden, als ich scheinbar in Trance verfallen war. Ich überzeugte Hamid vom Hause Hamid so felsenfest, dass er seinen Geschäftsführer und seinen Sohn hierherschickte, um ihm die Mumie zu bringen – und um sie notfalls zu stehlen. Und darauf hatte ich es ja angelegt.

Natürlich war ich jederzeit bereit, die Mumie und den Sarg selbst zu stehlen, falls ich mir beides nicht auf anderem Wege verschaffen konnte. Nur wollte ich den Verdacht auf das Haus Hamid lenken, wenn es so weit käme. Ich wusste, dass der Abgesandte des Hauses Hamid sich in Ruhe darauf vorbereiten würde, und ich war sicher, dass er erst zu Ihnen kommen und

Sie um die Mumie angehen würde und dass Sie ihm die Bitte abschlagen würden.
Nach diesen Ereignissen würde, falls ich die Mumie stehlen musste, der Verdacht auf das Haus Hamid fallen und nicht auf mich. Ich hoffte aber noch immer, dass es nicht notwendig werden würde. Ich hoffte, Sie ängstigen zu können, indem ich die Mumie flüstern ließ. Ich dachte, es würde Sie so nervös machen, dass Sie die Mumie und den Sarg aus dem Haus haben wollten und beides mir anvertrauen würden, damit ich das geheimnisvolle Flüstern untersuchen konnte. Dann hätte ich bequem Zeit gehabt, den Sarg zu öffnen, und später hätte ich Ihnen Ihren kostbaren Ra-Orkon zurückgegeben – geheilt von seiner schlechten Angewohnheit. Aber Sie waren ja so stur. Und Sie sagten, dass Sie für diese Untersuchung ein Stück des Sarges absägen wollten – und da bekam ich Angst, Sie könnten entdecken, was darin verborgen war. Ich musste rasch handeln, wenn ich als Erster an den Sarg kommen wollte – also beauftragte ich Berufsdiebe, ihn zu stehlen. Und dann – ah, endlich!«
Die angesägte Ecke brach ab. Alle Umstehenden konnten die dunkle Öffnung in dem massiven Holz des Sargbodens sehen.
»Ich dachte doch gleich, dass es hier hohl klang«, murmelte Professor Yarborough, als Freeman an einem Stück Pergament herumfingerte, das in das Loch gestopft war.
»Ich weiß«, bemerkte der andere. »Deshalb musste ich schnell handeln – ehe Sie zu neugierig wurden und selbst nachforschten. Nun wollen wir sehen, was mein Vater damals vor fünfundzwanzig Jahren in der dunklen Grabkammer in Ägypten entdeckt hat.« Er zog das Pergamentknäuel heraus.

Es war ein ganz ansehnliches Päckchen. Behutsam legte er es auf den Boden und wickelte es auseinander. Als er die letzte Hülle zur Seite schlug, blickten alle atemlos hin. Flüssige Glut in Blau, Grün, Orange und Rot schien auf dem Garagenboden zu leuchten.

»Edelsteine«, sagte Professor Yarborough voll Staunen. »Juwelen aus den Zeiten der Pharaonen! Als Juwelen bedeuten sie ein Vermögen und der Altertumswert ist kaum zu schätzen.«

»Nun werden Sie begreifen, weshalb mir der Sarg so viel bedeutete und warum ich nichts unversucht ließ, ihn an mich zu bringen«, seufzte Professor Freeman. »Mein Vater wagte es nicht, alle Stücke an sich zu nehmen. Er nahm nur zwei oder drei und bewahrte den Rest hier auf. Ich hatte immer das Gefühl, dass seine Ermordung in Kairo mit dem Besitz dieser Juwelen zusammenhing, die er wahrscheinlich zu verkaufen versuchte.«

Professor Yarborough blinzelte. »Ich habe jetzt wirklich eine Theorie«, sagte er. »Ich meine, über Ra-Orkon. Wo ist er?«

»Dort drüben.« Professor Freeman wies in den hinteren Teil der Garage. »Er liegt in sicherem Versteck unter Tüchern.«

»Dem Himmel sei Dank!« Professor Yarborough atmete auf. »Meine Theorie –« Er unterbrach sich. »Nein, das hat Zeit. Sie haben noch viel mehr zu erklären, Freeman. Erstens: Wie stellten Sie es an, dass die Mumie flüsterte?«

Professor Freeman ließ die Schultern hängen. Er stand da wie einer, der sich um sein Lebensziel betrogen sieht. »Bringen Sie den Schmuck ins Haus«, sagte er. »Ich will alles erzählen.«

Albert Hitfield will es genau wissen

Der berühmte Regisseur Albert Hitfield saß in seinem Büro hinter dem Schreibtisch und legte soeben das letzte Blatt der Aufzeichnungen über das neueste Abenteuer der drei ??? aus der Hand – *Das Geheimnis der flüsternden Mumie*. Dann sah er Justus, Bob und Peter über den Tisch hinweg an. Alle drei balancierten etwas verlegen auf ihren Stuhlkanten. »Gut gemacht, ihr drei«, brummte er. »Allerdings ist mir nicht entgangen, dass es einige recht kritische Situationen gab, ehe sich der Erfolg einstellte.«

Kritische Situationen? Peter schluckte bei der Erinnerung an seinen Ausflug im Mumiensarg. Justs rundes Gesicht hingegen sah sehr zufrieden aus. Jetzt war ja alles überstanden!

»Ja, das stimmt«, räumte er ein. »Werden Sie sich dieser Geschichte annehmen?«

»Genau das habe ich vor«, bestätigte Mr Hitfield. »Doch zunächst sind da noch einige Punkte, die genau betrachtet werden müssen.«

»Habe ich etwas vergessen?«, fragte Bob besorgt. Schließlich war er für eine lückenlose Chronik der Ereignisse verantwortlich gewesen.

»Es geht um ein paar Erklärungen«, stellte Albert Hitfield fest. »Das ist nicht dein Fehler, denn trockene Erklärungen in einer spannenden Geschichte halten den Leser nur unnötig auf. Trotzdem würden sie mich interessieren.«

»Ja, bitte?«, sagte Bob.

»Warte mal –« Mr Hitfield legte die Fingerspitzen gegeneinander. »Ich glaube, die Ausgangslage ist mir klar. Vor fünfundzwanzig Jahren entdeckte mein Freund, Professor Yarborough, Ra-Orkons Grab. Gleichzeitig entdeckte Aleph Freeman, Professor Freemans Vater, dass in dem Sarg der Mumie unschätzbare Edelsteine versteckt waren. Er beschloss, sie an sich zu bringen. Ehe er diesen Plan verwirklichen konnte, wurde er ermordet, doch er hatte sein Wissen an seinen Sohn weitergegeben, der sein Leben von da an dem Ziel verschrieb, die Kleinodien wieder aufzuspüren.«

»So war es«, warf Bob ein. »Professor Yarborough hat nun eine Theorie darüber entwickelt, warum Ra-Orkon so schlicht und einfach nur mit einer Katze an geheimem Ort begraben wurde. In der damaligen Zeit gab es viele Grabräuber, die die Gräber von Königen nach kostbaren Beigaben durchsuchten. Ra-Orkons Angehörige hofften, solche Diebe dadurch zu täuschen, dass sie den Eindruck erweckten, eine Suche lohne sich hier nicht – und dabei hatte der König doch all seine Juwelen mit ins Grab bekommen.«

»Das klingt recht einleuchtend«, sagte der berühmte Mann. »Aber lasst mich fortfahren. Professor Freeman verkleidete sich als Magier Sardon und ersann eine fantastische Geschichte, um das Haus Hamid in den Fall zu verwickeln. Er verfolgte damit den Plan, seine Spuren zu verwischen. Als er ein Foto von Mrs Selbys Katze sah und ihm die Ähnlichkeit mit dem Stubentiger des Ra-Orkon auffiel, bezog er auch diese in seine Geschichte mit ein, damit sie noch glaubhafter erschien. Später stahl er den Kater, versah ihn mit dem täuschenden Make-up und ließ ihn in Hamids Zimmer frei.«

Justus nickte. »All das hat er zugegeben.«

»Folglich«, fuhr Albert Hitfield fort, »handelten Achmed und Hamid bei ihren Bemühungen, die Mumie an sich zu bringen, im Endeffekt genau nach Freemans Plan. Freeman brachte die Mumie zum Flüstern und hoffte, Yarborough werde sie ihm überlassen. Als das nicht klappte, engagierte er Joe und Harry – sie sollten sie stehlen. Als die beiden ihm nur die Mumie brachten, wurde er natürlich fuchsteufelswild, denn in Wahrheit ging es ihm ja um den Sarg.«

»Genau so war es«, sagte Bob. »Und die beiden schleppten die Mumie ausgerechnet an, als Justus, Professor Yarborough und ich bei Professor Freeman waren und das Tonband abhörten. Morton hätte sie sehen müssen, aber er parkte hundert Meter weiter unten an der Straße. Das erklärt, warum uns Professor Freeman dann mit Saft bewirtete. Er brauchte einen Vorwand, weil er so lange aufgehalten worden war. Bei dieser Gelegenheit schickte er die Männer auch gleich wieder zurück, um den Sarg zu holen, und uns hielt er mit Tonbandexperimenten hin, damit Joe und Harry inzwischen den Sarg stehlen konnten. Auf seinen Vorschlag hin hatten sie sich mit Schakalköpfen maskiert für den Fall, dass sie Wilkins begegneten.«

»Er ging zweifellos sehr geschickt vor«, gab Albert Hitfield zu. »Aber ihr beiden, Peter und Hamid, seid dem Sarg auf der Spur geblieben. Die Methode, in seinem Innern mitzureisen, ist gewiss etwas ungewöhnlich. Ich kann mir vorstellen, Jonas junior, wie du den Sarg dann wiedergefunden hast. Doch nun kommt etwas, was ich nicht begreife.« Er runzelte die Stirn und sah die Jungen an. Sie wanden sich unbehaglich unter dem strengen Blick.

»Und das wäre?«, fragte Justus so kleinlaut, wie man es sonst nicht von ihm gewohnt war.
»Die anderen Jungen hatten dich und den blauen Wagen aus den Augen verloren«, donnerte Albert Hitfield. »Wieso konnten sie dann genau in dem Moment zur Stelle sein, als du Professor Freeman seiner Freiheit beraubt hattest – und gerade zur rechten Zeit, als du Hilfe brauchtest?«
»Peter, das erklärst du am besten«, schlug Justus vor.
»Klarer Fall«, sagte Peter. »Ich wollte sagen: ja, sicher. Das war nämlich so: Nachdem wir den blauen Lastwagen nirgends mehr sahen, kamen wir zu dem Schluss, dass Achmed der Schuldige sein müsse. Wir fuhren sofort zu Professor Yarborough, nahmen ihn mit und fuhren weiter zu Achmeds Wohnung. Aber Achmed verabschiedete sich gerade von ein paar Teppichkäufern. Als wir ihm von dem Raub erzählten, war er ehrlich überrascht. Da der Diebstahl also nicht auf sein Konto kam, beschlossen wir, die Polizei zu rufen. Vorher wollte Professor Yarborough aber noch seinen Freund Professor Freeman um Rat fragen, wie man der Polizei den Fall darstellen sollte. Also –«
»Halt, das genügt mir«, brummte Albert Hitfield. »Ich sehe schon klarer. Ihr seid schnellstens zu Freeman gefahren. Vor seiner Garage stand der blaue Lastwagen. Bei dem vereinbarten Anruf hatte er die Burschen angewiesen, den Sarg – wie ursprünglich geplant – direkt herzubringen, nachdem Störungen durch Dritte ausgeschlossen schienen. Weil Yarborough den Rat des Freundes einholen wollte, wart ihr im richtigen Augenblick am Schauplatz.«
»Genau«, stimmte Justus zu. »Harry und Joe wurden verhaf-

tet. Sie sind beide vorbestraft. Professor Yarborough setzt sich allerdings sehr für Freeman ein. Er sagt, Freeman sei kein Berufsverbrecher und werde wahrscheinlich auch nicht mehr straffällig werden. Professor Freeman hat bei der Universität um seine Entlassung gebeten und will in den Mittleren Osten gehen, um seine Sprachkenntnisse in den Dienst der Vereinten Nationen zu stellen. Professor Yarborough will den Schmuck nach Ägypten zurückschicken. Sphinx haben wir Mrs Selby zurückgebracht und Hamid und Achmed sind wieder nach Libyen gereist. Sie sind sehr froh darüber, dass das Täuschungsmanöver noch rechtzeitig aufgeklärt wurde. Hamid hat uns versprochen, uns einen echten Teppich für unsere Zentrale zu schicken, in den unsere Fragezeichen als Motiv eingeknüpft sind. Ja – damit habe ich jetzt wohl alles berichtet.«

»Nein, eben nicht!«, widersprach Albert Hitfield mit dröhnender Stimme, indem er Justus durchdringend anstarrte. »Das größte Rätsel in dem ganzen Fall hast du ausgelassen. Wieso konnte die Mumie flüstern?«

»Ach ja, richtig!« In Justs rundem Gesicht zuckte es wie von verhaltenem Lächeln. »Das war Bauchrednerkunst – genau wie es Bobs Vater von Anfang an vermutet hatte.«

Mr Hitfield schaute noch strenger drein. »Junger Freund, ich kenne mich im Schaugeschäft seit vielen Jahren gründlich aus. Ich weiß sehr wohl, dass Bauchredner ihre Stimme nicht über eine größere Entfernung sozusagen wegschicken können. Sie schaffen die Illusion, ein unbelebtes Objekt könne sprechen, aber diese Täuschung erzielen sie nur, wenn sie selbst in unmittelbarer Nähe sind. Auf Distanz gelingt das Kunststück mit der Stimme nicht!«

Bob und Peter wechselten einen Blick. Sie hatten auch immer geglaubt, ein Bauchredner könne seine Stimme aus der Entfernung reproduzieren! Justus indessen nickte nur. »Gewiss«, bestätigte er. »Aber Professor Freeman schaffte es. Er war immer so weit vom Ort des Geschehens entfernt, dass ich ihn erst gar nicht verdächtigte. Das war allerdings falsch, denn schließlich beherrschte er viele orientalische Sprachen, und wenn es jemandem gelingen sollte, eine Mumie auf Altägyptisch flüstern zu lassen, so käme dafür nur Freeman infrage. Aber ich schöpfte erst Verdacht, als ich feststellte, dass die Katze maskiert worden war. Dabei kam mir der Gedanke, dass sich die Geschichte von diesem Sardon etwas sonderbar anhörte. Ich fragte mich, ob Sardon wirklich der Bettler war, oder ob hier jemand hinter einer Maske steckte. Wenn das der Fall war, so konnte es nur Freeman sein. Denn sein Vater, der Mitarbeiter von Professor Yarborough, hatte ebenfalls von der Mumie gewusst, und Freeman war die einzige Person im Umkreis der Ereignisse, die sich mit Hamid senior fließend unterhalten und dann im vorgetäuschten Trancezustand in noch anderen Sprachen gesprochen haben konnte.«

»Das nenne ich logisch gefolgert.« Der große Regisseur nickte. »Aber meine Frage hast du nicht beantwortet.«

»Nein, aber das kommt gleich noch«, erklärte Justus. »Als Sprachenexperte ging Professor Freeman sehr geschickt mit den verschiedensten Mikrofontypen und Geräten zur Bandaufzeichnung und Wiedergabe um. Sie wissen sicher, dass es jetzt ein spezielles parabolisches Mikrofon gibt, mit dem man bei entsprechender Einstellung gesprochene Worte aus einer Entfernung von hunderten von Metern auffangen kann!«

Man sah Albert Hitfield deutlich an, dass ihm die Erleuchtung gekommen war. »Natürlich«, sagte er. »Weiter, junger Mann!«
»Und genauso gibt es auch Ziel-Lautsprecher, die eine Stimme in direkter Linie über viele hundert Meter übertragen und auf eine eng begrenzte Stelle projizieren können. Professor Freeman hatte einen solchen Lautsprecher auf seinem Balkon. Sein Haus liegt etwa dreihundert Meter von Professor Yarboroughs Haus entfernt auf der anderen Seite der Schlucht, genau gegenüber. Professor Freeman besprach also ein Tonband mit Worten, die wie Altarabisch klangen. Mithilfe eines Fernrohrs beobachtete er, wann sein Freund Yarborough bei geöffneten Fenstern in seinem Museum arbeitete – Professor Yarborough kann nämlich geschlossene Fenster nicht ausstehen –, und dann brauchte er nur noch das Bandgerät anzuschalten und die geflüsterten Worte über die Schlucht hinweg zu projizieren, und zwar so gezielt, dass sie nur jemand hören konnte, der ganz dicht bei der Mumie stand. Normalerweise tat er das am Nachmittag, wenn er von der Universität zurück war, und dann nur, wenn Professor Yarborough allein im Raum war – bis auf das eine Mal, als ich mich als Professor Yarborough verkleidet hatte. Das ist eine Erklärung dafür, dass die Mumie scheinbar Professor Yarborough zu erkennen vermochte und nur sprach, wenn er bei ihr war.
Als Professor Freeman sich bereit erklärte, herüberzukommen und die Mumie zu untersuchen, stellte er das Bandgerät an, ehe er sein Haus verließ. Die Bandaufnahme war so eingerichtet, dass erst einige Augenblicke lang nichts zu hören war und dann die merkwürdigen Laute wieder einsetzten, während er

unterwegs war. Wenn er bei Professor Yarborough ankam, würde das Flüstern aufhören. Er wollte ganz sichergehen und jeden Verdacht vermeiden.

An dem Abend, als Harry und Joe sich Schakalmasken aufsetzten und die Mumie stehlen sollten, ging Professor Freeman in aller Ruhe ohne unser Wissen nach oben und sprach in den Lautsprecher, mit dem er diesmal Wilkins anpeilte. Er wusste, dass er dem alten Herrn dadurch einen regelrechten Schock versetzen konnte. – Sie sehen also, es war tatsächlich eine Art Stimm-Projektion oder Bauchrednertechnik – man könnte es automatisiertes Bauchreden nennen.«

»Erstaunlich«, meinte Albert Hitfield bedächtig. »Also hat Mrs Selby ihren Kater Sphinx wieder, die Mumie flüstert nicht mehr, die Juwelen gehen nach Ägypten zurück und der Fall ist gelöst. Ich frage mich, in welches Abenteuer ihr Burschen euch als Nächstes stürzen werdet.«

»Oh«, sagte Bob und zog einen Zettel aus der Tasche, »da gibt es einige Möglichkeiten. Da ist einmal –«

»Nein!« Albert Hitfield hob abwehrend die Hand. »Erzählt mir nichts davon. Sonst beschäftige ich mich womöglich aus Neugierde damit und vernachlässige darüber wichtigere Arbeiten. Ihr könnt mich ja überraschen, wenn es so weit ist. Nun lebt wohl, Freunde, ich habe wirklich zu arbeiten.«

Als die drei Jungen hintereinander aus der Tür marschiert waren, fiel der Blick des Mannes am Schreibtisch auf den Stoß beschriebenen Papiers, das sie ihm dagelassen hatten. Er fragte sich wirklich, in welches Abenteuer sich die drei ??? als Nächstes verwickeln würden. Nun, was es auch sein mochte, es würde sich um etwas Außergewöhnliches handeln.

Die drei ???

SMS aus dem Grab

erzählt von Ben Nevis

Die drei ???
SMS aus dem Grab

Verschwunden!

Irgendetwas stimmte nicht. Die Drehtür war mit Gewalt geöffnet worden und hing zersplittert in den Angeln. Ein Einbruch? Aber warum? Hier gab es doch wahrlich nichts zu stehlen! Peter überwand seine Angst und drückte die Reste der Tür zu Rubbish Georges einfacher Behausung zur Seite. Dann trat er in den Holzverschlag ein. Den Stadtstreicher hatte Unordnung noch nie gestört. Doch was sich Peter hier bot, war ein Bild des Chaos! Die Matratze war aufgeschlitzt und der Schaumstoff hing in Fetzen vom Bett. Ein wildes Durcheinander aus Zeitschriften, Bechern, Flaschen, Büchern und zerschlissenen Kleidungstücken bedeckte den Boden. Jemand hatte das Holzregal brutal umgerissen und die Bretter lagen im ganzen Raum verteilt. In der Ecke plärrte ein Taschenradio leise vor sich hin. Von Rubbish George fehlte jede Spur, obwohl er Peter gesagt hatte, er sei um diese Zeit zu Hause.

Was war bloß passiert? Peter schob mit den Füßen ein paar Büchsen zur Seite und bahnte sich den Weg zum Bett, um sich auf das rostige Gestell zu setzen. Entweder hatte Rubbish George einen Ausraster gehabt oder es war jemand bei ihm eingebrochen. Doch was sollte man bei einem Stadtstreicher schon groß stehlen? Hatte hier jemand seine Wut ausgelassen oder war es pure Rache? Peter traute George eigentlich nicht zu, sein eigenes Zuhause zu zerstören. Er lungerte in der Gegend herum, klar, er war immer etwas unberechenbar, doch er hatte sich mit seiner Schlagfertigkeit bei den drei ??? Respekt verschafft und ihnen auch das eine oder andere Mal aus der Not geholfen. Schon seit einiger Zeit wohnte er in seiner flüchtig zusammengezimmerten Hütte auf dem Hinterhof eines Wohnblocks – erst immer wieder vertrieben, später zähneknirschend geduldet, und jetzt gehörte er sozusagen zum Inventar dieser Gegend. Eigentlich wussten die drei ??? fast nichts über den Mann. In seinem früheren Leben hatte er wohl bei einer Bank gearbeitet.

Peter steckte den Zehn-Dollar-Schein, den die drei ??? Rubbish für eine verlorene Wette schuldeten, und den er die ganze Zeit über in seiner Hand gehalten hatte, zurück in seine Hemdtasche. Das Geld wurde er hier nicht los. Im Radio lobte irgendein Quatschkopf von Moderator mit einem albernen Reim den sonnigen Tag. Peter verpasste dem Gerät einen leichten Tritt. Für solche aufgesetzt gute Laune hatte er jetzt nichts übrig. Hoffentlich war Rubbish George nichts Schlimmes passiert! Wenn er in Not war, dann mussten sie ihm helfen. Justus, Bob und er. Genannt »Die drei ???«. Zuständig für Rätsel aller Art. Und diese Angelegenheit hier war eindeutig sehr mysteriös!

Peters Blick hatte sich gerade auf eine seltsame Maske geheftet, die an die Holzwand genagelt war und den Angriff unbeschadet überstanden hatte, als ein Schatten auf ihn fiel. Er zuckte zusammen und fuhr herum. Ein Mädchen stand in der Tür. Schlank, etwa so groß wie er selbst. Eine Tasche hing über ihrer Schulter. Die lockigen braunen Haare hatte sie zurückgebunden. Ihre Augen waren zu Schlitzen verengt und sie warf Peter einen scharfen Blick zu. Seine Anwesenheit schien ihr nicht sonderlich zu gefallen. Sie zog die rechte Hand vor, die

sie bis jetzt auf dem Rücken versteckt gehalten hatte. In der Hand blitzte ein Messer. Sie richtete es auf Peter und ging langsam auf ihn zu. Wollte sie ihn angreifen? Er selbst war unbewaffnet. Reflexartig sah sich Peter um – kein Ausweg. Wenn sie ihm an den Kragen wollte, dann saß er in der Falle.
Unwillkürlich wich Peter zurück. Hatte das Mädchen das Chaos hier angerichtet? War sie irgendwie verrückt? Dann war mit allem zu rechnen. Ihr Mund bewegte sich, doch es kamen nur unverständliche Laute heraus. Er musste irgendetwas tun, möglichst etwas Vernünftiges ...
»Ganz ruhig«, sagte Peter und hob beschwichtigend die Hände, »wenn du das Durcheinander hier angerichtet hast, mach dir nichts draus, ist nicht schlimm ...«
Sie kam näher.
Peter spürte die Wand an seinem Rücken. »Wir bekommen das schon in Ordnung! Ich verrate dich nicht, ehrlich! Leg bitte das Messer weg! Ich bin kein Freund von roher Gewalt!«
Ihr Mund bewegte sich und ihr Gesichtsausdruck veränderte sich plötzlich. Sie warf einen fragenden Blick auf Peter und deutete auf irgendetwas am Boden.
Peter rutschte ein Stück vor und folgte ihrer Geste. »Das hier? Die Pfanne?«
Sie schüttelte den Kopf.
»Der Zettel?«
Heftiges Nicken. Die junge Frau wagte sich gerade so nahe heran, dass Peter ihr das Blatt reichen konnte.
Ohne das Messer wegzustecken, wich sie zurück, bis sie neben dem umgestoßenen Campingtisch war. Mit einiger Mühe gelang es ihr, ihn mit der freien Hand aufzustellen. Dann zog

sie einen Stift aus der Tasche, tauschte ihn mit dem Messer und schrieb, immer wieder unterbrochen von argwöhnischen Blicken auf Peter, mit hastigen Bewegungen eine Notiz auf das Blatt. Sie hielt es hoch. Peter entzifferte: *Du warst es auch nicht?*

»Du ... du kannst nicht sprechen!«, rutschte es Peter heraus. »Und du dachtest, ich hätte all das hier ... Nein, ich habe hier nichts zerstört! Rubbish George ist ein guter Bekannter von uns und ich wollte ihm etwas vorbeibringen.« Zur Bestätigung zog er den Dollarschein aus der Hemdtasche. »Das Geld schulden wir Rubbish«, erläuterte Peter. »Ich und meine Freunde. Wir sind Detektive, keine Einbrecher! Wir sind auf der richtigen Seite ... Warte, hier!« Er durchforstete seine Taschen und fand endlich eine zerknitterte Visitenkarte des Detektivbüros, die er dem Mädchen mit einem auffordernden Blick entgegenhielt.

Sie nickte, wagte aber nicht, die Karte zu nehmen. Also behielt er sie in den Händen und sagte ihr den Text der Karte auswendig auf:

Dann sah er das Mädchen an. Er spürte an seine
es ihm glaubte. Sie legte das Messer auf den Tiscl
etwas in ihrer Umhängetasche. Heraus kam ein
cher Apparat, der aussah wie ein Handy mit einei
ten Lautsprecher. Ihr Daumen flog über die Tastatur des Handys und der Lautsprecher blinkte auf. Das Mädchen sah auf und hielt das seltsame Gerät hoch. Plötzlich erklang eine angenehme weibliche Stimme. »Mein Name ist Layla!«

Vor Schreck ließ Peter die Visitenkarte fallen. »Du … du sprichst über dieses Gerät da?«, stotterte er.

Sie drückte eine Taste. »Ja.«

»Und du bist Layla.«

Sie nickte.

»Peter. Ich bin Peter Shaw. – Das ist ja irre!«

Wieder tippte sie. Sie brauchte dabei gar nicht auf die Tastatur zu sehen. »Wo ist George?«

»Ich weiß es nicht, Layla. Ich bin genau so ratlos wie du! Ich hoffe, dass ihm nichts passiert ist. Und was wolltest du hier?«

Sie überlegte einen kurzen Moment. Dann tippte sie die Antwort ein. »Ich kann es dir nicht sagen. Ein Geheimnis.«

»Das Geheimnis wirst du aber lüften müssen, wenn ich dir helfen soll! Kann es sein, dass dein Geheimnis etwas damit zu tun hat, dass hier jemand die Bude verwüstet hat?«

»Ich weiß es nicht.«

»Wer bist du überhaupt?«, fragte Peter. »Und was hast du mit Rubbish George zu tun?«

Sie erwachte aus ihren Gedanken, sah ihn an, nahm ihren Apparat und tippte die Antwort hinein. »George Cooper war der Freund meiner Mutter! Damals in Ägypten!«

Das Geheimnis der Sphinx

Für einen Moment starrte Peter das Mädchen sprachlos an. Wer war sie? Warum war sie hier? Was für eine Geschichte ging hier vor sich? Plötzlich spazierte Layla auf die Bretterwand zu, hinter der sich das Wohnhaus befand, vor das Rubbish George seine Bude zusammengenagelt hatte. Sie schien etwas entdeckt zu haben. Das weckte Peter endgültig. Warum hatte er nicht gleich daran gedacht! Dort befand sich eine geheime Tür, die Peter selbst schon einmal aus einer brenzligen Situation geholfen hatte. Ein Mechanismus, mit dessen Hilfe man in das Wohnhaus verschwinden konnte. Vielleicht war George vor der Gefahr geflohen und hatte sich dort versteckt? »Warte!«, rief Peter und hielt Layla zurück, die einen Spalt in der Wand unter die Lupe nehmen wollte. »Eine Geheimtür! Ich kenne den Mechanismus!« Er taxierte die Wand. Als er sicher war, die richtige Stelle gefunden zu haben, drehte er ihr den Rücken zu und ließ sich nach hinten fallen. Es gab einen scharfen Knall, wie wenn der Luftzug eine Tür zuwirft, und Peter fiel rückwärts ins Dunkel. Hinter ihm war die Drehtür sofort wieder zugeschlagen. Langsam richtete er sich auf. Er wusste, wo er sich befand. Hier war das Untergeschoss des anliegenden Wohngebäudes. Ein Gang und ein paar Treppen weiter wartete das bunte Leben von Rocky Beach. Gerade als sich Peter in Bewegung setzen wollte, hörte er ein Geräusch. Es kam seitlich aus dem Dunkeln und klang wie ein unterdrücktes Lufthholen. Als ob jemand absichtlich seinen Atem zurückhalten wollte. Und es war ganz nahe.

»Rubbish George? Bist du es?« Peter tastete sich vorwärts.
Keine Antwort.
»Rubbish?«
Wieder dieses erstickte Atemgeräusch. Dicht vor ihm. Warum sagte Rubbish nichts? »Ich bin es, Peter Shaw! Sie brauchen keine Angst zu haben, Rubb...«
Peter konnte den Satz nicht zu Ende sprechen. Ein Schlag traf ihn, doch er glitt an seiner Schläfe ab. Peter hob schützend die Arme, da kam schon der zweite Angriff auf seinen Kopf, und jetzt saß er. Peter sackte in sich zusammen, versuchte noch, sich vor dem ungebremsten Aufprall auf den Boden zu schützen, dann schlug er auf. Schritte entfernten sich, eine Tür wurde aufgerissen, ein Lichtstrahl traf Peter, der zusammengekauert am Boden lag und sich den Kopf hielt, in dem das Blut pochte. Doch er blieb bei Bewusstsein. Die Tür fiel ins Schloss und alles war dunkel wie vorher. Mühsam rappelte sich Peter auf. Schritt für Schritt stolperte er vorwärts, dem Ausgang entgegen. Nie im Leben war das Rubbish George gewesen! Es musste der Einbrecher sein! Er hatte Peter kommen sehen und war durch die Geheimtür geflüchtet. Vielleicht konnte Peter ihn noch erwischen, wenn er sich beeilte!
Mit zitternden Händen suchte Peter den Türgriff, dann fand er ihn endlich. Wenige Sekunden später hatte er sich die Treppe hinaufgekämpft und stürzte sich, immer noch am ganzen Leib zitternd, auf die Straße. Die helle Sonne blendete ihn. Sein Kopf schmerzte. Irgendwo entfernten sich rasch Schritte. Peter wandte sich in die Richtung und prallte gegen eine Frau.
»Kannst du nicht aufpassen!« Eine Tasche fiel auf den Boden und eine Ladung Süßigkeiten kullerte über den Gehweg.

»Entschuldigung!« Peter bückte sich und half, Bonbons und Schokolade einzusammeln. Jetzt war sowieso alles egal. Der Schläger war längst über alle Berge. Nur ein Stadtstreicher grinste ihn verschroben an. Die Frau plapperte etwas von einem Kindergeburtstag und Peter drückte ihr mit weiteren Worten des Bedauerns ein paar zur Seite geflogene Lutscher in die Hand. Sie lächelte und schenkte ihm eine Tüte mit süßen Gummimonstern. Peter riss sie auf der Stelle auf. Nach dem Schrecken konnte er Stärkung gebrauchen. Doch bei jeder Kaubewegung schmerzte seine Schläfe. Trotzdem joggte er um den Häuserblock, um über den Hinterhof zu Rubbish Georges Behausung zu kommen. Er wollte dringend das Mädchen sprechen. Auf dem Hof flog ihm ein Basketball entgegen. Selbst zwischen dem ganzen Gerümpel fanden die Kinder Platz für ihr Spiel. Mit einem gezielten Tritt kickte Peter den Ball zurück. Kurz darauf erreichte er die Tür des Bretterverschlags und trat ein.

»Layla!«

Der Raum war leer.

»Layla!« Peter stieg über die auf dem Boden liegenden Gegenstände auf die andere Seite, drückte vorsichtig gegen die Drehtür und lugte in die Dunkelheit. »Layla!«

Nichts.

»Verdammt! Sie ist weg!«

Er setzte sich wieder auf die Bettkante. In was für eine Geschichte war er da bloß hineingeraten? Wieder spürte er den rasenden Schmerz in seinem Kopf. Er fasste sich an die Schläfe. Dort bildete sich bereits eine dicke Wölbung. »Was für ein Überraschungsei«, dachte er und versuchte zu lächeln, doch das verursachte nur weitere Qual. Sein Blick streifte über das Chaos in Rubbish Georges Bleibe. Da lag wirklich nichts mehr an seinem ursprünglichen Ort. Bücher, Kleidungsstücke, dazwischen eine Dose Linsen. Falls Rubbish George von dem Überfall nichts mitbekommen hatte, würde ihn der Schlag treffen, wenn er nach Hause kam.

Ächzend stand Peter auf. So ging das nicht. Er beschloss, das Gröbste in Ordnung zu bringen. Als Erstes stellte er Tisch und Regal auf. Dann kümmerte er sich um den alten CD-Player, den die Stromschnur gerade noch vor dem endgültigen Absturz bewahrt hatte. Zur Probe drückte er die Starttaste. Das Gerät lief. Peter schloss die Lautsprecherkabel an und augenblicklich dröhnte wilde Surfmusik los. Erschrocken drehte er den Ton leiser. Das hielt sein Kopf jetzt nicht aus. Dann hob Peter den Gaskocher auf und stellte ihn in das Regal – damit war die Küche bereits wieder betriebsbereit. Zufrieden platzierte er die Dose Linsensuppe dazu.

Nach einigen Minuten sah es in der Behausung bereits wieder recht wohnlich aus, für Georges Verhältnisse zumindest. Als Letztes kümmerte sich Peter um die Bücher und Zeitschriften, die wild auf dem Boden verstreut worden waren. Unter einem Stapel Zeitungen kam ein altes Vereinswappen von *Manchester City* zum Vorschein. Dass Rubbish sich für Fußball interessiert hatte, war nicht ungewöhnlich für einen Mann, dessen Spitzname ›rubbish‹ auf eine englische Herkunft hinwies. Peter hängte das Wappen sorgfältig an die Wand. Dann hob er die Bücher auf. Ein paar zerlesene Krimis, ein alter Busfahrplan, ein großformatiger Bildband über Ägypten. Layla hatte ja angedeutet, dass Rubbish in Ägypten gelebt hatte. Neugierig geworden, suchte Peter weiter, doch er fand keine anderen Hinweise mehr auf das Land der Pyramiden und Pharaonen. Stattdessen ein Kochbuch, ein paar Romane ... Peter schob alles zu einem Stapel zusammen und stellte ihn auf das nächstbeste Regalbrett. Da fiel sein Blick auf ein schmales Heftchen über *Manchester City*, das noch auf dem Boden lag. Für Fußball hatte sich Peter schon immer interessiert. Er hob das Heft auf, setzte sich auf das Bett und begann zu lesen. Es war eine Vereinsgeschichte, schon einige Jahre alt. Peter blätterte sich durch sichtbar vergilbte Erfolge, als er stutzte: Er war auf einen vollkommen anderen Text gestoßen, mit Handschrift geschrieben, der sich gleichwohl mitten in der Broschüre befand. War das ein Bindefehler? Sein Blick fiel auf einzelne Worte.

Schatzkammer ... Kairo ... Noch nie hat ein Mensch die Kammer lebend verlassen ...

Auf was war er da gestoßen? Aufgeregt blätterte Peter zurück auf die Seite, auf der der merkwürdige Text begann. Es gab einen Titel.

Meine Suche nach dem Grabschatz des Al Bastra –
Von Sir Leonard Dempsey. Für Cathrin.

Das Schreiben war mit einem Datum versehen, das wenige Jahre zurücklag. Peter rückte sich zurecht und las mit wachsender Faszination weiter.

Dies ist die Geschichte meiner Suche des Grabschatzes von Al Bastra. Liebe Cathrin, morgen werde ich diesen Schatz finden! Seit ich von seiner Existenz erfahren habe, kann ich an nichts anderes mehr denken. Ich habe seltene Schriften studiert, verborgene Orte besucht, geheime Quellen erforscht, fremde Menschen befragt. Ich will ihn finden und ich werde ihn finden! Schließlich ist es der Schatz der Weisheit, die Quelle des Wissens. Mit einem Schlag werde ich die Erkenntnisse von hunderten Jahren Forschung auf den Kopf stellen. Denn ich glaube, sie gefunden zu haben: die Kammer, die das Geheimnis der Sphinx birgt. In der es tausende von Jahren verborgen war. Die alles erklärt: warum die Sphinx gebaut wurde. Von wem. Und welches Geheimnis sie hütet. Es ist der Raum der Erkenntnis.

Peter unterbrach seine Lektüre. Natürlich hatte er schon von der Sphinx gehört. Ein riesiger Löwe aus Stein mit menschlichem Kopf, der die Pyramiden bei Kairo in Ägypten bewachte. Niemand wusste genau, warum sie gebaut worden war. Und der Verfasser dieser Schrift war offensichtlich dem Geheimnis auf die Spur gekommen. Er las weiter.

Ich nenne ihn den Schatz des Al Bastra. Warum? Nachdem ich jahrelang zahllose Quellen fand und entschlüsselte, haben mich letztlich die Entdeckungen eines Mannes namens Al Bastra auf die entscheidende Spur geführt. Morgen in der Frühe wird mich ein Vertrauter zur Kammer führen. Meinen Weg dorthin werde ich jetzt aufschreiben, in dieser Nacht vor dem großen Tag. Ich tue das, falls ich den morgigen Tag nicht überlebe. Denn auf dem Grab liegt der Fluch der Sphinx. Der Fluch soll das Geheimnis schützen. Noch kein Mensch soll je die Kammer lebend verlassen haben. Denn der Schatz wird bewacht von einer Sphinx – ein verkleinertes, exaktes Abbild der großen Sphinx, deren Geheimnis sie bewahrt. Die kleine Sphinx ist tödlich. Hüte dich vor ihren Augen. Die roten Augen künden den Tod. So sagt Al Bastra. So hat er gesagt. Denn er selbst ist längst gestorben, allerdings eines normalen Todes. Er hat sich nicht getraut, die Kammer zu betreten, vielleicht wollte er das Geheimnis nicht stören, oder er hatte Angst vor dem Fluch. Aber seine Entdeckung sollte nicht verloren gehen und er hat sie an einige Vertraute weitergegeben. Jeder erhielt nur einen Teil der Information. Der Kreis der Eingeweihten wurde durch ein Geheimwort geschützt. Wo man die Kammer findet, erzählte er einem engen Freund. Dem Mann, der mich morgen zu der Kammer führen wird. Dem die Bedenken Al Bastras fremd sind, zumal er an Geld kommen will. Und ich kenne aus Al Bastras Aufzeichnungen das geheime Wort! Eigentlich ist es ein Satz.

Morgen ist es so weit. Ich glaube nicht an den Fluch der Sphinx. Und ich bin sicher, dass ich nach Jahrtausenden als erster Mensch *das Rätsel der Sphinx lösen und in den Raum der Erkenntnis vordringen werde. Aber wenn mir doch etwas zustoßen sollte, dann, geliebte Cathrin, dann sollst wenigstens du von diesem Brief zur Kammer der Sphinx geleitet werden. Du sollst das geheime Wort wissen. Doch hüte dich vor Frank, meinem Konkurrenten, der ebenfalls auf der Spur der Kammer ist. Du weißt: Er schreckt vor nichts zurück! Er würde dir etwas antun. Darum verstecke ich es in einem Rätsel. Aber auch wenn Frank diesen Brief in die Hände bekommen und einiges lösen sollte: Ohne deinen zusätzlichen Vornamen wird er dem Boten den Satz nicht vollständig sagen können!*

Draußen hörte er Schritte. Peter schlug das Heft zu und versteckte es schnell unter seinem T-Shirt. Er musste hier verschwinden. Vielleicht kam der mysteriöse Besucher zurück. Oder war es George? Peter schlich zur aufgebrochenen Tür und stellte erleichtert fest, dass es nur einer der größeren Jungen war, der den Basketball suchte. Trotzdem hatte ihm die Unterbrechung klargemacht, dass es wohl besser war zu gehen. Eine Beule am Kopf reichte fürs Erste. Mit eiligen Schritten durchquerte Peter wenige Sekunden später den Hinterhof.

Überraschender Besuch

Erst als Peter das Einfahrtstor zu Titus Jonas' Gebrauchtwarenlager hinter sich gelassen hatte, traute er sich, das Heft unter seinem T-Shirt hervorzuziehen. Hoffentlich waren Justus und Bob in der Detektivzentrale. Es gab eine Menge zu besprechen! Titus Jonas, der Onkel von Justus, bei dem Justus seit dem Tod seiner Eltern wohnte, bückte sich gerade über eine große Holzkiste und winkte Peter aus der Ferne zu. Peter grüßte vorsichtig zurück. Hoffentlich hatte er nicht wieder einen Arbeitsauftrag für die Detektive. Den konnte er jetzt wahrlich nicht gebrauchen. Auf dem Schrottplatz gab es leider immer irgendetwas aufzuräumen. Noch gefürchteter bei den drei ??? waren allerdings die Anweisungen von Tante Mathilda, Titus' Frau. Während man mit Onkel Titus wenigstens reden konnte, verstand es Tante Mathilda auf das Beste, mit energischen Worten jeden Widerstand der Jungen zu brechen. Doch von Tante Mathilda war glücklicherweise nichts zu sehen. Wohl deshalb saßen Bob und Justus zur Abwechslung nicht in der stickigen Zentrale, sondern genossen auf der Veranda des Wohnhauses der Familie Jonas die Sonne. Beide schwitzten gerade über einer Partie Schach, und mit einem Blick war Peter klar, dass Justus seinen Gegner in wenigen Zügen besiegen würde. Ein Wunder, dass der Erste Detektiv überhaupt noch Spielpartner fand. Peter hatte es längst aufgegeben und trat nur noch in sportlichen Wettkämpfen gegen Justus an, wo die Dinge genau andersherum lagen.

»Hi, Just! Hi, Bob! Ich muss euch was erzählen!«

»Warte noch eine Minute! Ich habe ihn gleich!«, brummte Justus, ohne den Blick vom Spielfeld zu lösen.
»Ist doch egal! Vergessen wir das blöde Schachspiel!«, rief Bob.
Peter grinste und warf das Fußballheft auf den Tisch. Justus warf einen kurzen Blick darauf und wandte sich sofort wieder den Schachfiguren zu.
»Was ist denn passiert?«, fragte Bob und ließ das Schachspiel Schachspiel sein. »Hast du Lindgren getroffen?«
»Lindgren?« Für einen kurzen Augenblick sah Peter seinen Freund irritiert an. Die drei ??? hatten von dem Schauspieler eine Reise nach London spendiert bekommen, da sie ihm in einer schwierigen Sache sehr behilflich gewesen waren. Peter zog einen Schaukelstuhl zu sich und setzte sich neben Bob.
»Nein. Ich wollte euch von zwei anderen Begegnungen berichten. Eine war äußerst schmerzhaft und die andere war sehr nett! Auch wenn sie etwas mysteriös war ...«
»Das klingt nach einer Prügelei und einem Mädchen«, spekulierte Bob drauflos. »Erzähl mehr von dem Mädchen! Sah sie gut aus?«
Peter schüttelte den Kopf. »Du bist einfach unmöglich! Als ob ich der große Frauenheld wäre! Ich kann doch auch nichts dafür, dass ich ...«
»Bitte was?«, lockte Bob.
»... so gut rüberkomme!«
»Schachmatt!«, rief Justus stolz und sah auf. »Wovon ist die Rede?«
»Ach, nichts für dich«, sagte Peter. »Ich habe euch ein Fußballheft mitgebracht.«

»Oh, wie spannend!«, bemerkte Justus ironisch, der sich für Fußball noch nie eine Spur interessiert hatte. »Ich hoffe, es droht uns nicht wieder ein neuer Sportfall!«
Peter grinste so sehr, dass er seine Verletzung spürte. »Schau doch mal rein!«, setzte er hinzu.
Lustlos schnappte sich Justus das Heft und blätterte querbeet. Plötzlich stockte er. »Was ist *das* denn?« Er war auf die handschriftlichen Seiten gestoßen und beugte sich tiefer. »Schatzkammer ... Rätsel der Sphinx ... Das ist ... ja ... sensationell! ... Wusstet ihr, dass seit Jahrzehnten alle möglichen Forscher versuchen, das Geheimnis der Sphinx in Ägypten zu lösen? Man weiß nur, dass sie wohl ein Königsgesicht trägt und das Reich der Toten bewacht. Es gibt Gerüchte, dass sich unter ihren steinernen Füßen im Wüstensand geheime Kammern befinden, die das Wissen der Welt beherbergen. Doch nie hat jemand etwas Derartiges gefunden. Und nun steht hier geschrieben, dass es möglicherweise eine Antwort gibt auf all die Fragen ... Woher hast du das Heft, Peter?« Ohne eine Antwort abzuwarten, las Justus bereits weiter. Es hatte ihn gepackt.
»Gib mir auch mal«, drängelte Bob. Als Justus nicht reagierte, stellte er sich hinter seinen Freund und spähte ihm über die Schulter.
Peter sah sich das eine Weile an, dann trat er auf die beiden zu und zog Justus das Heft aus der Hand. »Ich kenne bisher auch nur den Anfang dieses seltsamen Berichts«, sagte er. »Wir sollten ihn gemeinsam lesen!«
Justus sah auf. »Das ist unglaublich! Ich hoffe, diesen Text hat sich jemand nicht einfach nur ausgedacht! Wenn es stimmt, was hier steht, sind wir einer Sensation auf der Spur!«

Peter lächelte säuerlich. »Wärt ihr so nett, mich auch mal anzuhören? In der Tat könnte an dem Bericht etwas Wahres dran sein! Zumindest wenn ich euch erzähle, durch welche Umstände ich an ihn gekommen bin.«

»Eigentlich wolltest du doch zu Rubbish George!«, rief Bob aus.

»Pscht!«, machte Justus.

»Genau so fing alles an«, sagte Peter. Dann erzählte er, was er erlebt hatte. Das Durcheinander in der Hütte von Rubbish George, der eigentlich George Cooper hieß. Die seltsame Begegnung mit Layla aus Ägypten. Das schmerzhafte Zusammentreffen mit dem Unbekannten. Und schließlich der Fund des Heftes. Er beendete seinen Bericht mit einer Frage: »Glaubt ihr, dass der seltsame Einbrecher dieses Heft bei Rubbish George gesucht haben könnte?«

»Nur das, was darin steckt!« Justus nahm Peter die Vereinsgeschichte von *Manchester City* aus der Hand und untersuchte die Bindung. »Da hat jemand sehr sorgfältig die Heftklammern entfernt und wieder neue eingesetzt«, stellte er fest. »Auf diese Weise hat er die falschen Seiten eingefügt. Und warum?«

»Natürlich, um sie vor jemandem zu verstecken«, sagten Peter und Bob wie aus einem Munde.

Justus nickte. »Dieses Schriftstück sollte nicht in die falschen Hände gelangen. So viel dürfte klar sein.« Er hielt das Papier ganz dicht vor sich, befühlte es und sah auf. »Es scheint keine Kopie zu sein, sondern ein Original!« Um ganz sicher zu gehen, befeuchtete er einen Finger mit Spucke und strich vorsichtig über eine Stelle. »Seht her. Die Tinte verwischt.« Er

pustete die Stelle wieder trocken. »Kollegen, ich fürchte, wir müssen unsere kleine Reise nach London noch ein paar Tage verschieben und uns um dieses Geheimnis kümmern!«
»Das werden wir ja noch sehen«, sagte Bob unentschieden. Der Trip nach London lockte ihn sehr. England ... Schlösser, Gespenster ... »Am besten liest du uns die Geschichte erst einmal vor. Dann sind wir alle auf demselben Stand.«
Doch Peter war nicht einverstanden. »Wir müssen uns um Rubbish George kümmern. Ich mache mir Sorgen um ihn! Wir sollten ihn suchen gehen. Wenn wir Glück haben, ist alle Aufregung vergebens und er streunt nur irgendwo herum!«
Justus und Bob sahen sich einen Moment lang an. Rubbish George zu suchen bedeutete, dass sie ihre Neugier noch eine Weile zügeln mussten.
»Okay«, entschloss sich Justus. »Wir lassen Rubbish nicht im Stich! Jeder von uns schnappt sich sein Fahrrad. Peter, du fährst die Strandgegend ab, Bob das Stadtzentrum und ich überprüfe die Wohngebiete. In einer Stunde treffen wir uns wieder.«
Sie standen auf. Justus hielt das Fußballheft unschlüssig in den Händen. Er wollte es nicht mitnehmen, war aber auch zu faul, es durch die neu angelegten Geheimgänge in die Detektivzentrale zu bringen. Kurzerhand lief er in sein Zimmer und schmiss es auf sein Bett. Dann folgte er Peter und Bob zu den Fahrrädern.
Die drei ??? verließen den Schrottplatz und machten sich an die Arbeit. Doch nach einer Stunde kehrte Peter ohne Erfolg zurück. Bob radelte gerade von der anderen Seite herbei und wartete auf ihn vor dem Tor. Auch er ohne Ergebnis. Dann

traf Justus ein, stellte sein Rad ab und schüttelte den Kopf. »Nichts.«

»Wir sollten sicherheitshalber Inspektor Cotta informieren«, meinte Peter enttäuscht. »Auch wenn ich fürchte, dass er keine Fahndungsaktion einleiten wird, nur weil ein Stadtstreicher nicht nach Hause gekommen ist.«

Als sie die Räder in den Hof des Gebrauchtwarencenters schoben, wurde die Tür des Bürohauses geöffnet und Tante Mathilda steckte den Kopf heraus. »Justus! Da seid ihr ja endlich! Ich habe euren Besuch schon mal auf dein Zimmer gelassen und mit Kuchen versorgt!«

»Du hast was?«, fragte Justus. »Welchen Besuch?«

»Na, dieses hübsche Mädchen! Sie hat allerdings leider nur nach Peter gefragt«, stellte sie mit einem bedauernden Blick auf ihren Neffen fest, der sich seit jeher mehr für Programmierung, Logik und Mathematik als für Mädchen interessierte.

»Wieso lässt du einfach jemanden auf mein Zimmer?«, rief Justus empört.

Tante Mathilda schüttelte den Kopf. »Aber Justus! Eure Detektivzentrale ist ja wieder hinter Schrott versteckt und auf der Veranda schweißt Titus einen Tank zusammen! Und außerdem: So ein nettes Mädchen ist schließlich kein Jemand.«

Fassungslos drehte sich Justus um und rannte, ohne auf die anderen zu achten, auf das Wohnhaus zu.

Mit Schwung stürmte er die Treppe zu seinem Zimmer hinauf. Seine schlimmsten Befürchtungen wurden wahr: Das Mädchen saß vor seinem Schreibtisch, verdrückte Tante Mathildas Kirschkuchen und blätterte munter in dem Fußballheft, das sie auf seinem Bett gefunden haben musste.

»Gib das her!«

Sie öffnete erschrocken den Mund, doch es kam kein Ton heraus.

»Her damit! Dir hat es wohl die Sprache verschlagen!« Justus ging auf sie zu und wollte ihr das Heft aus der Hand reißen.

»Halt, Justus! Sie kann nicht sprechen!«

Justus fuhr herum. »Hä?«

Peter stand in der Tür. »Ich hatte es vorhin nicht erwähnt! Layla ist stumm! Und warum flippst du eigentlich so aus?«

»Weil ... weil...«, stotterte Justus. Tausend Gedanken schossen unkoordiniert durch sein Gehirn. Warum flippte er wohl so aus? Weil jemand Unbefugtes hier einfach in seinem Zimmer rumsaß! Mitten in seinem Heiligtum! Weil Tante Mathilda sich in seinen Privatkram einmischte! Weil er zu faul gewesen war, das Fußballheft in die Zentrale zu bringen! Weil er spürte, dass Peter dieses Mädchen mochte. Weil Mädchen nur die Detektivarbeit störten! Weil Tante Mathilda das nie begreifen würde! Und weil ihn sowieso niemand verstand ...

»Du hast recht«, sagte Justus. »Setzen wir uns erst einmal.«

Peters Gesichtszüge entspannten sich. »Hi, Layla«, sagte er. »Wie hast du uns gefunden?«

Layla legte das Gerät, das Peter bereits kannte, auf ihr rechtes Bein und tippte die Antwort hinein. »Deine Visitenkarte. Ich habe mich zu euch durchgefragt. Du warst plötzlich verschwunden!«

»Das war eine Geheimtür. Ich bin durch das Wohnhaus wieder auf die Straße gelaufen.« Von der schmerzhaften Begegnung mit dem Einbrecher erzählte Peter erst einmal nichts. »Hast du George gefunden?«

Sie schüttelte den Kopf und deutete auf das Fußballheft. »Das hast du bei George mitgehen lassen!«

»Wie kommst du darauf?«, fragte Justus dazwischen. »Woher weißt du überhaupt von dem Heft?« Er traute der Sache nicht.

Doch Layla blieb ruhig. »Ich hatte es vorhin sogar in der Hand, aber nicht hineingeblättert. Ich dachte, es sei nur eine Fußballstory.«

»Ist es doch auch«, sagte Justus provozierend.

Sie lächelte. »Nein. Es ist der Schlüssel zu Georges Geheimnis!«

Der Schatz in Ägypten

»Eure Tante ist wirklich sehr nett«, ließ Layla verlauten und verspeiste munter den Rest ihres Kirschkuchens. »Sie hat bestimmt auch noch ein Stück für euch übrig. Wollt ihr sie nicht fragen?«
»Es ist *meine* Tante«, korrigierte Justus. »Und der Kuchen hat Zeit. Jetzt erzähle uns erst einmal, wer du überhaupt bist. Was ist das da für ein seltsame Konstruktion?« Er zeigte auf das Handy.
Sie tippte. Justus bemerkte erstaunt, dass sie dabei gar nicht auf die Tastatur sah, sondern ihn ohne Unterbrechung weiter anblickte. »Meine Verbindung zur Welt. Ein Sprechgerät. Ich nenne es Talky. Man kann sogar Befehle für die Satzbetonung eingeben. George hat es mir einmal gebastelt.«
»Rubbish George?«, fragte Justus erstaunt.
»Ja. Ich finde es nicht sonderlich nett, dass ihr ihn Rubbish – Müll – nennt.«
»Alle nennen ihn so.«
»Weil er ein Stadtstreicher ist? Weil er im Müll lebt? Er hat doch ein eigenes Zuhause.«
»Woher kennst du Rub… George?«, lenkte Justus ab.
»Aus Ägypten. Vor Jahren hat er dort bei einer englischen Bank gearbeitet. Er war der Freund meiner Mutter. Bis er plötzlich verschwand.«
Justus sah das Mädchen zweifelnd an. Ihm kam das alles sehr seltsam vor. Rubbish George war nicht wie verabredet in seiner Hütte. Stattdessen tauchte das Mädchen auf. Peter bekam

eins über die Rübe. Plötzlich war dieses Fußballheft da und nun war Layla hier auf dem Schrottplatz und blätterte darin herum. Tischte sie ihnen irgendeine faustdicke Lüge auf? Seit der Begegnung mit Brittany, einem Mädchen, das ihn in einen dunklen Fall gezogen hatte, war er vorsichtig geworden. »Wir werden Georges Aufenthalt in Ägypten überprüfen«, sagte er kühl. »Wieso bist du in Kalifornien? Und vor allem: Was willst du von uns?«

»Ist das ein Verhör? Tut mir leid, wenn ich euren Kuchen esse. Tut mir leid, wenn ich auf deinem Stuhl sitze! Sorry, dass ich deine wertvolle Zeit stehle.« Die Sätze klangen merkwürdig neutral über das Sprechgerät, auch wenn sie die Betonung von Fragen hervorheben konnte. Sie ließ ihr Talky in einer Seitentasche verschwinden, schnappte sich das Fußballheft und sprang auf.

»Halt!«

Mit einer geschickten Drehung hatte sie sich an dem sichtlich überraschten Justus vorbeigedrückt und sprang bereits die Treppenstufen hinunter.

»Halt! Layla! Gib sofort das Heft her!« Als Justus ihr nachsetzen wollte, prallte er mit Peter zusammen.

»Platz da, Dicker! Ich bin schneller!«

Peter drängte sich vorbei, nahm drei Stufen auf einmal, spurtete über den Hof und passierte das große Tor. Er schaute die Straße rauf und runter. Wo war Layla? Das war doch kaum möglich! Da sah er sie. Layla rannte winkend neben einem Bus entlang, der gerade losrollte. Der Fahrer bremste noch einmal, öffnete die Türen und ließ sie einsteigen. Die Türen waren noch nicht zu, da gab er bereits wieder Gas.

Peter drehte sich um und flitzte zurück in den Hof. Justus und Bob stolperten ihm entgegen, doch Peter lief geradewegs zwischen ihnen durch, warf sich auf sein Fahrrad und trat in die Pedale. Layla würde er sich schon noch schnappen!
Als er die Straße wieder erreicht hatte, war von dem Bus nichts mehr zu sehen. Doch Peter kannte dessen Route. Er überholte einen langsam dahinrollenden Chevrolet und schaltete den Gang weiter hoch. Nach wenigen Minuten hatte er sein Ziel wieder im Visier. Hoffentlich war Layla noch nicht ausgestiegen. Die Linie führte durch die Innenstadt und die Haltestellen lagen nah beieinander. Peter fuhr dicht auf. Als der Bus das nächste Mal stoppte, radelte er links an ihm vorbei. Da saß sie, auf der vorletzten Bank. Zufrieden nahm Peter das Tempo zurück und ließ sich wieder überholen. Der Bus verließ das Stadtzentrum und rollte in ein Wohnviertel. Plötzlich wusste Peter, wo Layla hinwollte. Tatsächlich stieg sie an der nächsten Haltestelle aus. Ohne sich umzusehen, hastete sie die Straße entlang und verschwand in einem Hof. Peter folgte ihr durch die Einfahrt. Er trat noch einmal in die Pedale und ließ dann das Fahrrad vor Rubbish Georges Behausung ausrollen. Wenige Sekunden später trat er ein. »Hallo, Layla!«
Sie saß auf dem Bett und hatte gerade das Heft aufgeblättert. Als sie Peter bemerkte, legte sie es schnell zur Seite. Ihr Mund bewegte sich und sie nahm ihr Talky. Sie tippte, ohne hinzusehen. »Du bist dem Bus gefolgt?«
Peter nickte.
»Dein Freund mag mich nicht!«
»Justus ist nicht immer einfach. Aber zusammen mit Bob ist er der beste Freund, den ich mir vorstellen kann!«

Layla lächelte. »Du bist mir lieber, Peter!«
Peter setzte sich neben sie. »Erzähle mir mehr über Rubbish George.«
Sie tippte eine Weile. »Es ist fünf Jahre her. Er hat in einer Bank gearbeitet und dort meine Mutter kennengelernt. Sie ist Engländerin und lebte mit mir in Kairo. Mein Vater war Ägypter und ist früh in einem Krieg umgekommen. Meine Mutter und George waren einige Zeit zusammen. Dann passierte etwas. Meine Mutter hat es mir nie erklärt. Irgendeine Sache, in die George verwickelt war. Jedenfalls hat er die Bank um 100.000 Dollar erleichtert. Plötzlich war das Geld weg und George hatte ein Problem. Man hat sein ganzes Hab und Gut gepfändet. Danach ist er aus Ägypten abgehauen.«
»Und jetzt suchst du ihn?«
»Ich habe immer wieder versucht herauszubekommen, wo er sich aufhält. Meine Mutter wollte das nicht. Sie lebt jetzt mit jemand anderem zusammen und hat mit George längst abgeschlossen. Aber nun habe ich mich zu ihm durchgefragt!«
»Du willst wissen, was passiert ist?«
»Ob er wirklich der Betrüger war, für den ihn alle hielten.«
»Und was glaubst du?«
»Er war der beste Typ, den meine Mum je hatte!«
Peter nahm das Heft und blätterte darin. »Und du denkst, es hat etwas mit dieser merkwürdigen Schatzgeschichte zu tun?«
»Ja. Damals hat er mir erzählt, er würde einen Schatz finden und dann könnten wir alle verschwinden und ein sorgenfreies Leben führen. Viel Geld hatten wir nämlich nicht. George verdiente zwar gut bei der Bank, musste aber Schulden abzahlen, und meine Mutter saß nur an der Kasse.«

»Und? Hat er den Schatz entdeckt?«
»Nein, eben nicht. Er hat die 100.000 Dollar von der Bank genommen, aber die waren plötzlich verschwunden.«
»Hm. – Und was hast du jetzt vor?«
»Ich gebe hier eine Vermisstenanzeige für George auf. Und ich suche ihn. Ich habe noch einen Tag Zeit, bis ich zurück nach Ägypten muss. In Kairo werde ich das Geheimnis um diesen Grabschatz lösen. Ich mache mich selbst auf die Suche!«
»Aber du kannst das Heft nicht mitnehmen! Ich habe es gefunden.«
»Es gehört George!«
»Also auch dir nicht!«
Sie stieß Luft aus und schlug sich mit ihren Fäusten auf die Beine. »Mach dir doch eine Kopie!«, schrieb sie dann.
»Ich fahre mit!«
Ihr Kopf fuhr hoch und ihr Mund bewegte sich.
»Ja! Ich fahre mit! Ich helfe dir, Layla. Allein kannst du das Rätsel nicht lösen. Wenn schon so ein Typ wie Rubbish George daran gescheitert ist ...«
»Du kannst doch nicht ... einfach so nach Ägypten fliegen?«
»Wir sind für einen alten Fall mit einer Reise nach London belohnt worden. Ich werde mein Ticket einfach umbuchen!«
Layla sah ihn mit einem undurchschaubaren Blick an. Peter meinte eine Spur Zweifel darin zu lesen, aber er sah auch ehrliche Freude.
Dann lächelte sie und Peter spürte, dass man für manches keine Worte brauchte.

Kamele

Auf gar keinen Fall wollten Justus und Bob Peter alleine fahren lassen. Ein Schatz in Ägypten? Das klang viel zu verheißungsvoll! Außerdem würden sie vielleicht etwas über Rubbish Georges seltsames Verschwinden herausfinden. Kurzerhand erklärte Justus das Rätsel um die Sphinx zu einem Fall für die drei ???. Der freundliche Assistent von Mister Lindgren buchte die Tickets von London nach Kairo um und kümmerte sich auch um ein Hotel für sie.

Die Reise nach Ägypten wurde anstrengend. Fast hätten die drei ??? einen Anschlussflug verpasst. Aber als sie vom Flugzeug aus endlich die Pyramiden entdeckten, wich die Aufregung einer kribbeligen Vorfreude. Nachdem die Einreiseformalitäten erledigt waren und Justus ägyptisches Geld eingetauscht hatte, fuhren die drei ??? gut eine Stunde später mit staunenden Blicken vom Flughafen in die Stadt.

»Was für ein Glück, dass ich nicht hinter dem Steuer sitzen muss!«, stöhnte Peter. »Mein MG wäre längst Brei!« Die Detektive hockten auf der Rückbank eines klapprigen Taxis, das sie schon seit geraumer Zeit durch die Straßen von Kairo fuhr. Um nicht zu sagen: jonglierte! Denn die Fahrt glich einem Glücksspiel. Auf der mehrspurig befahrenen Straße stieß der Taxifahrer, ohne lange zu überlegen, in jede sich öffnende Lücke. Da es die anderen Autos gleich taten, war alles ein heilloses Wirrwarr. Doch erstaunlicherweise kamen sie voran und die drei ??? hatten längst aufgegeben, sich nach den ständig hupenden anderen Autos umzusehen.

Und ihr Taxifahrer war die Ruhe selbst. Ab und zu blickte er in den Rückspiegel und wollte in gebrochenem Englisch etwas wissen. Woher sie kämen, was sie in Kairo wollten und ob sie nicht Hilfe bräuchten. Justus antwortete unbestimmt. Er war sich immer noch nicht sicher, ob sie nicht einen viel zu hohen Preis für die Fahrt ausgehandelt hatten. Doch je mehr Zeit verging, um so mehr beruhigte er sich. In Los Angeles wäre so eine lange Fahrt sehr viel teurer gewesen.
Die drei ??? waren noch nie in einer arabischen Stadt gewesen. Neugierig sahen sie sich um. Die über ein Viadukt geführte Straße bot ihnen immer wieder ungewöhnliche Ausblicke auf das Straßengewirr von Kairo, das voller Leben war. Autos, Pferdewagen, Menschen, Verkaufsstände. Die bräunlichen, rechteckigen Häuser, die Moscheen mit ihrem fremdartigen Formenspiel – alles wirkte so unübersichtlich, es war eine fremde Welt. Ob sie sich hier wirklich zurechtfinden und das Rätsel lösen würden? Es war alles anders als in Rocky Beach, wo sie zu Hause waren. Doch keiner der Jungen wagte seine Zweifel laut auszusprechen.
Nach einer guten halben Stunde überquerten sie den Nil. Das Taxi bog von der Durchgangsstraße ab und fuhr am Ufer entlang. An mehreren Anlegestellen lagen große Schiffe, auf denen, wie der Fahrer erklärte, Restaurants untergebracht waren. Der Taxifahrer zweigte wieder ab und stoppte an einer Sicherheitskontrolle. »Hotel«, sagte er.
Nach einem flüchtigen Check wurden sie zum Eingangsportal durchgelassen. Layla hatte ihnen die Adresse empfohlen. Es war ein Spitzenhotel, aber im Vergleich zu der Unterkunft, in der sie in London übernachtet hätten, fast noch preiswert.

Justus drückte dem Fahrer etwas Trinkgeld in die Hand und vergewisserte sich, ob die kleine rote Umhängetasche noch an ihrem Platz war, in die er das Heft mit der Rätselgeschichte eingesteckt hatte. Dann schritten die drei ??? erwartungsvoll in den zum Hotel umgebauten alten Palast.

Nach dem Check-in bezogen sie ihr Zimmer, das in einem schmucklosen Nebengebäude lag, und verteilten die Schlafplätze. Mit dem Argument seines stattlichen Gewichts ergatterte Justus eins der beiden King-Size-Betten für sich alleine, dafür durften Peter und Bob das Doppelbett nehmen, das am Fenster stand. Es war ohnehin sehr unbequem, direkt neben Justus zu liegen. Da er so schwer war, drückte er eine tiefe Grube in die Matratze, und man rutschte beim Schlafen unwillkürlich auf ihn zu.

Eilig stopften die drei ??? ihre Klamotten in eine Kommode. Die Detektivausrüstung und ihren Peilsender versteckten sie hingegen sorgfältig im Safe. Dann schwenkte Justus unschlüssig das Handy hin und her.

»Ich stecke es ein«, sagte Peter, der wusste, dass Justus Handys nicht leiden konnte.

Als alles verstaut war, öffneten die Freunde die letzte Colaflasche, die von zu Hause übrig war, und setzen sich zusammen.

»Jetzt haben wir einen Tag Zeit, uns Kairo anzuschauen«, sagte Peter. »Der Flug von Layla geht ja erst heute.«

»Wäre es nicht anzustreben, sie vom Flughafen abzuholen und ihr bereits die Lösung des Rätsels zu präsentieren?«, fragte Justus in einem der für ihn typischen gestelzten Sätze.

Augenblicklich setzte Peter sich gerade. »Du meinst, wir sollen ohne sie …?«

»Klar!« Justus nahm die rote Umhängetasche, die er bei der Ankunft auf das Bett geworfen hatte. Sie war so schmal, dass gerade eben so ein Heft hineinpasste. Das hatte den Vorteil, dass Justus sie notfalls unter dem T-Shirt verstecken konnte. Er zog den Reißverschluss auf und nahm das Fußballheft, das den Brief von Sir Leonard Dempsey enthielt, vorsichtig heraus. »Ich habe es mir auf dem Hinflug genau durchgelesen: Es gibt vier Stationen, die man durchlaufen muss. Die letzte Frage ist die schwierigste, und ich weiß noch nicht, wie wir sie lösen können. Denn Dempsey hat eine Sicherheit eingebaut: Der geheime Vornamen dieser Cathrin, an die er den Brief gerichtet hat, und von der wir noch nicht einmal den Nachnamen wissen, ist ein Teil des Lösungsworts. Es könnte auch ein Kosename sein. Nur mit diesem Lösungswort wird uns der Bote, den wir finden müssen, zur Kammer des Wissens führen. Es ist eine Art Schutz, damit nur Cathrin dieses Rätsel lösen kann. Aber fangen wir vorne an: Der erste Ort ist ein Grab bei den Pyramiden von Giseh. Es ist noch nicht die geheime Kammer der Erkenntnis, die wir eigentlich suchen, und nennt sich das XI. Grab des Priesters. Dort sollen wir nach einer bestimmten Inschrift schauen, die an dem alten Grab angebracht ist und die uns zum zweiten Ort führt. Da können wir doch gleich morgen früh anfangen! Warum so viel Zeit verlieren?«
Bob nickte.
»Aber es ist Laylas Rätsel!«, protestierte Peter. »Und sie hat mich darum gebeten, auf sie zu warten!«
»Wir machen ja nur, was in ihrem Sinn ist«, sagte Justus. »Und ohne fremde Hilfe sind wir bisher immer am besten gefahren.«

»Du traust ihr nicht!«
Justus wand sich.
»Du traust ihr nicht!!« Peter wurde sauer. »Du denkst, da steckt irgendetwas anderes dahinter! Eine Falle von Layla oder so. Siehst du nicht Gespenster?«
»Warum ist Layla nicht mit uns mitgeflogen?«
»Ihr Flug war nicht mehr umzubuchen. Das hat sie doch gesagt! Und außerdem wollte sie Rubbish George suchen!« Peter holte Luft. Er hatte die ganze Zeit gespürt, dass Justus sehr viel kühler auf Layla reagierte als er selbst. »Wenn du schon denkst, dass Layla uns in eine Falle lockt, dann geraten wir doch viel eher da rein, wenn wir uns alleine auf die Suche nach dem Schatz machen!«
»Wir werden vorsichtig sein«, sagte Justus. »Wir versuchen unser Glück. Vielleicht stellt sich ja bereits bei der ersten Rätselstation heraus, dass an der Geschichte gar nichts dran ist. Und morgen Nachmittag holen wir sie vom Flughafen ab, das ist versprochen.«
Bob nickte und warf Peter einen dieser ›Tja-leider-überstimmt-Blicke‹ zu, die dieser über alles hasste.
Peter rümpfte entsprechend die Nase. Er blickte auf das Bild an der Wand. Der abgebildete Mann erinnerte ihn an einen guten Bekannten. Ein großer Kopf mit Halbglatze, herunterhängenden Wangen … »Ich gehe in den Pool«, sagte der Zweite Detektiv verdrossen. »Ein paar Runden schwimmen.« Ihm war vollkommen klar: Morgen würden sie alle drei zu den Pyramiden fahren und mit der Suche beginnen.

Es war nicht schwer, ein Taxi zu bekommen. Kaum hatte man das Hotel verlassen, wurde man schon angesprochen. Der Preis, der Justus für die Fahrt zu den Pyramiden genannt wurde, war ihm zu hoch, da drängte sich schon ein zweiter Fahrer an ihn, ein dunkelhaariger Mann in Jeans und blauem Hemd. »Nehmt mich. Guter Preis, guter Mann!« Justus zuckte mit den Achseln und verhandelte ein paar Sätze, dann wurden die drei ??? zu einem verrosteten Peugeot geführt, der unter einer nahe gelegenen Brücke parkte. Peter musste grinsen: An der Heckscheibe war ein Aufkleber mit dem Bild der Sphinx befestigt.

Die drei ??? stiegen ein und die Fahrt ging los. Die berühmten Pyramiden lagen nicht weit außerhalb von Kairo am Rande der Wüste. Der Taxifahrer, der sich als Alaa Edine vorstellte, verwickelte die Jungen schnell in ein Gespräch. Justus nutzte die Gelegenheit, ihn auf die kleineren Grabstätten am Rande der Pyramiden anzusprechen.

»Ihr interessiert euch für unbekannteren Gräber?«, fragte der Fahrer erstaunt und wich einer Müllkutsche aus. »Sonst möchten Americans nur die Highlights sehen!«

»Ja. Es ist für ein Projekt an der Schule«, sagte Justus unbestimmt.

»Dann solltet ihr euch Kamel mieten! Zu Fuß oder mit Auto kommt man schlecht dorthin.«

Die drei ??? sahen sich an. Sie sollten auf einem Kamel reiten? Warum nicht!

»Ich kenne guten Kamelverleiher«, erzählte Alaa Edine. »Und er weiß guten Führer, der euch zu den Gräbern bringen wird!«

»Okay«, sagte Justus.
Nach einer Weile bog das Taxi von der Hauptstraße ab und holperte einen lehmigen Weg entlang, der von verwahrlosten Mauern begrenzt war. Mit einem Mal wurde den Jungen mulmig. Wo wurden sie da hingeführt? Hier waren sie dem Fahrer hoffnungslos ausgeliefert. Justus schwitzte und er spürte, wie die rote Umhängetasche unter seinem T-Shirt am Bauch klebte.
Alaa Edine schien seine Gedanken lesen zu können. »Keine Angst. Alles sicher, Mister«, sagte er und grinste.
Die drei ??? verzogen keine Miene. Sie erreichten einen kleinen abgelegenen Platz, auf dem mehrere Menschen zusammenstanden. Auch Kamele und Pferde waren vor Ort. Sofort umringten ein paar der Umstehenden den Wagen. Alaa Edine stieg aus, zog einen alten Mann herbei, der etwas abseits stand, und verhandelte mit ihm etwas auf Arabisch. Dann wandte er sich an Justus. Offenbar war er als Chef der drei ??? ausgemacht worden. »Der Mann wird euch die Kamele geben. Ich hole später wieder ab!« Ehe sich die drei ??? versahen, wurden Bob und Peter von Justus getrennt und zu einem Kamel geschoben. Der alte Mann trat zu Justus und nannte mit leiser Stimme den Preis. Justus nickte verdutzt.
»Und für dich brauchen wir eigenes Kamel, du bist sehr … kräftig, also zwei Kamele, das macht das Doppelte.«
Justus handelte ein wenig hin und her, doch da er sich unsicher fühlte, gab er schnell nach. Ein zweites Kamel wurde herbeigeführt und in die Knie befohlen, damit Justus aufsteigen konnte. Bob und Peter winkten bereits munter von dem anderen Tier. Also schwang sich Justus auf den Rücken und

das Kamel stand auf, mit den Hinterbeinen zuerst. Fast wäre der Erste Detektiv kopfüber wieder heruntergefallen, doch er klammerte sich fest und schaukelte wenige Sekunden später in luftiger Höhe. Ein zweiter, jüngerer Mann gesellte sich zu ihnen und stellte sich als Führer vor. »Ich passe die nächsten zwei Stunden auf euch auf«, erklärte er Justus. »Bezahlt bin ich noch nicht. Ich koste extra!« Justus schluckte. So langsam begann er das System zu verstehen. Man wurde von einer Person zur nächsten gereicht und alles kostete Geld. Doch er wollte endlich weg aus dieser dunklen Ecke. »Dann bitte zu den Pyramiden«, sagte er.

»Natürlich, Sir.« Sie ritten durch eine Gasse, mussten noch ein Ticket lösen und erreichten schließlich ein Geröllfeld. Die drei ??? waren so sehr mit dem Festhalten auf den schaukeligen Kamelen beschäftigt, dass sie erst gar nicht bemerkten, wie plötzlich der Blick frei geworden war: die Pyramiden! Majestätisch ragten sie aus dem Wüstensand. Fast wie außerirdische Objekte. Ameisengleich liefen die Besucher zwischen ihnen hin und her.

»Wow!«, entfuhr es den drei ??? wie aus einem Munde.

»Da ist auch die Sphinx!«, rief Peter und wies ein Stück weit vor die Pyramiden, »Sie ist ja viel kleiner, als ich eigentlich dachte!«

»Trotzdem faszinierend schön«, sagte Bob und schaute hinüber.

Weil der Kamelführer in unmittelbarer Nähe war, sprach keiner der drei ??? weiter, aber alle dachten das Gleiche: Jetzt waren sie dem Geheimnis der Sphinx auf der Spur! Am liebsten wären sie sofort zu diesem steinernen Löwen geritten.

Doch erst einmal galt es, keine Zeit zu verlieren. Später würden sie sich die Sphinx in aller Ruhe anschauen können.
»Wollt ihr ein Foto?«, fragte der Führer.
Justus riss sich von dem Anblick los. »Später. Zuerst zum XI. Grab des Priesters. Wissen Sie, wo das liegt?«
Der Führer sah ihn einen Moment überrascht an. »Du scheinst dich auszukennen, Mister … es ist erst vor wenigen Jahren entdeckt worden …«
Der schaukelige Ritt ging weiter über den öden Untergrund. Ab und zu begegneten ihnen andere Kamele, auf denen sich Touristen festklammerten. Immer wieder wanderten die Blicke der Jungen zu den Pyramiden. Nach einer Viertelstunde erreichten sie eine abseits gelegene kleine Öffnung, die in einen Felsen eingehauen war. Ein Mann in einem ehrwürdigen Gewand wartete neben dem Eingang wie ein Torhüter.
»Wir sind da!«, verkündete der Führer und ließ die Kamele hinunter auf den sandigen Boden knien, damit sie absteigen konnten.
Die drei ??? ließen sich von den Tieren rutschen und Justus spürte, wie er sich innerlich anspannte. In Kürze würde sich entscheiden, ob an der Geschichte aus dem Heft von Rubbish George etwas dran war. Und ob sie sie auf die Spur führte, an deren Ende vielleicht die Antwort auf das Rätsel der Sphinx wartete.

Im Grab des Priesters

Der Mann, der am Eingang der Grabanlage auf die Touristen wartete, empfing Justus, Peter und Bob mit einem Lächeln und geleitete sie ins Innere. Sie betraten einen dunklen Raum, der in den Fels gehauen war. Langsam gewöhnten sich ihre Augen an die Dämmrigkeit. Neugierig blickten sich die drei ??? um. An die kahlen Wände hatte man ein paar Informationstafeln gehängt. Doch in dem Rätsel aus dem Fußballheft hatte etwas von einem steinernen Sarg gestanden! Von solch einem Grab war nichts zu sehen. Da war nur eine große steinerne Tafel, die von einem schwachen Licht angestrahlt wurde. Den drei ??? stand die Enttäuschung ins Gesicht geschrieben. Hatte es doch nichts auf sich mit der Rätselgeschichte?

»Hoffentlich sind wir nicht vergebens nach Ägypten gereist«, entfuhr es Peter, der von allen am meisten an die Geschichte glaubte. Außerdem wollte er Layla helfen.

Bob stieß ihn spaßhaft mit dem Ellbogen in die Seite. »Ich denke, du kümmerst dich sowieso lieber um die Sehenswürdigkeiten am Hotelpool als um aufregende Verbrecherjagden?«

»In diesem Fall ist es anders«, sagte Peter humorlos.

Mit leiser Stimme erklärte der Mann die Inschriften auf der großen Steintafel, doch die Detektive hörten kaum zu. Ihre Blicke wanderten umher, aber der Raum hatte keinen Durchgang, der woanders hinführen konnte. Irgendwo hier musste eine Grabkammer mit einem Sarg sein.

»Soll ich euch die Tafel erklären?«, fragte der Mann in einem Englisch mit Akzent und trat einen Schritt zurück.

»Äh, nein«, sagte Peter. »Gibt es hier … noch andere Sachen? Särge und so?«
Der Mann lächelte. »Kommt!« Mit leichten Schritten führte der Ägypter die drei Detektive in eine Ecke des Raums, die im Schatten lag. Er ging auf einen dunklen Fleck am Boden zu und war plötzlich verschwunden.
»Wollt ihr mir folgen?« Seine Stimme klang hohl.
»Hey – ein unterirdischer Gang!«, entwich es Justus. Neugierig tastete er sich vorwärts und schlupfte mit den Füßen zuerst in das Loch. Es war finster und eng und ging abwärts. »Erinnert mich an die Fluchtwege aus unserer Zentrale«, wollte Justus witzeln, doch schon war er unsanft auf dem Steinboden eines niedriger gelegenen Raums gelandet. Der Ägypter stand bereits da und wartete lächelnd. Während der Rutschpartie hatte Justus die rote Umhängetasche verloren; sie folgte ihm nun nach, schlug mit einem dumpfen Geräusch auf den Steinplatten auf und das Rätselheft glitt heraus. Justus hob es hastig auf.
Inzwischen waren auch Peter und Bob eingetroffen.
»Wow!«, sagte Bob und klatschte sich den Staub von den Händen. »Der Sarg!«
»Der Sarg des Priesters«, sagte der Ägypter.
Die drei ??? sahen sich an. Nun glänzte das Jagdfieber in ihren Augen. Justus hielt immer noch das Fußballheft in der Hand und schlug die Stelle mit dem Rätsel auf.

Der steinerne Sarg trägt den ersten, noch leichten Hinweis. Wähle das Tier, das dich durch die Nacht begleitet, finde sein neues Zuhause und es wird dir die nächste Station weisen.

Peter hatte von der Seite mitgelesen und drängelte sich neugierig an Justus vorbei. Er bückte sich an den Rand des steinernen Sargs. Tatsächlich waren an einer seiner Längsseiten drei Tiersymbole eingehauen.
»Hier ist so wenig Licht.« Peter winkte Justus zu sich, der die Taschenlampe eingesteckt hatte. »Ich sehe eine Schlange, einen Käfer, eine Katze ... Welches der drei Tiere ist bloß gemeint?«
»Was suchst du?« Auch der Ägypter war neugierig näher getreten. »Ah, du interessierst dich für die Zeichen ...«
Peter beugte sich hoch. »Schlange, Käfer ... Katze!«
»Sie wurden nachträglich in den Stein gehauen«, erläuterte der Ägypter. »Sie sind wertlos.«
»Aber warum hat man das getan?«
»Sie weisen auf Fundstücke hin, die in dieser Grabkammer entdeckt wurden. Die Forscher haben die Exemplare mitgenommen und einer von ihnen hat – vielleicht als Andenken – die kleinen Bilder in den Stein geritzt.«
»Die Fundstücke sind also nicht mehr da?«

Finde sein neues Zuhause ...

»Nein. Was nicht gestohlen wurde, ist heute glücklicherweise im Kairoer Museum!« Ein Lächeln huschte über sein Gesicht.
»Die ... die Tiere hatten für die alten Ägypter doch eine Bedeutung«, sagte Justus. »Soweit ich weiß, ist es ... der Skarabäus, ein Käfer, der die Toten in die Unterwelt begleitet?«

Das Tier, das dich durch die Nacht begleitet ...

Der Mann nickte. »Du kennst dich aus?«
Justus stellte sich in Positur. »Ein wenig. Danke. Ich glaube, wir haben gesehen, was wir sehen wollten. Lasst uns gehen, Jungs!«
»Keine anderen Tafeln mehr?«, fragte der Mann und sah Justus aufmerksam an.
»Nein, danke. Ich … wir möchten wieder gehen!«
»Nun gut!« Der Ägypter wies auf die schmale Öffnung am Fuße der Wand. »Dann kriechen wir zurück!«
Die drei ??? bezahlten die Führung und setzten sich wieder auf die Kamele. So sehnsüchtig ihre Blicke auch auf die Pyramiden fielen, jetzt mussten sie erst einmal zum Kairoer Museum, um den Skarabäus aus dem Grab zu finden.

Finde sein neues Zuhause …

Achselzuckend nahm ihr Führer die Anweisung zum Rückzug entgegen. Als sie einige Meter geritten waren, drehte sich Justus noch einmal um. Der Mann in dem Gewand, der ihnen das Grab gezeigt hatte, war aus der Anlage herausgetreten. Leicht abgewandt sprach er in ein Handy, während er den Detektiven mit schräger Kopfhaltung nachblickte. Unweigerlich hatte Justus den Eindruck, dass das Gespräch mit ihnen zusammenhing, aber vielleicht sah er auch Gespenster.
Nach einer Weile erreichten sie wieder den Platz, auf dem sie ihre Kamele bestiegen hatten. Der Erste Detektiv bezahlte den Führer und nach ein paar Minuten eilte auch Alaa Edine wieder herbei und öffnete die Türen des Taxis. »Sind schnell, Americans! Schon alles gesehen?«

»Nein«, sagte Bob, »Aber für den Moment reicht es mit der Sonne! Ins Kairoer Museum, bitte!«

Die Fahrt dauerte gut zwanzig Minuten und führte sie wieder zurück in das Zentrum von Kairo. Schließlich hielt Alaa Edine vor einem eisernen Tor, an dem sich – bewacht von zwei Polizeiposten – eine Traube von Touristen aus aller Welt drängte. »Ihr geht ins Museum! Ich warte auf euch! Ihr müsst nicht neues Taxi suchen! Ihr zahlt ganzen Tag. Das viel billiger. Ich kann euch zeigen viel von Kairo!«

Justus wiegte den Kopf. Der Vorschlag hatte was für sich. »Ein Tag – dreißig Dollar!«, sagte er.

»Fünfzig, Sir! Den ganzen Tag!«

»Vierzig«, sagte Justus.

Alaa Edine verzog das Gesicht und nickte. »Ihr zahlt, wie ihr zufrieden seid. Okay? – Wann seid ihr wieder da?«

»Eine halbe Stunde?«

»Die Americans sind schnell ...«

Die drei ??? lösten die Eintrittskarte und durchquerten den Vorplatz, der mit kleinen Steinmauern angelegt war, auf denen sich Touristen sonnten. Kurze Zeit später betraten sie das Museum und blieben erst einmal staunend stehen. Sie waren in eine große Halle gekommen: Alles war vollgestellt mit großen und kleinen Statuen, alten Särgen und deren Beigaben. Sie wussten gar nicht, wo sie zuerst hinschauen sollten.

»Wie sollen wir in diesem Durcheinander bloß etwas finden«, stöhnte Bob und wischte sich den Schweiß von der Stirn.

Nachdem sie eine Weile planlos hin und her gelaufen waren,

entschlossen sie sich, einen der Angestellten, die hier und da postiert waren, um einen wachsamen Blick auf die Besucher zu haben, um Hilfe zu bitten.
»Sir, wir suchen ein Skarabäusamulett«, versuchte es Peter.
Der Mann in Uniform sah ihn erstaunt an.
»Ein ganz bestimmtes«, fügte Bob hinzu.
»Das Skarabäusamulett aus dem XI. Grab des Priesters«, vollendete Justus. »Können Sie uns sagen, wo es aufbewahrt wird?«
Der Mann zog ein Handy hervor, wählte und sprach etwas auf Arabisch hinein. Dann steckte er sein Handy wieder weg. »No Englisch!«, sagte er. »Wait!«
Nach einer Weile trat ein anderer Angestellter zu ihnen und die drei ??? wiederholten ihre Bitte. Justus fügte hinzu, dass sie weither von der Highschool aus Rocky Beach gekommen seien, um ihren Forschungsauftrag auszuführen.
»Der Skarabäus aus dem neuen Priestergrab! So! – Wenn ihr mir folgen wollt?« Die Detektive nickten erfreut. Sie wurden eine Treppe hoch und dann einen Gang entlanggeführt, bis ihr Begleiter sie schließlich in ein kleines Zimmer wies, an dessen Wänden Plakate von Kunstausstellungen aufgehängt waren. Der Mann bat sie zu warten und verließ lächelnd den Raum.
Sie hatten bestimmt eine Viertelstunde gewartet und an die Wände gestarrt, als sich plötzlich die Tür wieder öffnete. Ein anderer Mann trat ein, dunkelhaarig, mit schwarz umrandeter Brille und gut einen Kopf kleiner als Justus. In seiner linken Hand hielt er einen länglichen Karton. »Willkommen im Museum von Kairo! Mein Name ist Ibrahim Abaza. Ich bin Restaurator hier im Museum.« Er setzte sich zu den drei ???

und legte den Karton vor sich auf den einfachen Holztisch. Enthielt sie den Skarabäus?

Eine Besonderheit weist dir den Weg, hieß es in dem Brief.

Mr Abaza hatte sich inzwischen zurechtgesetzt. »Und ihr interessiert euch also für diesen speziellen Skarabäus. Das ist sehr ungewöhnlich! Darf ich zunächst einmal fragen, warum?«
Justus übernahm das Wort. »Nun, wir sind im Rahmen einer Arbeit für ein Projekt über alte ägyptische Amulette an unserer Highschool auf ein Buch gestoßen, in dem unter anderem das neu entdeckte Grab des Priesters beschrieben war. Mr Abaza, es wäre eine große Ehre für uns, das Original zu sehen, das man in dem Grab gefunden hat. Wir würden von dem Originalamulett auch gerne ein Foto machen und es in unserer Arbeit veröffentlichen.«
Mr Abaza lächelte. »Selbstverständlich. Dann wohnt ihr hier wohl im Studentenheim?«
»Nein.« Justus nannte das Hotel.
»Drei Schüler aus Amerika, die in einem der besten Hotels der Stadt wohnen«, sagte Mr Abaza nachdenklich.
Justus hatte zu spät bemerkt, wie unglaubwürdig das klingen musste. »Das Schulprojekt hat einen großzügigen Geldgeber«, entgegnete er reaktionsschnell. »Wir genießen die Reise sehr.«
Mr Abaza lehnte sich zurück. »Ja, gewiss. Entschuldigt meine Vorsicht! Aber vor einiger Zeit war ein seltsamer Mann hier, der sich für den Skarabäus interessiert hat. Wenn ich nicht aufgepasst hätte, hätte er ihn gestohlen.«
Justus merkte auf. Hatte das etwas mit ihrer Geschichte zu

tun? »Gestohlen? Das klingt ja spannend …«, versuchte er, Mr Abaza noch etwas mehr herauszulocken.
Doch der winkte ab. »Irgendein Amerikaner. Er hat mir eine eigenartige Geschichte aufgetischt. Meine jungen Herren, es kommen tatsächlich immer noch irgendwelche Verrückten, die hoffen, durch alte unentdeckte Schätze aus Ägypten reich zu werden. Und immer noch geistern Gerüchte über eine Kammer der Erkenntnis durch die Forscherszene, die angeblich das Geheimnis der Sphinx enthüllt.«
»Das dürften doch wohl Träumereien von ruhmeshungrigen Forschern sein«, sagte Justus, um bei seinem Gegenüber nur ja keinen Verdacht aufkommen zu lassen. »Man hat bestimmt längst alle Kunstwerke und Gräber gefunden.«
»Aber ja.« Mr Abaza knotete langsam die Kordel auf, mit der die Schachtel zugeschnürt war. »Die wesentlichen durchaus. Dieser Skarabäus hier wurde zum Glück nicht gestohlen, sondern von einem Mitglied des Forscherteams, das das Grab entdeckt hat, zu uns gebracht. Ein Engländer, Sir Leonard, so hieß er.« Er sah auf und lachte. »Im Übrigen zeichnet sich dieses Fundstück durch eine Eigenheit aus. Ihr habt doch in eurem Buch bestimmt ein Foto dieses Skarabäus gesehen?«
»Ja«, log Justus, bevor jemand anderes etwas sagen konnte. »Leider war auf dem Bild nicht viel zu erkennen. Von welcher Eigenheit sprechen Sie?«
Mr Abaza hatte die Schnur inzwischen von der Schachtel entfernt und hob lächelnd den Deckel an.

Gefahr!

Neugierig beugten sich die drei ??? über die Öffnung. Zuoberst lagen einige Papiere und Briefe. Abaza legte sie zur Seite. Der Sakrabäus war in ein weiches Tuch gebettet. Er war nur etwa zehn Zentimeter groß. Mr Abaza nahm ihn aus der Schachtel und reichte ihn Bob, der ihm am nächsten saß. »Ihr dürft ihn ruhig in die Hand nehmen, wenn ihr vorsichtig seid.«
Bob nahm das Angebot mit einem bedächtigen Nicken an. Aus Sir Leonard Dempseys Geschichte wusste er, dass es auf die Prägung ankam, die auf der Rückseite eingelassen war. Langsam glitten seine Fingerkuppen über die Oberfläche. Als er die Rillen spürte, stieß er einen scheinbar überraschten Ruf aus. »Was ist das denn?«
»Oh!« Mr Abaza rückte seine Brille zurecht. »Du hast die Gravur entdeckt! Diese Eigenheit meinte ich! Nun, sie wurde vermutlich von der Person eingraviert, die das Grab geöffnet hat. Sie ist historisch vollkommen wertlos. Ja, schlimmer noch: Sie ist ein Makel für dieses Kunstwerk!«
Bob betrachtete sich die Gravur. Ihm war klar, dass Lord Dempsey sie dort angebracht hatte. Es war ein Symbol für eine Moschee, neben der Zeichen angebracht waren. Lächelnd gab er das Exemplar weiter an Justus, der sein Interesse an der Gravur möglichst zu verbergen suchte.
»Haben Sie von diesem Sir Leonard je wieder etwas gehört?«, fragte der Erste Detektiv wie beiläufig.
Mr Abaza schüttelte den Kopf. »Nein. Einige Monate später tauchte wie gesagt dieser Amerikaner auf, ein Mr Dalbello,

wartet …« Er blätterte in den Papieren, die in der Schachtel gelegen hatten. »Da schaut! Frank Dalbello. Ein hartnäckiger Typ! Er gab vor, diesen Leonard … Sir Leonard, diesen Forscher, zu suchen. Leonard sei verschwunden und er sei auf seiner Spur. Deswegen wollte er sämtliche Unterlagen sehen, die ich von Sir Leonard hatte. Ich besaß aber keine. Irgendwann hat er das eingesehen und ich bin Mr Dalbello wieder losgeworden. Ich glaube, er war eigentlich nicht hinter Leonard, sondern hinter einem alten Schatz her. – Man sieht es an diesem irren Flackern in den Augen!« Peters Blick wurde starr und Mr Abaza lachte. »Nein, das war ein Scherz! Außerdem trug Mr Dalbello gerne eine Sonnebrille. Aber er erzählte etwas von einem Fluch. Doch warum interessiert euch das alles? Ihr seid nicht etwa doch auf der Spur eines solchen Schatzes?«

»Nein«, sagte Justus bestimmt. »Machen Sie sich keine Sorgen. Ich würde jetzt ein Foto von dem Skarabäus aufnehmen, wenn Sie gestatten.«

»Aber natürlich.« Mr Abaza lächelte ihn an. »Normalerweise kostet so etwas Geld. Aber bei Schülern mache ich eine Ausnahme.«

»Danke!« Justus packte die Digitalkamera aus, die er durch die Eingangskontrollen geschmuggelt hatte. Er warf einen kurzen Blick auf Bob, der ihn gleich verstand und Mr Abaza durch ein paar belanglose Fragen ablenkte. So konnte dem Restaurator kaum auffallen, dass Justus vor allem die Gravur auf der Rückseite fotografierte.

Nach ein paar Fotos richtete sich Justus wieder auf und packte die Kamera zufrieden ein. Die Bilder waren im Kasten.

Dann bedankten sich die drei ??? bei Mr Abaza für die Hilfe. Mr Abaza bat sie, ihm eine Kopie ihrer Schularbeit zu schicken. Bob versprach es. Dann fiel ihm noch etwas Wichtiges ein. »Hat sich eigentlich auch einmal ein gewisser Rubbish … äh, George Cooper bei Ihnen nach dem Skarabäus erkundigt?«

Mr Abaza brauchte nicht lange zu überlegen. »Nein. Das wüsste ich. Dieser Dalbello war der Einzige. Außer … einer Frau. Ja, da war mal eine Frau. Sie kam, glaube ich, später …«

»Eine Frau?« Justus zog die Stirn in Falten, um die Aufregung zu verbergen, die in ihm plötzlich hochgeschossen war. Die geheimnisvolle Frau, an die das Rätsel adressiert war? Die Frau mit dem unbekannten zweiten Namen, den sie finden mussten, um das Rätsel endgültig zu lösen? Das war die Chance! »Wie hieß sie?«

Sein Gegenüber sah ihn erstaunt an. »Ihr wollt wohl alles wissen?«

»Wir ergänzen unsere Arbeit um alle Forscher, die sich im Lauf der Jahre bei Ihnen für dieses Amulett interessiert haben«, sagte Bob ohne große Überzeugungskraft. »Ich würde mir die Namen gerne notieren.«

»Du meine Güte!« Abaza ordnete seine Papiere. »Sieh an, da habe ich einen Brief von ihr. Aber viel steht nicht drin. Nur, dass sie um einen Termin bittet.« Zur Bestätigung legte Mr Abaza das Blatt auf den Tisch. Nur kurz, und doch lange genug, sodass Justus den Briefkopf entziffern konnte. Neben ihrem Signet, einer kleinen Eule, stand in geschwungenen Buchstaben:

Cathrin S. Bradbury. London, England.

»Nun muss ich aber wieder zur Arbeit«, sagte Abaza entschlossen und steckte die Papiere wieder ein. »Ich führe euch noch hinunter.«

Als sich Mr Abaza vor dem Museum verabschiedet hatte, blickten Justus seine Kollegen triumphierend an: Dank des redseligen Kurators waren sie zwei große Schritte weitergekommen! Mit der Gravur hatten sie den Anhaltspunkt für ihre nächste Station, doch vor allem hatte Justus nun den Hinweis, wie Cathrins geheimer Zweitname lauten musste.

»Sophie«, sagte er.

Peter und Bob blickten ihren Freund überrascht an.

»›S‹ lautete die Abkürzung auf dem Briefkopf«, erklärte Justus, »und daneben war als Signet eine Eule eingedruckt. Eine Eule steht für Weisheit. Griechisch Sophia. Sophie – die Weisheit! Anders kann es nicht sein!«

Gut gelaunt machten sich die drei ??? auf die Suche nach Alaa Edine. Sie hatten länger gebraucht, als sie geplant hatten. Vermutlich hatte Alaa Edine längst neue Kunden. Andererseits hatten sie ihn noch nicht bezahlt. Als sie vor das eiserne Tor traten, wurden sie von einem Mann angesprochen. »Taxi?«

Justus wehrte ab und stutzte. »Sie sind doch ... Amerikaner? Das ist ungewöhnlich, dass Sie Taxen vermieten!«

»Ich vermittle sie«, sagte der Mann im besten Südstaaten-Amerikanisch. Er war kräftig, blond und trug eine Sonnenbrille, die seine Augen verdeckte. Er bleckte die Zähne und grinste sie an wie ein Kühlergrill. »Kommt schon!«, drängelte er.

»Wir haben bereits einen Chauffeur ...« wollte Justus sagen. Doch die Worte blieben ihm im Hals stecken. Ein grauer Lieferwagen war plötzlich neben sie gefahren und wie der Blitz

hatte der Amerikaner die Hecktür geöffnet. Justus bekam einen kräftigen Stoß ab, sodass er mit dem Kopf gegen die Türkante knallte. Dann versuchte der Amerikaner, ihn ins Wageninnere zu schieben.
»Hey, was soll das!«, rief Peter und wollte seinem Freund zu Hilfe kommen. Doch plötzlich hatte der Mann eine Pistole in der Hand. »Rein mit euch ins Auto. Alle drei. Oder euch passiert etwas Schlimmes!«
Bob, der am weitesten von Justus entfernt stand, fiel nichts Besseres ein, als laut um Hilfe zu schreien. Doch es zeigte Wirkung. Die beiden Polizeiposten nahmen allmählich Notiz von der Sache. Neugierig schritten sie auf den kleinen Menschenauflauf zu, der sich inzwischen gebildet hatte. Justus nutzte die Chance und wand sich aus dem Auto.
»Mist!«, rief der Amerikaner. Er steckte die Pistole in seine Jacke und sprang in den Wagen. Mit quietschenden Reifen schoss das Fahrzeug auf die Straße, während der Amerikaner noch die Tür zuzog.
»Puh!« Die drei ??? sahen sich an. Es war alles so schnell gegangen, dass sie erst jetzt begriffen, welcher Gefahr sie entronnen waren: Sie sollten auf offener Straße entführt werden! Doch sie hatten keine Zeit, lange darüber nachzudenken. Die beiden ägyptischen Polizisten bahnten sich den Weg zu den drei ???. Ein Polizeiverhör konnten die drei Detektive jetzt gar nicht gebrauchen!
Sie duckten sich und drückten sich durch die Menge. Ein Taxi schoss herbei. Der Fahrer gestikulierte wild.
»Alaa Edine!«, rief Peter erleichtert und öffnete die Tür. Die drei ??? überlegten nicht lange. Sekunden später saßen sie auf

ihren Plätzen und Alaa Edine gab Gas. Erst als sie ein paar Ecken weiter gefahren waren und Alaa sich sicher war, dass ihnen niemand folgte, drosselte er die Geschwindigkeit. »Americans haben Probleme?«, fragte er und blickte Justus durch den Rückspiegel an, der sich schweigend seinen Kopf rieb. Dort wuchs eine kräftige Beule heran, seitlich an der Stirn, direkt unter dem Haaransatz.

»Vertraut mir!«, sagte Alaa Edine. »Ich führe euch durch Kairo. Bleibt bei mir und nix passiert. Wo wollt ihr nächstes hin?«

»Fahren Sie einfach ein paar Straßen rauf und runter!«, bat ihn Justus.

»Wie Americans wollen ...«

Justus ließ von seiner Beule ab, packte die Digitalkamera aus und öffnete das Display.

Die Makroaufnahmen von dem Skarabäus waren ihm bestens gelungen. Die eingravierte Moschee hatte einen unverwechselbaren Umriss. Der Erste Detektiv kannte ihn von einem ägyptischen Geldstück und sagte prompt: »Bitte zur Mohammad Ali Moschee!« Alaa Edine nickte zufrieden und wechselte die Fahrspur.

Aber wie sollte es dort weitergehen? Neben die Moschee waren Buchstaben eingezeichnet, doch so flüchtig, dass sie kaum zu entziffern waren. Justus wechselte mehrfach die Bilder, dann war er sich sicher: »Siegel. Das heißt einfach Siegel«, flüsterte er.

»Hä?«, machte Peter.

»Mohammad Ali Moschee und Siegel?« Bob sagte das ebenfalls nichts. Justus drückte ein paar Bilder zurück und zoomte näher heran. »Schaut. Neben der Moschee befindet sich noch

ein kleines Kreuz. Am besten, wir suchen die Stelle und sehen weiter. Was steht noch einmal in dem Brief?«
Bob blätterte zur entsprechenden Passage.

»Du findest den Hinweis am südlichen Aussichtspunkt.«

Während Alaa Edine durch die Straßen kurvte, erholten sich die drei ??? etwas von ihrem Schreck. Aber ihre Gedanken kehrten immer wieder zu der Szene vor dem Museum zurück.
»Warum sollte uns jemand entführen?«, flüsterte Peter, so dass Alaa Edine nicht alles mitbekam.
»Weil dieser Jemand weiß, dass wir den Schatz suchen«, antwortete Bob.
»Woher?«
Bob zuckte mit den Schultern. »Keine Ahnung. Aber ich glaube, ich weiß, wer dieser Amerikaner war!«
»Mr Frank Dalbello!«, rief Justus dazwischen.
»Aber ja doch«, zischte Bob. »Das ist der Konkurrent von unserem Autor Sir Leonard Dempsey. Ihr erinnert euch: Er schrieb von einem Frank. Dalbello war ebenfalls auf der Spur der Grabkammer und ist von Mr Abaza abgewiesen worden. Doch er hat nie aufgegeben, nach dem Grab zu suchen. Irgendwoher muss er Wind davon bekommen haben, dass wir den Fall wieder ins Rollen bringen! Doch woher hat er den Tipp?«
»Der Ägypter in der Grabanlage bei den Pyramiden«, sagte Justus und er ärgerte sich im Nachhinein über ihre Nachlässigkeit. »Es fiel mir auf, dass er telefonierte, kaum dass wir das Grab verlassen hatten. Das Rätselheft hat er auch gesehen. Wahrscheinlich arbeiten die beiden zusammen!«

»Und jetzt jagt der Amerikaner uns!«
Bob drehte sich um und sah durch die Heckscheibe. Die Fahrer in den Autos hinter ihnen waren nicht alle zu erkennen.
»Fahren Sie bitte etwas schneller«, bat Justus.
Alaa Edine lachte. »Schneller – bei dem Verkehr? «
Die drei ??? steckten ihre Köpfe zusammen. »Meinst du, wir können Alaa Edine vertrauen?«, flüsterte Peter.
»Immerhin hat er uns eben geholfen«, gab Bob zu bedenken.
Justus befeuchtete seine Finger mit Spucke und strich vorsichtig über seine schmerzhafte Beule. »Vielleicht verfolgt Alaa Edine seine eigenen Interessen. Wir müssen wachsam sein. Aber den Taxifahrer zu wechseln, stellt ebenfalls ein Risiko dar. Wer weiß, wer sich dann unserer annimmt …«
Nach der versuchten Entführung war ihm klar, dass sie in ein Wespennest gestochen hatten. Aber was Justus immer noch nicht verstand: Welche Rolle spielte Rubbish George? War er früher ein Verbündeter von Mr Dalbello gewesen?
Die drei ??? hatten während ihres Gesprächs kaum auf die Umgebung geachtet. Inzwischen war die Straße angestiegen und gab einen Blick auf die Dächer von Kairo frei. Den Hang aufwärts lag eine große Festungsanlage, die über der Stadt thronte.
»Die Zitadelle«, erläuterte Alaa Edine und fuhr so nahe heran, wie es ging. »In der Anlage liegt auch Mohammad Ali Moschee. Seht sie euch an. Ich komme nicht mit euch. Kostet Eintritt.« Er lachte. »Wie lange werdet brauchen? Eine Stunde?«
Justus sah auf die Uhr. Bis Layla in Kairo landete, war noch etwas Zeit. Sie konnten sich in Ruhe dem Rätsel widmen.
»Eine Stunde ist okay«, sagte er. »Warten Sie hier auf uns?«
Alaa Edine nickte. »Natürlich, meine Americans!«

Americans!

Die drei ??? stiegen zur Zitadelle hoch und lösten die Eintrittskarten. Es war nicht schwer, die Moschee zu finden. Das helle große Gotteshaus lag an der Kante des Berges und war durch die schmalen hohen Türme gleich zu erkennen.
Die drei Detektive setzten sich etwas abseits in den Schatten der Mauer, die die Zitadelle begrenzte.
Nach wie vor war Justus im Jagdfieber. »Vielleicht können wir Layla die Lösung des Rätsels präsentieren, wenn wir sie gleich vom Flieger aus Paris abholen.« Er zog sein T-Shirt hoch, öffnete die rote Umhängetasche, zog die Rätselgeschichte heraus und las sich alles noch einmal genau durch. »Das mit dem Siegel dürfte klar sein«, sagte er dann leichthin.
»Na, toll!«, antwortete Peter. »Komm, Bob, dann gehen wir so lange Eis essen, während Justus das Geheimnis löst. Okay?«
»Nun sei nicht gleich eingeschnappt! Aber das Rätsel ist für Cathrin geschrieben worden. Dempsey hat Schutzmaßnahmen eingebaut, damit nur sie es lösen konnte. Ihren zweiten Vornamen und ... ihr Signet. Die Eule, erinnert ihr euch? Lass uns nach einer Eule suchen! Dort, wo das Kreuz eingezeichnet ist, an diesem Aussichtspunkt! Ich nehme an, dass wir dort auf den letzten Hinweis stoßen werden. Im Rätsel steht:

Suche danach das Geschäft im großen Basar.«

Sie tranken jeder noch einen Schluck Wasser und liefen dann seitlich an der Moschee entlang, bis sie an eine Brüstung stießen, hinter der es steil bergab ging. Vor der großartigen Kulisse von Kairo fotografierte ein Mann gerade seine hübsche Begleiterin, die sich dafür auf die Mauer zurechtgesetzt hatte. Die drei ??? hofften, dass beide bald verschwinden würden, damit sie mit ihrer Suche anfangen konnten. Da es mit der Fotografiererei kein Ende nahm, lehnten sich die drei ??? über die Steinmauer und sahen in die Ferne. Ein wundervoller Ausblick auf Kairo erschloss sich ihnen. Die Stadt lag wie ein braunes Meer aus Häusern zu ihren Füßen und atmete den Dunst des durch die Straßen pulsierenden Verkehrs. Weit weg glänzten die Pyramiden in der Sonne. Als sie sich wieder abwandten, war das Paar verschwunden.

Endlich konnten die Detektive systematisch die Mauer absuchen. Es dauerte nicht lange, bis Bob fündig wurde. »Hier ist sie!« Aufgeregt winkte er seine Freunde zu sich. »Ein in die Mauer eingeritzter Eulenkopf! Und daneben arabische Zeichen …«

»Keine Ahnung, was die bedeuten«, murmelte Justus, der sonst immer alles wusste. Aber sämtliche Sprachen der Welt konnte selbst Justus' Superhirn nicht beherrschen. Er packte seine Kamera aus und fotografierte die Stelle. Bob zückte seinen Notizblock und zeichnete die Schrift zur Sicherheit noch einmal möglichst genau ab.

Dann blies Justus zum Aufbruch. »Bis Layla kommt, können wir die nächste Station vielleicht noch schaffen! Wir brauchen nur jemand, dem wir vertrauen können, der uns die Zeichen übersetzt.«

»Justus ist einfach unverbesserlich«, murmelte Peter matt und setzte sich widerwillig in Bewegung.

Sie liefen die Moschee entlang und überquerten einen Platz. Als sie vor einem Verwaltungsgebäude umdrehten, um einen letzten Blick auf die eindrucksvolle Moschee zu werfen, trauten die drei ??? ihren Augen nicht. »Das ist doch …«, stotterte Peter, »… der Entführer vor dem Museum! Frank Dalbello!«

»Das kann kein Zufall sein!«, japste Bob erschrocken. »Der verfolgt uns!«

Der Mann war zwischen den Touristen deutlich auszumachen. Er war in Begleitung eines zweiten Mannes, der offenbar Ägypter war. Vermutlich hatte dieser den Wagen gefahren, in dem sie entführt werden sollten. Als die Männer gemerkt hatten, dass sie entdeckt worden waren, rannten sie auf die drei Detektive los.

»Zurück!«, rief Justus. »Die wollen das Rätsel!«

Die drei ??? nahmen Reißaus. Bob war schnell, aber Peter hatte ihn bereits nach wenigen Metern überholt. Schnaufend versuchte der Erste Detektiv, den Anschluss zu halten. Doch die Verfolger kamen unaufhörlich näher.

»Wartet auf mich«, stöhnte Justus. Er hatte Seitenstechen, es war heiß, er hatte Durst – es war zum Verzweifeln. Aber er musste durchhalten.

Sie hetzten an der Mauer der Moschee entlang. Etwa in der Mitte befand sich ein Eingang.

»Da rein!«, schrie Justus.

Peter und Bob stoppten. »Da rein?«

»Ja!«

Ein paar Männer und Frauen streiften gerade ihre Schuhe ab. Es war verboten, die Moschee mit Schuhen zu betreten. Doch

als Justus Peter und Bob eingeholt hatte, rannten die drei ??? ins rettende Dunkel, ohne weiter darauf zu achten.
Im Inneren hielten sie kurz inne, um sich zu orientieren. Viele Besucher saßen auf den Teppichen am Boden und bestaunten die Halle. Der säuerliche Geruch von Schweißfüßen zog in die Nase; die Kinder einer Schulklasse mit Turnschuhen in den Händen mussten dafür verantwortlich sein. Plötzlich erschallten Rufe und Justus drehte sich um. Sie galten ihnen. Ein paar Männer zeigten mit dem Finger auf ihn. Ein Mann befahl etwas und seine Begleiter setzten sich in Bewegung.
»Los!«, rief Justus.
Plötzlich kamen sie von allen Seiten.
Erstaunlich gewandt umkurvte Justus ein paar der Männer, entwischte ihren schnellen Griffen, fluchte, was das Zeug hielt, und Peter und Bob folgten ihm auf den Fersen.
»Was wollen die?«, brüllte Peter Justus zu.
»Wir zollen dem heiligen Ort keinen Respekt, weil wir Schuhe tragen!«, schrie Justus und schlug sich durch die unzähligen Hände, die ihn fassen wollten. »Ich hoffe, sie verzeihen uns. Es ist doch ein Notfall!« Er kämpfte sich weiter durch die schnell anwachsende Menge, bis es einfach nicht mehr ging. Hände packten ihn und kurz darauf auch Bob und Peter, die sich dicht an Justus gehalten hatten. Ein unglaubliches Stimmengewirr ging auf sie nieder. Sie waren umringt von bestimmt dreißig, vierzig Männern und Jungen, die wütend auf sie einschimpften. Ein paar englische Sprachbrocken waren darunter und die drei ??? verstanden so etwas wie ›verdammte Amerikaner‹. Die Leute schoben sie vorwärts. Die drei ??? ließen es mit sich geschehen. Zufrieden bemerkte Justus, wie

ihre zwei Verfolger vergeblich versuchten, sich durch die Menge zu zwängen. Inmitten der aufgebrachten Gläubigen hatten sie einfach keine Chance. Die drei ??? wurden in Richtung eines zweiten Ausgangs gedrängt und unter lauten Beschimpfungen unsanft hinausgestoßen.
Sofort rannten sie weiter. Die Aktion hatte ihnen einige Meter Vorsprung gebracht. Die beiden Verfolger tauchten auf – sie waren auf Strümpfen, doch dadurch hatten sie nicht die Geschwindigkeit wie vorher in ihren Sportschuhen, die sie noch in den Händen hielten.
Bob rannte vorneweg und fand zum Glück den Weg zum Ausgang der Zitadelle. Die drei ??? drängelten sich durch die Touristen im Eingangsbereich und hetzten die lange Zufahrt zur Straße hinunter. Weit hinten stand Alaa Edine neben seinem Auto und wartete auf sie. Wenige Meter weiter parkte der graue Lieferwagen von Frank Dalbello.
Als Alaa Edine die drei ??? bemerkte, riss er die Tür auf.
»Und wenn Alaa Edine doch mit den Typen zusammenarbeitet?«, brachte Bob zwischen mehreren Atemstößen hervor. »Wie sind wir eigentlich an ihn geraten?«
»Er hat sich uns angeboten«, sagte Peter, der – durchtrainiert wie er war – noch am gleichmäßigsten atmete.
»Egal!«, keuchte Justus, »Wir können es uns jetzt sowieso nicht aussuchen!«
Sie erreichten ihr Ziel und schmissen sich auf die Rückband des alten Peugeot. Alaa Edine setzte sich hinter das Steuer und zeigte auf die beiden Verfolger, die inzwischen die Zufahrt herunterrannten: »Ihr habt Problem, Americans?«
»Fragen Sie nicht und fahren Sie los!«, befahl Justus.

Alaa Edine ließ den Motor an, startete aber noch nicht. »Wohin?«
Die Verfolger kamen immer näher.
»Egal wohin, fahren Sie bloß los!«
Alaa Edine drehte sich herum und runzelte die Stirn. In dem Moment, als der Amerikaner das Taxi erreicht hatte und die hintere Tür aufreißen wollte, gab Alaa Edine Gas. Erleichtert beobachteten Peter und Bob durch das Rückfenster, wie die beiden Männer fluchend zu ihrem Auto weiterliefen.
Alaa wechselte auf die mittlere Fahrspur. »Wohin, Americans?«
»Wir müssen zum Khan el-Khalili-Basar, aber fahren Sie vorläufig kreuz und quer durch die Stadt. Wir müssen unsere Verfolger abhängen!«, brachte Justus keuchend hervor.
Das war keine übertriebene Vorsicht. Denn wie Peter und Bob bemerkten, waren die beiden Männer inzwischen in den Lieferwagen gesprungen und hatten die Verfolgung des Taxis aufgenommen.
Alaa Edine raste kurze Zeit die Hauptstraße entlang, dann bog er mit quietschenden Reifen in eine Seitengasse ein. Obststände säumten den Straßenrand und viele Einwohner waren am Einkaufen. Hier gab es keine Touristen mehr. Hupend bahnte sich Alaa Edine den Weg, doch die Verfolger, die freie Fahrt hatten, kamen näher und näher.
»Schneller!«, rief Justus.
Sie erreichten wieder eine der Hauptstraßen und Justus stockte der Atem. Stau.
Alaa Edine erwischte die nächstbeste Lücke und musste stoppen. Ein paar Autos schoben sich zwischen sie und ihre Ver-

folger. Vorne ging gar nichts mehr. Alaa Edine überlegte kurz, gab Gas und bretterte mit den rechten Reifen ein Stück auf dem Gehweg entlang, um ein paar Fahrzeuge zu überholen. Passanten sprangen zur Seite, dann musste Alaa Edine wieder einscheren, weil ein Verkaufsstand den Weg versperrte. Die Verfolger versuchten, es ihnen gleichzutun. Alaa drückte inzwischen ohne Unterbrechung die Hupe. Ein paar Autofahrer ließen sich beeindrucken und rückten ein Stück zur Seite. Alaa Edine fuhr wieder ein paar Meter. Dann war Feierabend. Stillstand.

»Er kommt!«, schrie Peter. Der blonde Mann hatte den gleichfalls zwischen Autos eingezwängten Lieferwagen verlassen und drängelte sich zwischen den blockierten Autos zu ihnen heran. Seine Hand umschloss den Griff einer schwarzen Pistole.

»Tun Sie was, Alaa Edine!«, brüllte Justus.

Alaa Edine griff ins Steuer und gab Gas. Er hatte eine Einfahrt entdeckt. Die drei ??? hofften inständig, dass der Weg auf der anderen Seite wieder hinausführte. Der Peugeot schoss in das dunkle Loch, donnerte Sekunden später in einen Hof und Alaa Edine stieg voll auf die Bremse: Kisten, Handwagen, aufgescheuchte Menschen, eine Mauer: Sie saßen in der Falle!

Taxi, Taxi

Wenige Sekunden später preschte Dalbello durch die Einfahrt. Als der Amerikaner das Taxi der drei ??? entdeckte, verlangsamte er das Tempo und hob die Waffe. Bedächtig und mit einem zufriedenen Grinsen im Gesicht schritt er auf das Fahrzeug zu. »Raus da!«

Die Zuschauer, allesamt Araber, die auf dem Hof über eine Wagenladung Hühner verhandelt hatten, wichen mit einer Mischung aus Angst und Neugier zurück.

Peter, auf dessen Seite der Amerikaner stehen geblieben war, öffnete vorsichtig die Tür und stieg aus. Bob folgte, dann zwängte sich Justus aus dem Wagen.

»Du auch«, sagte Dalbello und wies mit der Waffe auf Alaa.

»Okay, Sir, kein Problem, Sir!« Unter den schaulustigen Blicken der Umstehenden stieg Alaa Edine aus seinem Taxi.

Der Amerikaner machte eine Handbewegung mit der Pistole und wies ihn in die Reihe der Zuschauer. Dann wandte er sich an Justus. »Die rote Tasche, bitte!«

Justus zuckte zusammen. Damit hatte er nicht gerechnet.

»Die rote Tasche! Schnell!«

Bedächtig zog Justus sein T-Shirt aus und streifte die Umhängetasche über den Kopf.

»Beeil dich, Dicker! Und wenn ihr eine Kopie des Rätsels habt, vernichtet sie! Haltet euch raus aus der Geschichte! Sonst ziehe ich andere Seiten auf! Denkt dran, hier in Kairo kann man plötzlich verschwinden ... auf Nimmerwiedersehen!«

Das war eine eiskalte Drohung. Jetzt hielt Justus die Tasche in den Händen. Selbstverständlich besaß er eine Kopie der Rätselgeschichte. Sie steckte in der Seitentasche des Koffers, der im Hotelzimmer lag. Da konnte er das Original notfalls herausgeben, aber plötzlich wurde er unsicher. Vielleicht enthielt das Papier ja noch irgendeine Art von Geheimzeichen, etwas, das sie übersehen hatten, weil sie gar nicht danach gesucht hatten. Eine Geheimtinte zum Beispiel wäre auf der Kopie nicht lesbar. Er zögerte. »Mr Dalbello …«, begann er.
In dem Moment krachte etwas laut auf den Boden und sofort hob ein erregtes Kreischen an: Alaa Edine hatte den Hühnerwagen umgestoßen. Durch den Aufprall hatten sich die Klappen geöffnet und die Tiere flatterten wie wild durch den Hof. Für einen Augenblick waren alle abgelenkt. Nur Alaa Edine nicht! Er sprang auf Justus zu, riss ihm die Tasche aus der Hand und rannte los. Ehe sich die drei ??? versahen, war er im Lieferanteneingang eines Restaurants verschwunden. Der Amerikaner reagierte als Erster und wollte die Verfolgung aufnehmen, doch die Zuschauer hatten sich vor dem Eingang zusammengedrängt und bildeten eine Mauer aus Menschen. Als Dalbello merkte, dass es sinnlos war, ließ er ab und rannte durch die Einfahrt auf die Straße, um den Flüchtenden dort zu fassen. Doch wertvolle Sekunden waren vergangen.
Die Zuschauer sahen ihm nach, dann zerstreuten sie sich schwatzend und versuchten, die geflohenen Hühner einzufangen. Zwei Männer stellten den Holzwagen wieder auf. Niemand beachtete mehr die drei ???.
Die Jungen sahen sich an. »Und jetzt?«, fragte Peter zitternd. Justus stand die Enttäuschung ins Gesicht geschrieben. »Wir

warten auf Alaa Edine. Etwas anderes bleibt uns nicht übrig.«
»Und wenn Alaa Edine nicht zurückkommt?«
»Dann müssen wir auf einem anderen Weg zum Hotel zurück. Ich muss dringend die Kopie des Rätsels sicherstellen! Und dann geht es zum Flughafen!«
Als ob er die letzten Worte vernommen hätte, näherte sich plötzlich ein Ägypter. »Taxi, Americans?«
Justus schüttelte den Kopf. »Wir warten auf Alaa Edine.«
»Alaa Edine nicht da. Fahrt mit mir.«
Justus schüttelte den Kopf.
»Doch. Guter Preis. Und ist besser so! Amerikaner wird wiederkommen und euch holen.«
Justus zuckte mit den Schultern, aus Peters Augen sprach Hilflosigkeit und Bob sagte schließlich: »Okay. Warum nicht. Dann fahren Sie uns bitte ins Hotel!« Bob nannte die Adresse.
Der Mann nickt erfreut und ging zum Taxi – »Bitte.«
»Aber das ist Alaa Edines Wagen!«, empörte sich Bob.
»Schlüssel steckt und Alaa Edine bekommt Taxi zurück.«
Kopfschüttelnd nahmen die drei ??? Platz. Im Moment war ihnen alles egal.
Der Mann klemmte sich hinter das Steuer und setzte den Wagen rückwärts durch die Einfahrt. Der Verkehr auf der Hauptstraße hatte sich nur wenig gelichtet, aber immerhin kamen sie jetzt wieder schrittweise vorwärts. Von dem Lieferwagen, der sie verfolgt hatte, war zum Glück nichts zu sehen. Während der Fahrt sprachen die drei ??? nicht viel. Den Schreck mussten sie erst einmal verdauen. Als ihr neuer Fahrer endlich das Taxi vor dem Hotel ausrollen ließ, war es bis zur Ankunft von

Layla nur noch gut eine Stunde Zeit. Und der Flughafen lag weit draußen vor der Stadt.
»Können Sie uns gleich weiter zum Flughafen fahren?«, fragte Justus. »Wir müssen nur schnell etwas aus dem Zimmer holen.«
Der Fahrer nickte. »Klar, Americans. Ich warte.«
Die drei ??? stiegen aus und tauchten in die geordnete Welt des Hotels ein. Am langen Tresen warteten Gäste auf das Einchecken, Hotelpagen rollten Koffer auf die Zimmer und an einem Tisch saßen zwei Geschäftsleute und lasen in der Financial Times. Als die drei ??? durch die Eingangshalle eilten, fiel die Aufregung, die die unüberschaubare fremde Stadt in ihnen ausgelöst hatte, ein Stück weit von ihnen ab. Nicht aber die Enttäuschung über die letzten Ereignisse.
Besonders Peter machte die Niederlage zu schaffen. »Was wird Layla zu alledem sagen! Sie wollte, dass wir auf sie warten! Und nun stehen wir mit leeren Händen da!«
»Wir besitzen eine Kopie des Rätsels«, beschwichtigte ihn Justus. »Die holen wir uns jetzt. Noch ist nichts verloren!«
»Wenn uns Alaa Edine bei der Lösung des Rätsels nicht zuvorkommt! Er hat seine Chance genutzt«, rief Peter aufgeregt. »Mr Dalbello wird das Grab der Erkenntnis nicht finden und wir auch nicht, Alaa Edine ist der lachende Dritte.«
»Es kann sein, dass Alaa ebenfalls auf den Schatz aus ist«, sagte Justus. »Aber auch er muss die Rätsel erst einmal lösen. Ich gebe zu: Alaa hat mich überrascht! Ich wette, unser Verfolger schaut sich immer noch vergebens die Augen nach ihm aus!«
Vor ihnen öffnete sich automatisch eine Tür und sie betraten

den Innengarten. Einige Gäste saßen im Freien und genossen ihre Drinks. Ohne weiter auf sie zu achten, durchquerten die drei ??? die Anlage und beeilten sich, in das Nebengebäude zu gelangen, in dem ihr Zimmer lag.

Während sie die Treppen in das erste Stockwerk nahmen, fummelte Justus die Codekarte hervor, mit der die Tür zu öffnen war. Doch als sie Zimmernummer 3542 erreichten, stutzte er und wies auf den Türrahmen. »Einbruchspuren …«

Die anderen beiden zuckten zusammen. Die Spuren waren wirklich eindeutig. »Da hat sich jemand mit einem Brecheisen zu schaffen gemacht!« Sie verharrten und horchten.

»Vorsicht!«, warnte Bob. »Ich glaube, der Kerl ist noch in unserem Zimmer!«

Schritte waren zu hören, dann das kurze Ratschen eines schnell aufgezogenen Reißverschlusses.

»Der Einbrecher wühlt in unseren Sachen rum«, flüsterte Peter. »Los! Den schnappen wir uns! Die Überraschung ist auf unserer Seite!«

Justus nickte. Vorsichtig drückte er sich gegen die Tür, die sofort nachgab. Die Geräusche auf der anderen Seite verstummten.

»Jetzt!«

Der Reihe nach stürmten die drei Detektive in den Raum. Justus sah einen Schatten, der sich in den wehenden Vorhängen verfing. Mit einer harten Armbewegung befreite sich der Mann, dann war er schon auf dem Balkon und wand sich über das Geländer.

»Hinterher!«

Die drei ??? rannten gleichzeitig weiter und Bob und Justus

prallten zusammen, sodass sie der Länge nach hinfielen. Doch Peter war vorne. Er sprang über einen offen daliegenden Koffer und schoss direkt auf den Balkon zu. Von dem Mann keine Spur. Peter lehnte sich über das Geländer und sah gerade noch, wie der Einbrecher um die Ecke des Hauses jagte.

»So ein Mist!«

Inzwischen hatten Bob und Justus den Balkon erreicht.

»Er ist weg!«, sagte Peter enttäuscht. »Aber ich glaube, ich habe ihn erkannt! Es war der Mann, mit dem Dalbello durch die Gegend zieht!«

»Dalbello!« Justus fasste sich an den Kopf. »Die Kopie!«, rief er und eilte zurück in das Zimmer. Sein Koffer lag offen auf dem Boden. Hoffentlich hatten sie den Einbrecher früh genug gestört! Mit zittrigen Fingern suchte Justus den Reißverschluss auf der Innenseite des Kofferdeckels. Doch schon nach wenigen Sekunden sah er das Unheil: Das Futter war aufgeschlitzt! »Er hat die Kopie gestohlen«, sagte Justus und sein Hals wurde trocken.

Zu spät!

Justus kannte das Rätsel zwar fast auswendig, aber außer Peter, Bob und ihm waren jetzt auch Alaa und Dalbello auf der richtigen Spur. Entsprechend niedergeschlagen stiegen die drei ??? wieder nach unten. Sie mussten dringend zum Flughafen. Wenn Laylas Flugzeug pünktlich war, würden sie zu spät kommen. Deshalb verschoben sie die Meldung des Einbruchs an der Rezeption auf später. Sie verließen das Hotel und suchten ihr Taxi, das etwas abseits wartete. Der Fahrer winkte sie zu sich und führte sie zum Fahrzeug. Die drei ??? hockten sich auf die Rückbank und brüteten die ersten Minuten der Fahrt schweigend vor sich hin. Justus wusste, dass Peter wütend auf ihn war, weil er ihn dazu überredet hatte, bereits heute mit der Rätselsuche zu beginnen.

Peter brauchte nur auf die bebende Unterlippe seines Freundes zu schauen und ihm war klar, wie heftig die Niederlage in Justus arbeitete und dass sie ihn nur noch trotziger machte.

Und beide sahen Bob an der Nasenspitze an, dass es ihm mächtig stank, dass er nun wieder dafür herhalten sollte, zwischen beiden für gutes Wetter zu sorgen.

»Ich habe einfach keine Lust, euch aufzuheitern!«, sagte Bob. Auch er konnte die Gedanken seiner Freunde lesen, dazu kannte er sie lange genug. Verdrießlich sah er zum Seitenfenster hinaus. Gerade kamen sie an einem Marktplatz vorbei. Eigentlich waren sie aus Rocky Beach aufgebrochen, um Rubbish George zu helfen. Hatte sein Verschwinden wirklich etwas mit dem Rätsel zu tun? Dann besaßen sie jetzt schlechte

Karten. Ohne das Heft fehlte ihnen dazu vielleicht ein entscheidender Hinweis. Bob sah auf die Uhr. Zu allem Überfluss herrschte nach wie vor dichter Verkehr. Das Taxi kam nur langsam vorwärts, selbst auf der Viaduktstraße. Hoffentlich würde Layla auf sie warten.

Sie verließen das Viadukt und schwenkten auf eine andere Hauptstraße ein. Bob kannte die Stelle noch von der Hinfahrt. Sie rollten eine Weile weiter, als der Fahrer plötzlich erneut abbog.

»Sir! Da geht es nicht zum Flughafen!« Auch Justus hatte aufgepasst.

Der Fahrer nickte. »Ich wissen. Überraschung, Americans!«

»Wir wünschen keine Überraschung!« Justus wurde nervös. Was hatte das bloß wieder zu bedeuten? Das Taxi steuerte jetzt durch eine belebte Wohnstraße.

»Wir möchten bitte zum Flughafen, Sir!«

»Gleich, meine Mister. Ist nur kurz.«

Die drei ??? sahen sich an. Der Wagen bog erneut ab. Die Gegend wurde immer unheimlicher.

»Bitte drehen Sie um!«

»Sofort, meine Americans!«

Justus überlegte blitzschnell. War das eine Falle? Sollten sie die nächste Gelegenheit nutzen, um zu fliehen? Das Auto fuhr zu schnell, als dass sie sich während der Fahrt aus dem Wagen hätten werfen können. Aber irgendetwas mussten sie unternehmen!

Da bremste der Fahrer und lenkte das Taxi in eine dunkle Einfahrt. Der Fahrer wandte sich zu ihnen und grinste: »Besuch, meine Americans!«

Aus dem Dunkel der Einfahrt löste sich ein Schatten. Langsam kam er auf das Auto zu. Den Detektiven sträubten sich die Nackenhaare.
Bis Bob ihn plötzlich erkannte. »Alaa Edine?«
Er war es. »Hallo, meine Americans!«
Der andere Ägypter stieg aus und ließ Alaa Edine hinter das Steuer. Die beiden wechselten ein paar Worte auf Arabisch. Dann winkte ihnen der Mann, der sie hergefahren hatte, kurz zu und entfernte sich durch die Einfahrt.
Alaa Edine drehte sich um und plötzlich sahen die drei ??? die rote Umhängetasche in seiner Hand. »Hier, Americans. Euer Fußballzeitung! Alaa sie gerettet!«
Überrascht nahm Justus die Tasche entgegen und kontrollierte den Inhalt. Die Zeitschrift war vollständig da. »Shukran!«, sagte er zufrieden und schloss den Reißverschluss wieder. »Tausend Shukran!«
Peter und Bob sahen ihn erstaunt an. »Was hast du gesagt?«
»Shukran heißt *Danke* auf Arabisch«, bemerkte Justus wie selbstverständlich und blickte nach vorne. »Zum Flughafen bitte, es eilt etwas …« Jetzt, wo sie wieder im Spiel waren, hatte sich seine schlechte Laune plötzlich in Luft aufgelöst.
Aber sie waren spät. Peter erinnerte sich an sein Handy und schrieb eine SMS an Layla, dass sie unterwegs seien, doch es kam keine Antwort. Obwohl sich Alaa Edine alle Mühe gab, erreichten sie den Flughafen erst eine knappe Stunde nach der Ankunftszeit des Fluges. Alaa Edine parkte den Wagen am Straßenrand. Die drei ??? baten ihn zu warten und beeilten sich, ins Flughafengebäude zu gelangen. Hoffentlich war Layla noch nicht auf eigene Faust aufgebrochen. Während Bob und

Justus die Halle absuchten, entdeckte Peter eine Frau mit einem amerikanischen T-Shirt, die am Schalter für verloren gegangene Gepäckstücke wartete, und fragte sie, ob sie in dem Flugzeug war. Sie nickte. »Die meisten Passagiere sind aber längst durch!« Als sich Peter wieder umdrehte, waren Bob und Justus wie vom Erdboden verschluckt. Offenbar hatten sie seinen Stopp nicht mitbekommen. Er wählte die Richtung, in die sie zunächst gelaufen waren, und joggte los. Doch er entdeckte keine Spur von seinen Freunden. Als er an eine Einlass-Sperre kam, beschloss er, Layla erneut auf dem Handy anzuwählen, doch in dem Augenblick sah er sie: Layla schritt in gut hundert Meter Entfernung auf den Ausgang zu. Neben ihr ein Mann, den er von hinten nicht erkennen konnte. Peter steckte das Handy wieder ein, steigerte das Tempo und prallte gegen ein Kind, das er übersehen haben musste. Im Stolpern bekam er gerade noch mit, dass der Mann, der bei Layla war, sie plötzlich fest am Arm griff und nach draußen zerrte. Sie wehrte sich. Sollte sie entführt werden? Peter fasste wieder Tritt und rannte los. Jetzt waren die beiden draußen und damit aus seinem Blickfeld. Doch wenige Sekunden später hatte Peter die Tür erreicht und flitzte ebenfalls ins Freie. Da stand der graue Lieferwagen. Der Mann stieg gerade durch die Hecktüre und zog sie von innen zu. Layla war offenbar schon gefangen. Der Lieferwagen setzte sich in Bewegung. Ohne nachzudenken, sprintete Peter los. Der Wagen kam zunächst nur langsam ins Rollen, sodass Peter Stück für Stück näher kam. Er sah das Trittbrett am Heck des Wagens und auch einen Haltegriff. Doch allmählich gewann das Auto an Fahrt. Peter gab sein Bestes. Als er dicht genug daran war, sprang er. Mit der Hand bekam er den Griff zu fassen und fast gleichzeitig erwischte er mit einem Fuß das Brett. Er japste nach Luft. Hinter ihm schepperte etwas auf die Straße. Sein Handy! Er bemerkte gerade noch, dass Justus und Bob aus dem Flughafengebäude gerannt kamen. Dann ging es in die Kurve und er sah sie nicht mehr.

Die Abstände, in denen er die Hand wechselte, um sich an dem Haltegriff festzuklammern, wurden immer kürzer. Es war anstrengend. Auch die Füße hatten kaum Platz auf dem Trittbrett. In jeder Rechtskurve bekam Peter Balanceprobleme. Ab und zu hupte ein Auto hinter ihm und Leute winkten ihm zu. Peter grinste regelmäßig zurück und hoffte, dass das Aufsehen, das er verursachte, dem Fahrer des Lieferwagens nicht auffiel.
Am Anfang hatte er aus dem Inneren des Wagens Geräusche gehört, die auf eine Auseinandersetzung schließen ließen, doch inzwischen war alles ruhig. Wahrscheinlich hatte der Entführer Layla gefesselt. Was hatte das alles nur zu bedeuten? Obwohl er aus der Entfernung den Mann nicht richtig erkannt hatte, ahnte Peter, dass es der Begleiter des Amerikaners gewesen war, der Layla abgefangen hatte. Der Lieferwagen war ein deutlicher Hinweis. Peter war klar, dass die beiden unbedingt verhindern wollten, dass jemand anderes als sie das Grab der Erkenntnis finden würde. Einer der Entführer war in das Hotelzimmer der drei ??? eingebrochen. Aber woher wussten die Männer von Layla? Peter konnte sich keinen Reim darauf machen. Hatten sich die drei ??? verraten? Angestrengt überlegte Peter, was sie besprochen hatten, als sie an der Mauer der

Moschee gesessen waren. Offenbar hatten die Verfolger sie dort belauscht.

Peter sah sich um. Nachdem die Fahrt eine ganze Zeit lang über Straßen geführt hatte, die er von der Herfahrt kannte, war der Lieferwagen abgebogen. Nun ging es durch graubraune Häuserburgen, und, nachdem sie auch die hinter sich gelassen hatten, weiter am Stadtrand von Kairo entlang. Schließlich erreichten sie eine Gegend, die Peter wieder bekannt vorkam: Seitlich vor ihm lag der Hang mit der Zitadelle, die sie am späten Morgen besucht hatten. Doch bevor sich Peter darüber Gedanken machen konnte, bog das Fahrzeug erneut ab und verlor sich in einem Straßengewirr, das durch lauter flache, verwahrloste Behausungen führte, die meist eher einem notdürftigen Unterschlupf ähnelten als einem Haus.

Peter wusste, was das für eine Gegend war. Alaa Edine hatte ein paar Sätze darüber verloren, als sie zusammen zur Moschee gefahren waren: Er befand sich auf dem Friedhof von Kairo.

SMS aus dem Grab

Es war ein islamischer Friedhof, der, anders als die Friedhöfe, die Peter von Zuhause kannte, aus einzelnen, mit flachen Unterkünften bebauten Parzellen bestand. Sie gehörten jeweils einer Familie und waren aus der Not heraus zum Teil sogar bewohnt. Peter kam es vor, als wäre er in eine andere Welt eingetaucht. Von einem Moment auf den anderen war das lebendige Brodeln von Kairo von ihm gewichen, als würden sich die Toten vor aller Betriebsamkeit schützen. Doch auch dieser Eindruck löste sich, und dann und wann wurde das stille Bild der Straßen von einer alten Frau unterbrochen, die aus dem Haus trat, von einem verloren spielenden Kind, oder auch von einem Taxi, das neugierige wie argwöhnische Touristen transportierte.

Was hatten die Entführer hier mit Layla vor?

Der Lieferwagen bog noch ein paarmal ab, dann blieb er neben einem der kleinen Hauseingänge am Straßenrand stehen. Ein paar Kinder, die auf der Straße Fußball gespielt hatten, rannten weg. Jetzt hieß es schnell sein: Mit einem Blick schätzte Peter die Umgebung ab, sprang auf die Straße und huschte zurück. In dem Eingang, vor dem der Lieferwagen geparkt hatte, konnte er sich nicht verstecken: Dorthin würden die Entführer wahrscheinlich Layla verschleppen. Also wählte er das benachbarte Haus, das zu seiner Rechten lag. Auch hier war der Eingang offen und Peter schlüpfte hinein. Er gelangte in eine Art Vorraum. Vorsichtig lugte Peter auf die Straße. Er hatte sich nicht getäuscht: Der Amerikaner öffnete gerade die

Hecktür des Wagens und – Peter zuckte zurück – sah sich prüfend um. Die Luft schien ihm offenbar rein, denn kurz darauf kam der Ägypter zusammen mit Layla aus dem Lieferwagen: Sie konnte nichts sehen, denn man hatte ihr die Augen verbunden. Ihre Hände waren gefesselt. Sekunden später waren sie im Haus verschwunden.

Da wurde Peter entdeckt. Es war ein jüngerer Mann, einfach gekleidet, der ihn auf Arabisch ansprach. Unbemerkt von Peter war er aus dem Inneren des Hauses gekommen.

Peter verstand kein Wort. »Ich ... ich bin nur zufällig hier«, stotterte er auf Englisch los. »Äh ... haben Sie ein Glas Wasser?«

Der Mann wechselte ins Englische. »Tourist? American? Ich kann Ihnen zeigen alles. Willst du mein Haus sehen? Das Grab?« Plötzlich sprangen zwei Kinder zu ihm, die sich sofort, als sie Peter sahen, plappernd auf ihn stürzten.

»Ich ... ich«, stotterte Peter weiter. Warum machten die hier alle so einen Lärm? Das würde Dalbello auf den Plan rufen! Peter fühlte, dass er die Situation nicht mehr unter Kontrolle hatte.

Er nahm Reißaus und lief auf die Straße. Am besten hinter dem Lieferwagen verstecken. In dem Moment trat Mr Dalbello aus dem Haus. Der Mann entdeckte ihn und stutzte einen Moment. »Dich kenn ich doch!«

Peter versuchte, ihm auszuweichen. Mit zwei Schritten war der Amerikaner bei ihm und warf ihn zu Boden. Peter war alles andere als schwach, doch gegen diesen Klotz von Mann konnte er nichts ausrichten. Sekunden später hatte der Amerikaner Peter in das flache Haus bugsiert, wo ihn der andere

Mann empfing. Ehe sich Peter versah, waren seine Hände gefesselt. Mit festem Griff wurde Peter in den Innenhof des behelfsmäßigen Hauses geführt, in dessen Mitte eine steinerne Truhe stand. Ihm wurde schwindelig. Er sollte doch wohl nicht … Die Deckplatte der Grabanlage war zur Seite geschoben worden. Der Amerikaner vergrößerte die Öffnung. Dann hoben die Männer Peter an und ließen ihn hinab. Entsetzt landete der Zweite Detektiv auf dem Boden und sah sich panisch um. Die Aushöhlung unter dem Sarg war größer, als Peter vermutet hatte. Er konnte fast stehen. Unter seinen Füßen knirschte es. Waren das die Knochen der Toten? Mit einem kratzenden Geräusch schloss sich die schwere Platte über ihm. Ein paar letzte Sonnenstrahlen fielen herein und da sah Peter Layla. Sie saß seitlich am Boden, die Augen immer noch verbunden, ganz konzentriert auf das, was sie hörte.
»Ich bin es, Layla«, sagte er, »Sieht so aus, als hätten wir ein Problem.«

»Wir sind zu spät!« Verzweifelt schlug Justus die Hände vors Gesicht. Bob starrte dem Lieferwagen nach und konnte es nicht fassen. Irgendwo am Flughafen hatten sie Peter aus den Augen verloren. Sie waren eine Weile in dem Gebäude umhergeirrt, dann plötzlich hatten sie Peter mit Vollgas durch die Eingangshalle sprinten sehen.
Und nun klammerte er sich an diesen grauen Wagen, den Justus ohne weiteres als das Fahrzeug von Mr Dalbello identifizierte. Wenige Sekunden später war er hinter einem Flughafengebäude verschwunden.
Justus starrte einen Moment lang auf den Punkt, wo er Peter

zum letzten Mal gesehen hatte, dann ließ er seinen Blick die Straße zurückwandern. »Da liegt etwas auf dem Boden, Bob!«, sagte er und setzte sich entschlossen in Bewegung. »Schnell! Bevor ein anderer Wagen drüberfährt!«
Ein Taxi näherte sich und Bob winkte dem Fahrer warnend zu. Justus war bereits auf die Straße gerannt, bückte sich und hob etwas auf. Das Taxi wich ihm hupend aus, doch Justus kümmerte sich kaum darum.
Wenige Augenblicke später präsentierte Justus seinem Freund stolz, was er gefunden hatte: Das Handy!
»Ob er es absichtlich hat fallen lassen?«, fragte Bob ratlos.
Justus zuckte mit den Schultern. »Keine Ahnung. Sehr seltsam, das Ganze.«
»Und äußerst ungewöhnlich, dass sich Peter freiwillig in eine gefährliche Situation begibt.«
Justus knubbelte seine Unterlippe. »Das kann nur bedeuten, dass ... er Layla gefunden hat«, kombinierte der Erste Detektiv. »Mehr noch: Wahrscheinlich ist sie nach ihrer Ankunft von Dalbello entführt worden! Das wäre für Peter ein Grund einzugreifen!«
Bob sah seinen Freund bewundernd an. Er konnte ihm nur Recht geben. »Dann los zu unserem Taxi!«, rief er drängelnd. »Mit sehr viel Glück erwischen wir sie noch!«
So schnell sie konnten, rannten Justus und Bob an den Ort, an dem Alaa Edine sie aus dem Taxi gelassen hatte. Doch der Wagen war nicht da. Mit einer Mischung aus Verzweiflung und Überraschung sahen sie sich um. Immer wieder fuhren Taxen vorbei – Alaa Edines Auto war nicht darunter.
Nach ein paar Minuten stieß Bob Justus in die Seite. Er hatte

einen Verdacht. »Alaa Edine sucht die Schatzkammer!«, sagte er. »Können wir ihm wirklich trauen? Er hat zwar deine rote Tasche gerettet, aber dadurch war sie in seinem Besitz, und mit etwas Neugier wird er …«

»… hineingesehen haben«, vollendete Justus, dem plötzlich etwas einfiel, was vorher untergegangen war. »Alaa hat vorhin gewusst, dass in meiner Tasche ein Fußballheft war. Das hat er also entdeckt! Von da aus ist es nur ein kleiner Schritt, bis man hinter die ganze Wahrheit kommt!«

»Wenn wir Pech haben, hat er die Geschichte längst abkopiert und sich auf die Suche gemacht«, sagte Bob. »Die Zeit dazu hatte er.«

Bob hatte recht. Justus sah ihn genervt an. Sie waren allein. Und Justus hatte das Gefühl, dass ihnen alles entglitt.

Die Steinplatte schloss sich. Jetzt war alles dunkel. Tausend Gedanken schossen Peter durch den Kopf, und er spürte in seinem Inneren ein Gemisch aus Wut über die eigene Dummheit, Angst vor dem, was kommen würde, Sehnsucht nach Justus und Bob, aber auch aus einer leisen Hoffnung, weil er nicht allein war. Es setzte sich auf den Boden und rutschte näher an Layla heran. Zu ärgerlich, dass sie nicht sprechen konnte. Weil er nicht wusste, wie er damit umgehen sollte, quasselte er einfach los. Beichtete, dass die drei ??? bereits mit der Lösung des Rätsels begonnen hatten, erzählte vom Besuch in dem kleinen Grab bei den Pyramiden, von der interessanten Begegnung mit Mr Abaza und der unangenehmen Begegnung mit Dalbello und seinem Kumpanen. Als er beschrieb, unter welchen Umständen sie aus der Moschee geflohen waren, musste er sogar ein wenig lachen. Ab und zu machte Layla

Geräusche, die er nicht deuten konnte. Sie waren gefesselt. Klar. Warum war er nicht gleich darauf gekommen! Er setzte sich mit dem Rücken gegen Layla, sodass sie mit ihren Fingern gegenseitig die Knoten der Fesseln erreichen konnten. Doch sosehr sie sich auch anstrengten, sie bekamen die Verschlüsse der Plastikbänder einfach nicht auf. Als alles nichts brachte, ließ Layla von dem Vorhaben ab und rutschte unruhig hin und her, als wollte sie ihm noch etwas sagen. Peter blieb ruhig sitzen und wartete ab. Nach einer Weile hatte sich Layla in eine Position gebracht, in der sie direkt hinter Peter lag. Sie rieb ihre Hüfte an seine Hände und Peter tastete mit den Fingern. Da war ihre Hosentasche und irgendetwas Festes steckte in ihr. Peter versuchte, es herauszuziehen. Es dauerte Minuten, dann hatte er es endlich geschafft. Er befühlte den Gegenstand. Länglich, fest, mit Tasten. Es musste Laylas Sprechgerät sein, ihr Talky! Layla drehte sich auf die Seite, sodass ihre Hände in die Nähe der seinen kamen und sie das Gerät greifen konnte. Peter wartete. Er hörte, wie sie die Tasten tippte. »Danke! So ist es schon besser!«, erklang die Stimme des Talkys.
»Du kannst die Buchstaben treffen, ohne hinzusehen?« Peter staunte.
»Ja. So oft, wie ich sie tippe ... das kann ich blind. Ich weiß genau, auf welcher Taste welche Buchstaben, Zahlen und Funktionen sind.«
»Layla ... was ich dich schon immer fragen wollte ... warum bist du eigentlich stumm?«
Die Antwort kam verzögert. »Als Kind bin ich in einen Terroranschlag geraten. Ich möchte nicht darüber sprechen. – Wer hat uns entführt?«

Peter ging auf den Themawechsel ein. »Frank Dalbello, der Grabjäger, und sein ägyptischer Kumpel. Sie wollen nicht, dass wir in die Kammer der Erkenntnis gelangen!« Er stöhnte leise auf. Als er das Talky aus der Tasche gezogen hatte, hatte sich das Plastikband tief in seine Haut geschnitten. Es tat ziemlich weh.
»Weißt du, wo wir sind?«, fragte Layla.
»In der Totenstadt. Wir fuhren durch Straßen und Straßen. Ich kann dir nicht sagen, wohin genau. Ich weiß nur, dass das Haus, in dessen Hof wir versteckt sind, weiß angestrichen ist. Aber das sind hier viele. Warte ... vor der Tür haben Kinder Fußball gespielt und aus Blechdosen ein Tor aufgestellt.«
Laylas Apparat schwieg. »Ich hole Hilfe«, tippte sie dann plötzlich ein.
Mit einem Ruck saß Peter wieder gerade. »Du ... holst Hilfe? Kennst du einen Zauber, der Fesseln löst?«
Layla stieß ein Geräusch aus, das fast wie ein Lachen klang. »Mein Talky hat eine Handy-Funktion«, ließ sie dann verlauten. »Ich kann damit eine SMS versenden!«
»Klar!« In Peters Kopf verbanden sich zwei Gedanken zu einem. »Dann schicke die SMS auf mein Handy. Wenn wir Glück haben, haben Justus und Bob es gefunden und sie können uns retten!«
»Okay. Dann schreibe ich ihnen zuerst. Aber meine Mutter informiere ich ebenfalls! Hoffentlich haben wir hier eine Verbindung.«
»So dick ist die Steinplatte des Grabes nicht«, sagte Peter, »und darüber ist freier Himmel.«
Sie schrieb und Peter hörte die Worte mit. »Hallo! Peter und

ich sind entführt worden. Wir sind eingesperrt in ein Grab in der Stadt der Toten. Wir wissen nicht, wo. Das Haus ist weiß und auf der Straße davor haben Kinder aus Blechdosen ein Fußballtor gebaut. Helft uns!« Sie hatte sich kein einziges Mal vertippt, stellte Peter staunend fest. Er nannte ihr die Handynummer. Dann schickte Layla die SMS los. Sie schloss eine weitere an ihre Mutter an. »Nun beginnt die Zeit des Wartens«, sagte Layla.

Die Stadt der Toten

Inzwischen hatten sich zehn Taxifahrer bei Justus und Bob erkundigt, ob sie sie in die Stadt mitnehmen konnten, aber die Detektive standen immer noch unschlüssig am Flughafen. Was sollten sie tun? Wo Peter war, wussten sie nicht. Wo Alaa Edine war, wussten sie nicht. Wo Layla war, ahnten sie: im grauen Lieferwagen entführt. Sie konnten natürlich zurück ins Hotel fahren und warten, ob Peter sich meldete. Doch was, wenn er in Gefahr geraten war? Vielleicht machte es Sinn, die Polizei zu informieren. Aber was sollten sie denen erzählen – zwei Ausländer mit einer verworrenen Story über Schatzjäger auf der mysteriösen Suche nach dem Geheimnis der Sphinx. Immerhin besaßen sie wieder die Aufzeichnungen von Leonard Dempsey. Die dritte Möglichkeit war also, sich weiter auf die Suche nach der Kammer zu machen. Alles was ihnen noch fehlte, war die Übersetzung der arabischen Zeichen. Sie würde sie zu einem Laden im großen Basar Khan el-Khalili führen. Dort würden sie auf den Boten treffen, der sie zur Kammer der Weisheit bringen würde. Wenn sie ihm das richtige Lösungswort sagten, das sich aus dem Namen des Geschäfts, dem zweiten Namen von Cathrin und einem dritten Begriff zusammensetzte. Aber ohne Peter konnten sie sich nicht um das Rätsel kümmern, zumindest nicht, solange sie nicht wussten, ob er in Gefahr war. Nur: Wo war der Ansatzpunkt, an dem sie die Suche nach Peter aufnehmen konnten? Wenn sie jetzt in Rocky Beach gewesen wären, dann hätten sie Inspektor Cotta anrufen und ihn bitten können, in seinen

Dateien über die Herkunft des grauen Lieferwagens zu recherchieren. Aber sie waren nicht zu Hause.
Plötzlich fiel Justus Mr Abaza ein, der Mann aus dem Museum. Vielleicht wusste er mehr über Frank Dalbello, sodass sie auf seine Spur und damit zu Peter und Layla kommen konnten. Justus und Bob beschlossen, zum Museum zu fahren.
Kurze Zeit später saßen sie wieder in einem Taxi und rollten Richtung Stadt. Der Verkehr war flüssig und nach einer halben Stunde erreichten sie ihr Ziel. Gerade als Justus zahlen wollte, surrte das Handy in Bobs Tasche. Wie elektrisiert zog Bob das Gerät hervor und drückte ein paar Tasten. Eine Nachricht. Er las die Mitteilung und wurde blass. »Layla. Eine SMS aus dem Grab!«, sagte er und reichte Justus das Handy.
Der Erste Detektiv warf nur einen kurzen Blick darauf. »Los!«, befahl er. »Umdisponieren! Wir müssen Peter retten!«

Das Taxi bog ab zur Stadt der Toten. Justus raufte sich die Haare. Die Gegend wirkte unübersichtlich auf ihn, wie sollten sie Peter da nur finden? Viele der Häuser waren zerfallen und eine seltsame bedrückende Stille lag auf den Straßen. Aus dunklen Fensterlöchern warfen neugierige Augen forschende Blicke auf das Taxi, und der Fahrer fragte die Detektive, ob er es arrangieren sollte, dass sie sich eine der Grabanlagen von innen ansehen konnten. Bob und Justus war das nicht geheuer, ganz abgesehen davon, dass sie ganz andere Sorgen hatten. Justus bat den Fahrer, systematisch alle Straßen abzufahren. Der Fahrer lachte. Systematisch – das war etwa so, wie wenn man auf dem Basar in Kairo Festpreise einführen würde. Aber er versprach, dass sie die ganze Gegend sehen würden.

Wieder einmal ruckelte das Auto um eine Ecke, als Justus und Bob zusammenzuckten. Sie hatten es gleichzeitig entdeckt: Am Straßenrand parkte ein Taxi, das dem Wagen von Alaa Edine ziemlich ähnlich sah. Es war leer. Als sie den Aufkleber mit der Sphinx auf dem Heckfenster des Wagens entdeckten, waren sie sich sicher: Alaa war hier! Das konnte kein Zufall sein. Irgendwie war er in den Fall verwickelt! Justus bat den Fahrer, hinter dem anderen Taxi zu halten. Sie bezahlten und stiegen aus. Ein Stück weiter die Straße aufwärts entdeckte Bob mehrere Blechdosen auf der Straße. »Das Fußballtor! Das hat Layla doch erwähnt. Hier muss es sein, Justus!«

Sie schlichen sich vorwärts, bis sie zu einem weißen Haus kamen. Vorsichtig lugte Justus in den torähnlichen Eingang. Sein Blick fiel in ein verlassenes, düsteres Zimmer, in das durch den Spalt einer seitlich gelegenen Tür ein einsamer Sonnenstrahl drang. »Komm«, flüsterte Justus und sie drückten sich in das Innere. Durch die andere Tür musste es in den Hinterhof gehen. Ein leises Ächzen drang zu ihnen – und ein seltsam schabendes Geräusch. Sie pirschten sich an die Tür und spähten nach draußen. Im Zentrum des Innenhofes stand ein steinerner Sarg. Ein Mann machte sich gerade an der Abdeckung zu schaffen. Es war Alaa Edine.

»Auf ihn!«, raunte Justus und in zwei schnellen Sätzen waren sie bei ihm. Justus umklammerte seinen Körper, während Bob Alaa Edine an den Hals gesprungen war. Mit einem würgenden Laut sackte Alaa zu Boden.

»Jetzt geht es dir an den Kragen!«, rief Bob.

Alaa Edine schnappte nach Luft. »Americans!«, kam es stoßartig hervor, »Americans! Nicht! Peter retten!«

Bob lockerte die Umklammerung. »Wie – Peter retten?«
»Peter gefangen! Und Mädchen! Ich verfolgte Entführer!«
Bob sah Justus an und Justus sah Bob an. Schließlich lockerten sie ihre Griffe ganz. Alaa Edine rappelte sich auf und klopfte sich den Staub ab. »Mister Mister, ich euch helfen und ihr mich überfallt! Ich euch je enttäuscht?«
»Sie wollten Peter befreien?«
»Aber ja! Entführer sind eben weggefahren! Am Flughafen ich alles gesehen und Wagen verfolgt!«
»Deswegen waren Sie verschwunden.« Justus schoss das Blut in den Kopf. Hatten sie ihrem Fahrer Unrecht getan?
»Denkt ihr, ich fahre ohne Geld bekommen?«, setzte Alaa entwaffnend hinzu.
Bob lächelte. »Entschuldigung, Alaa Edine.« Er glaubte dem Mann und nickte Justus aufmunternd zu. Die Miene des Ersten Detektivs entspannte sich ebenfalls. »Tut mir leid, Alaa. – Und jetzt sammelt bitte wieder eure Kräfte!« Er trat an das Grab und setzte die Hände an die Kante der Steinplatte. Die Abdeckung war so schwer, dass sie sie nur zu dritt bewegen konnten. Als die Öffnung endlich groß genug war, steckte Justus neugierig seinen Kopf hinein. Er sah zwei Körper im Halbdunkel. »Peter!«
»Und Layla«, kam es von unten.
Peter rappelte sich auf. »Gut, dass ihr da seid! Gerade haben wir es geschafft, uns von den Handfesseln zu befreien!«
Sie schoben die Deckplatte ein Stück zur Seite.
Peter half Layla, aus dem Grab zu klettern, dann folgte er ihr. Das helle Licht blendete sie und beide standen für einen Moment regungslos in der Sonne.

Peter findet die Lösung

Die drei ??? baten Alaa Edine, im Wagen auf sie zu warten, da sie mit Layla noch etwas zu besprechen hätten.
Im Schatten der Hauswand stand eine alte Holzbank, von der die Farbe abblätterte und auf die Layla und die drei ??? gerade eben so nebeneinanderpassten. Bevor sie ihre Neuigkeiten austauschten, verfasste Layla eine SMS an ihre Mutter, um sie über ihre Rettung zu informieren. Die drei Jungen sahen ihr zu und schwiegen. Das Pulsieren der großen Stadt klang gedämpft bis in den Hof hinein, aber man hörte auch den leichten Wind und ein paar Kinderstimmen, die von der Straße zu ihnen drangen.
Laylas Mutter antwortete, dass sie sich schon auf den Weg gemacht hätte und sie abholen komme. »Das wird noch einige Minuten dauern«, tippte Layla für die drei ??? in ihr Gerät. »So lange können wir reden. Peter hat mir schon viel von eurem Tag erzählt. Wie weit seid ihr mit dem Rätsel gekommen? Ihr solltet doch auf mich warten!«
»Wir wollten die Zeit nutzen«, antwortete Justus. »Und wir sind auch ein großes Stück weitergekommen. Aber erzähle uns doch bitte, ob du Rubbish … ob du George gefunden hast!«
Layla war die Antwort im Gesicht abzulesen. »Wenn ihr in Kairo verschwinden würdet, würde man die ganze Stadt auf den Kopf stellen, um euch zu finden. Wenn in Amerika ein Stadtstreicher vermisst wird, interessiert das keinen Mensch. Auch nicht die Polizei.«
»Das kann ich mir vorstellen«, sagte Justus. »Die haben sich

die Sache kurz angehört und sich dann wieder ihren Kaffeetassen zugewandt. Schätze, du warst froh, als Ägypterin nicht gleich auch noch verhaftet worden zu sein?«

Layla nickte und lächelte. »So ähnlich war es.«

»Für solche Fälle sind wir da«, sagte Bob. »Die drei ???. Wir kümmern uns um Rätsel, um die sich die Polizei nicht sorgt. Und nach allem, was wir hier erlebt haben, ist an der Rätselgeschichte wirklich etwas dran. Vermutest du, dass er einer der Jäger der Kammer der Erkenntnis war?«

»Ja. Er hat mir damals gesagt, er sei einem großen Geheimnis auf der Spur, und wenn er es herausgefunden hätte, würde er es zu Geld machen. Dann ginge es uns allen besser und er würde mit uns nach Amerika gehen.«

»Hat er bei seinem Job bei der Bank nicht genug verdient?«

»Es war in Ordnung. Aber es reichte natürlich nicht, um eine neue Existenz aufzubauen.«

»Und dann?«

»Er tat immer geheimnisvoller. Eines Tages sagte er, er stände kurz vor der Lösung. Ein paar Tage später war er verschwunden. – Ich habe lange gebraucht, um über seine wenigen Verwandten in England auf seine Spur zu kommen. Tja, schließlich bin ich nach Rocky Beach gefahren. Den Rest kennt ihr.«

Die drei ??? dachten nach.

»Was macht deine Mutter jetzt?«, fragte Bob, der sich auch immer für die privaten Hintergründe interessierte.

Layla legte das Talky auf ihrem Schoß zurecht. »Sie ist mit einem anderen Mann aus der Bank zusammen. Und arbeitet nach wie vor dort.«

Inzwischen hatte Justus seine Denkpause beendet. Er zog den

Reißverschluss seines roten Täschchens auf und entnahm ihm das Fußballheft mit der Rätselgeschichte. »Unsere einzige Möglichkeit besteht nach wie vor darin, das Rätsel selbst zu lösen. Nur dabei können wir auf die Spuren von George stoßen. Und nebenbei ... decken wir eins der größten Geheimnisse der Menschheitsgeschichte auf: das Rätsel um die Sphinx!«

»Wie wollte George die Entdeckung eigentlich zu Geld machen?«, fragte Peter.

Justus konnte die Spur Selbstgefälligkeit in seinem Blick nicht ganz verbergen. Manchmal konnte Peter herrlich naiv sein. »Zum einen dürften sich in der Kammer der Erkenntnis neben den Schrifttafeln, auf denen das Geheimnis enträtselt wird und die für sich selbst gesehen schon einen großen Wert darstellen, auch so manche alte Kunstschätze befinden. Zum anderen ist die Entdeckung der Kammer ein Ereignis, das man hervorragend vermarkten kann. Ich sehe schon die Bestsellerliste vor meinen Augen: »Platz eins: Wie wir das Rätsel der Sphinx lösten – von Justus Jonas unter Mitarbeit von Peter Shaw und Bob Andrews.«

»Dieses Buch wird doch hoffentlich nie erscheinen«, gab Bob zurück. »Und wenn, dann spenden wir das Honorar für einen guten Zweck.«

»Zumindest einen Teil davon«, bemerkte Peter.

Justus nickte. »Natürlich. Wir bleiben uns treu. Wir wollen durch unsere Detektivarbeit nicht reich werden, sondern detektivischen Erfolg haben!«

»Und an mich denkt ihr gar nicht?«, ließ Layla verlauten. »Ohne mich wärt ihr doch gar nicht hier!«

Justus sah sie an. Da das Talky kaum Nuancen in die Betonung legen konnte, war höchstens an ihrem Gesichtsausdruck zu erkennen, wie sie manche Sätze meinte. Verärgert schien sie nicht zu sein. »Bevor wir die Autorenfrage klären, müssen wir die Kammer erst einmal finden«, sagte Justus. »Und zwar vor diesem Dalbello. Sonst erscheint das Buch ohnehin unter einem ganz anderen Namen ...«

Bob pflichtete seinem Freund bei. »Dalbello besitzt eine Kopie des Rätsels! Und der Kerl wird weiterhin alles dransetzen, uns auszubooten.«

Justus öffnete das Heft. »Also hört zu«, sagte er. Der Erste Detektiv las das ganze Rätsel noch einmal von vorne vor. Es war ihnen nicht allzu schwergefallen, die bisherigen Punkte zu lösen. Sie hatten das kleine Grab in der Nähe der Pyramiden gefunden, waren von dort aus auf den Skarabäus im Kairoer Museum gestoßen, hatten dadurch den Hinweis auf die Mohammad-Ali-Moschee erhalten, wo sie einen Namen entdeckt hatten, der sie zur Kammer der Erkenntnis führen sollte. Genauer gesagt: zu dem Boten, der sie dorthin bringen würde. Justus verlangsamte das Lesetempo:

»Du findest den Hinweis am südlichen Aussichtspunkt:
Den Namen des kleinen und sehr alten Ladens, in dem du fragen musst, und der selbst ein Teil der Lösung ist.«

Justus unterbrach sich und bat Bob, die Digitalkamera einzuschalten.

Bob drückte ein paar Knöpfe. »... ja, da ist es. Es sind arabische Buchstaben. Ich habe sie so genau wie möglich nachge-

zeichnet. – Weißt du, was sie bedeuten?«, richtete Bob seine Frage an Layla.
Layla nahm den Block und ein Lächeln huschte über ihr Gesicht. »Es bedeutet *Königin*«, tippte sie in ihr Talky.
»Königin. Ein Geschäft dieses Namens müssen wir finden. Ich hoffe sehr, dass es noch existiert. Hast du eine Ahnung, wo es ist?«
Layla schüttelte den Kopf. »Aber ich kann es herausfinden.«
Justus wandte sich wieder dem Text zu.

»Geliebte Cathrin, gehe in den Laden und sage den Satz, den ich herausgefunden habe. Er wird dir die Türen öffnen. Das Schlüsselwort ergibt sich aus drei Begriffen, die du nur sinnvoll zusammensetzen musst. Einer ist dein geheimer Name. Den zweiten kennst du durch den Laden. Der dritte ist die, um die sich alles dreht. Jetzt brauchst du die Wörter nur ins Arabische zu übertragen und die Wahrheit zu sagen.«

»Den zweiten Namen von Cathrin haben wir herausgefunden«, sagte Bob stolz. »Er lautet Sophie. Das bedeutet Weisheit. Jetzt haben wir: Königin und Weisheit. Fehlt noch das dritte Wort. Die, um die sich hier alles dreht.«
»Sphinx«, sagte Justus. »Was sonst?«
Bob strahlte. »Klar! Um die sich alles dreht! Das muss es sein! Wir brauchen nur noch einen Satz daraus zu bilden.«
»Die Königin ist die Weisheit der Sphinx«, fing Peter gleich an und alle lachten los, weil das keinen rechten Sinn ergab.

»… nein, nein, ich meine doch: Die Weisheit ist die Königin der … die Sphinx ist die Weisheit … ach, Quatsch: Die Königin der Weisheit ist die Sphinx!«

»Peter!«, Justus prustete immer mehr, »Peter, du bist einfach einzigartig! Aber ja! Nur so kann es heißen!«

»Na, danke!«, sagte Peter und setzte einen gespielt beleidigten Blick auf. »Ich löse euer Rätsel und ihr lacht, als hätte ich einen blöden Witz gerissen!«

In dem Moment hörten sie Schritte und ihr Geplänkel verstummte. Eine Frau trat in den Hof, eine Araberin, modern gekleidet, eine eindrucksvolle Erscheinung. Auf den ersten Blick sah Peter, wo Layla ihre Schönheit herhaben musste.

»Layla!«

Layla sprang auf und die beiden fielen sich in die Arme.

Es dauerte eine ganze Weile, bis sie sich voneinander lösten. Dann erst fiel der Blick der Frau auf die drei ???, die aufgestanden waren und verlegen von einem Fuß auf den anderen traten. »Und ihr seid die Jungen aus Rocky Beach?«

Sie nickten.

»Ich hätte Layla nie nach Amerika fahren lassen dürfen«, sagte die Frau. »Ich hatte von Anfang an kein gutes Gefühl dabei.«

»Ich denke, das Schlimmste haben wir überstanden«, verkündete Peter zum Erstaunen seiner Kollegen. Sonst war das eher Justus' Part. »Peter Shaw, angenehm.«

»Aisha. Laylas Mutter.«

Bob stellte sich vor, dann Justus. »Wir sollten hier langsam verschwinden«, setzte er hinzu. »Man weiß nicht, wann Dalbello wieder auftauchen wird.«

»Dalbello?«

»Ein Amerikaner. Der ebenfalls hinter der geheimen Rätselkammer her ist, wie es auch George war, mit dem Sie damals befreundet waren. Darum hat Dalbello Peter und Layla entführt. Zum Glück konnten wir beide wieder befreien. Zusammen mit Layla möchten wir das Rätsel der alten Geschichte lösen und vielleicht bekommen wir dabei etwas über Georges Vergangenheit heraus.«

»Layla hat es mir geschrieben, ja. Sie interessiert das. Mich nicht mehr. George ist damals einfach gegangen. Er wollte uns eine Menge Geld besorgen, damit wir in Ruhe leben konnten, doch das ist vollkommen fehlgeschlagen. George hat sich das Geld einfach bei der Bank genommen, es war irgendein schmutziges Geschäft. Und dann waren Geld und George plötzlich verschwunden. Nun ja. Zum Glück hat sich ein Kollege von George dann um uns gekümmert.«

Layla tippte etwas in ihr Gerät. »Wo ist Dick?«

»Dick? Bei der Arbeit, denke ich. Ich habe ihn nicht erreicht.« Auf die fragenden Blicke der drei ??? setzte sie hinzu: »Dick Vincent ist der ehemalige Kollege von George, er wurde mein neuer Freund. – Aber nun lasst uns gehen. Wir sollten die Polizei verständigen.«

»Damit würde ich noch ein wenig warten«, entgegnete Justus. »Ich denke, wir haben gute Chancen, den Fall zu lösen. Sie wollen doch bestimmt hören, was passiert ist!«

Laylas Mutter war einverstanden und nannte Alaa, der die ganze Zeit über bei seinem Taxi gewartet hatte, ein ruhiges Café. Dort redeten die drei ??? ihr endgültig aus, die Polizei zu rufen, die ihnen diese Geschichte ohnehin kaum glauben würde.

Layla nutzte die Gelegenheit, um mit einigen SMS mehr über den kleinen Laden, den sie suchen mussten, herauszufinden. Irgendwo im großen Basar sollte er liegen, damit konnte nur der Khan el-Khalili gemeint sein, der größte Basar Kairos, eine schier unübersichtliche Ansammlung von Gässchen und Läden. Nach der dritten SMS-Antwort blinzelte Layla den drei ??? verschwörerisch zu.

Justus verstand. »Wir sollten dann aufbrechen«, sagte er. »Es ist spät und wir haben noch etwas vor.«

Aisha rief dem Kellner ein paar arabische Worte zu. »Es war schön, euch kennengelernt zu haben«, sagte sie dann zu den drei ???. »Und danke, dass ihr Layla helft! – Nein, ich lade euch selbstverständlich ein!« Justus steckte seinen Geldbeutel wieder zurück.

Gerade als Aisha ihr Portemonnaie aus der Handtasche nahm, wich der Kellner einem Gast aus und traf sie am Ellenbogen. Der Geldbeutel fiel zu Boden und blieb aufgeklappt liegen. Justus reagierte als Erster und hob ihn auf. Ein kleines Bild war herausgerutscht. Eine Sekunde lang starrte Justus das Foto an, dann hatte er sich wieder gefangen. »Ihr Freund Dick?«, sagte er und reichte Aisha Portemonnaie und Bild.

»Ja. Danke.«

Aisha bezahlte und die drei ??? und Layla verabschiedeten sich von ihr. Inzwischen war es Abend geworden.

Im großen Basar

Die Dunkelheit war schnell hereingebrochen. Alaa Edine kämpfte sich auf die rechte Fahrspur und ließ seinen Peugeot auf einem kleinen Platz hinter ein paar wartenden Taxis ausrollen. »Da wir sind«, sagte er und wies auf eine menschenbevölkerte lichterbunte Straße. »Dort gehen weiter und ihr seid im Khan el-Khalili. Soll ich warten auf euch?«

Justus zückte seinen Geldbeutel. »Alaa«, begann er, »wir wissen nicht genau, was in den nächsten Stunden auf uns zukommen wird. Deshalb möchte ich dir schon jetzt dein Geld geben.«

»Glauben Americans, Fluch der Sphinx euch töten?«, fragte Alaa. Seine Augenwinkel zuckten.

»Woher weißt du von dem Fluch?«, hob Justus an.

»Gelesen in Heft! Bei Sphinx man weiß nie. Gebt mir lieber jetzt Geld, ja!«

Justus schluckte. Alaa wusste mehr, als er dachte. Und er schien an den Fluch der Sphinx zu glauben. Aber Justus war sich sicher, dass das eine reine Spukgeschichte war, um die Grabjäger abzuschrecken. Ohne im Geringsten zu zittern, zählte er die für den Tag vereinbarte Summe ab. »Vielen Dank für deine Hilfe«, sagte der Erste Detektiv und drückte dem Fahrer die Scheine in die Hand, »aber bitte warte noch eine Stunde. Vielleicht brauchen wir dich doch noch, dann zahlen wir neu.«

»Americans können kommen«, sagte Alaa und steckte sich das Geld unbesehen in die Hemdtasche, »Alaa wartet auch zwei Stunden. Dafür Geld reicht.« Mit einem flauen Gefühl in der Magengegend stiegen die Jungen und Layla aus und verabschiedeten sich von dem Taxifahrer. Sie hofften, dass sie ihn wiedersehen würden, und winkten ihm kurz zu. Dann drehten sie sich um und gingen.

Bereits nach wenigen Metern waren die Detektive und das Mädchen in den Trubel des Basars eingetaucht. Ein Lädchen nach dem anderen schloss sich zu einer endlosen bunten Kette von Einkaufsverlockungen zusammen. Eine schier überquellende Fülle von nachgebildeten Pyramiden, Statuen, Mitbringseln, allerlei Blendwerk, Wasserpfeifen, Klamotten, aber auch vielen kleinen Kostbarkeiten bot sich den Passanten an, und der Duft von Gewürzen mischte sich in der Luft mit dem Stimmengewirr der Händler, die die neugierigen Touristen um ihre Geschäfte angingen. Es war das Sehen, es war das Hören, es war das Riechen einer anderen Welt, des großen Basars von Kairo, und mit einer seltsamen Mischung aus Argwohn und Faszination irrten die drei ??? durch das Gewirr der Gassen, die ihnen bald jede Orientierung nahmen.

Doch Layla kannte sich aus. Energisch drückte sie die Männer zur Seite, die vor den Läden den Touristen auflauerten, und bahnte den drei ??? den Weg. Sie bog in eine schmale Gasse ein, von der bald eine noch engere abzweigte, und noch eine. Immer mehr verloren sich die Leute, nur wenige Touristen wagten sich hierher. Peter war froh, dass sie zu viert waren. Alleine hätte er sich nicht so weit getraut. Hier und da standen ein paar Männer in kleinen Gruppen herum, ab und zu sprach sie jemand an. Doch unbeirrt lief Layla weiter. Peters Blick fiel auf die Auslagen der Geschäfte, die mit vermeintlich alten Antiquitäten lockten. Dann wurden Laylas Schritte langsamer. »Irgendwo hier muss es sein«, ließ sie vernehmen. Sie suchten Laden für Laden ab. Fast wären sie daran vorbeigelaufen. Der Laden war nur so breit wie die Tür, die in ihn hineinführte. Ganz zart eingemeißelt in den Quader, der quer über der Tür eingesetzt war, sah Bob die arabischen Zeichen für *Königin*, die er an der Moschee abgezeichnet hatte. Sie waren am nächsten Ziel! Jetzt endlich würden sie den Weg zur Kammer erfahren!

Mit Peter vorneweg zwängten sie sich durch die schmale Tür. Auch dies war ein Antiquitätenladen. Die drei ??? hatten fast den Eindruck, in ein kleines Museum eingetreten zu sein. Nach hinten hinein verbreiterte sich der Schlauch zu einem ansehnlichen Verkaufsraum. Neben einem körpergroßen Spiegel hingen zwei schwere Vorhänge, zwischen denen ein Mann heraustrat. Er sagte etwas auf Arabisch zu ihnen. Während er noch sprach, nahm Justus eine Bewegung im Spiegel wahr. »Dalbello!«, rief er aus und drehte sich um. Durch das Fenster, das in die Tür eingelassen war, war zwar niemand zu sehen. Doch Justus war sich sicher, genau dort vor wenigen Sekunden den Amerikaner erkannt zu haben. Aufgeregt zog er Bob, der ihm am nächsten stand, am Arm. »Komm! Wir müssen Dalbello ablenken! Er ist uns auf der Spur! – Versuche es, Peter! So schnell werden sie den Boten nicht beischaffen können! – Warte!« Justus drückte Peter die rote Umhängetasche in die Hand und steckte ihm etwas in die Hosentasche. »Deine Lebensversicherung, Zweiter ...«

Ohne ein weiteres Wort zu verlieren, preschten Justus und Bob hinaus. Peter brauchte einen Moment, bis er sich von der

Überraschung erholt hatte. Layla hatte sich wieder dem Verkäufer zugewandt und tippte etwas in ihr Talky. Es war auf Arabisch. Die Miene des Mannes erhellte sich und er sah seinen Gast an: »Sie sind Amerikaner?«, sagte er in gebrochenem Englisch.

Peter nickte. »Wir suchen eine bestimmte Antiquität. Ein ganz besonderes Stück!« Jetzt kam es auf die richtige Formulierung an und Peter betonte die Silben so langsam, dass der Mann ihn gut verstehen konnte. »Wir suchen die Kammer der Weisheit. *Die Königin der Weisheit ist die Sphinx!*«

Der Mann verzog keine Miene.

Layla tippte die Worte auf Arabisch in ihr Talky.

Ein leichtes Flackern in den Augen. »Wie bitte?«, fragte der Verkäufer nach.

»Die Königin der Weisheit ist die Sphinx«, wiederholte Peter erregt. War denn der Mann schwer von Begriff? »Hören Sie doch! *Die Königin der Weisheit ist die Sphinx*. Das ist das Lösungswort! Sie müssen uns helfen!«

»Ah ja, die Kammer … ich habe davon gehört … Einen Moment bitte!« Der Mann verbeugte sich schnell und verschwand wieder zwischen den Vorhängen.

Während Layla und Peter warteten, wechselten sie mehrere ratlose Blicke. Von Justus und Bob war nichts mehr zu sehen. Erst nach ein paar Minuten bewegten sich wieder die Vorhänge und Peters Augen wurden groß. Eine Frau trat ein, ganz in einen schwarzen Umhang mit einer Kopfbedeckung gekleidet, die nichts als die Augen frei ließ. Selbst an den Händen trug sie feine schwarze Handschuhe. Peter wusste, dass viele islamische Frauen nur verschleiert in die Öffentlichkeit gingen – es war normal hier. Das Augenpaar blickte Peter so scharf an, dass Peter losstotterte: »Die Weisheit ... die Königin der Weisheit ist die Sphinx – wir suchen die Kammer der Sphinx!« Die Augen der Frau schienen Peter zu prüfen. Dann drehte sich die Araberin langsam um, trat zwischen die Vorhänge und gab mit der Hand ein Zeichen, dass sie folgen sollten.

»Justus fehlt!!«, rief Peter verzweifelt. Er konnte es nicht fassen. Wieso war die Botin, die sie zur Kammer der Weisheit bringen sollte, so schnell erschienen? Sie konnte doch unmöglich jahrelang auf diesen Augenblick hinter dem Vorhang gewartet haben! »Und Bob!!! Sollen wir etwa ...?«

Die Frau verschwand zwischen den Vorhängen, die fast lautlos ineinanderfielen.

Als Antwort schubste Layla ihn in den Durchgang. Fast froh darüber, dass ihm die Entscheidung abgenommen worden war, stolperte Peter vorwärts. Layla wollte das Rätsel jetzt lösen, das spürte er. Sie durchschritten eine Art Büro, das mit allerhand Kisten vollgestellt war. Die Frau schlüpfte durch eine weitere Tür und gab Peter ein Zeichen, ihr zu folgen. Sie drängten hinterher und fanden sich plötzlich in einem engen, dunklen Hof wieder, in dem ein einziges Auto geparkt war. Peter sah, wie die Frau die Hecktür des Kastenwagens öffnete und eine Geste machte, dass sie einsteigen sollten.

»Layla«, murmelte Peter, »ich weiß nicht. Da sitzen wir in der Falle. Das Auto hat keine Fenster. Das kommt mir alles so seltsam vor! Und Justus und Bob sind nicht da ...«

Layla sah ihn ratlos an.

»... andererseits, jetzt sind wir kurz davor, wenn wir zögern, wer weiß? Dieses Auto benutzen sie bestimmt nur deswegen,

damit man selbst den Weg nicht findet, so eine Art Sicherheit, aber ... Layla, ehrlich gesagt, mir ist ziemlich unheimlich. Um nicht zu sagen: Ich habe eine Höllenangst!«
Die Araberin wiederholte ihre Geste, ungeduldiger.
»Also gut!«, sagte Peter. Entschlossen tat er die wenigen Schritte auf das Auto zu. Seine Hand fuhr in die Hosentasche und ertastete den kleinen Knopf, den Justus ihm noch schnell zugesteckt hatte. Kurz bevor er in das Auto einstieg, stolperte er. Er hoffte, dass es unabsichtlich aussah. Mit der Hand stützte er sich an der Karosserie des Wagens ab. Auch wenn es nur ein Augenblick war, so reichte die Zeit, um den kleinen Peilsender auf der Unterseite des Blechs zu fixieren. Dann stieg Peter in den Wagen. Layla folgte ihm. Mit einem Ruck warf die Araberin die Tür zu und verschloss sie. Es war so dunkel, dass man die Hand vor Augen nicht sah. Nervös drückte sich Peter an Layla, die besänftigend ihren Arm um seinen Hals legte. Wenn das bloß kein Fehler gewesen war! Jetzt konnten sie nur noch hoffen, dass alles gut ging! Der Wagen wurde gestartet und setzte sich ruckelnd in Bewegung.

Die Kammer der Sphinx

Sie waren lange unterwegs. Am Anfang ging die Fahrt durch die Stadt, das konnte Peter an den Geräuschen ausmachen, die zu ihnen hineindrangen. Dann wurde es ruhiger und das Auto stoppte nicht mehr so oft. Offenbar hatten sie Kairo verlassen. Sie bogen mehrfach ab und immer weniger andere Autos waren zu hören. Irgendwann vermutete Peter, dass sie in eine einsame Gegend gelangt sein mussten, wahrscheinlich in die Wüste. Längst war ihm von dem Geschaukel der Fahrt total übel geworden. Plötzlich stoppte der Wagen. Die Fahrertür ging und Peter spannte seine Muskeln an. Jetzt hieß es aufpassen. Von draußen drang ein seltsames Geräusch herein. »Es klingt wie ein Stahltor«, flüsterte Peter. »Ich kenne das. Schrottplatz Titus Jonas. Wie gerne wäre ich da jetzt ...«
Ihre Fahrerin stieg wieder in den Wagen und zog die Fahrertür zu. Dann setzte sie das Fahrzeug ein paar Meter weiter. Der Motor wurde abgestellt. Die Frau stieg aus, ihre Schritte hallten und wieder drang dieses seltsame Geräusch ins Innere des Autos. »Wir sind garantiert in einer Garage«, sagte Peter und krabbelte an die Hecktür. Er hörte, wie sich der Schlüssel im Schloss drehte, dann wurde die Autotür geöffnet.
Ein gleißender Lichtstrahl traf Peter mitten ins Gesicht und er schloss geblendet die Augen. Die Frau zerrte an Peters Arm. Zitternd stieg Peter aus und reichte Layla, die ihm folgte, die Hand. Der Strahl der Taschenlampe ließ von ihnen ab und wanderte die Wand entlang. Peter hatte richtig vermutet: Sie waren in einer Art Garage. Sie schien in einen Fels hineinge-

hauen worden zu sein. In der Höhe befand sich ein Lüftungsschacht und ein paar Meter weiter stand eine unscheinbare Steinplatte, auf die die Frau mit schleppenden Schritten zuging. Ein paar Sekunden lang fuhr ihre Hand an der Kante der Platte entlang, dann hatte sie gefunden, was sie suchte. Mit einem scharrenden Geräusch glitt der Stein zur Seite und gab eine schmale Öffnung frei. Die Frau trat zur Seite.

»Da sollen wir hinein?«, fragte Peter. Seine Stimme vibrierte. Die Frau sah ihn einen Moment lang prüfend an, trat wieder vor den Stein und betätigte den Mechanismus. Der Eingang schloss sich wieder.

»Halt!«, rief Peter. So war das nicht gemeint gewesen. Layla tippte schnell ein paar arabische Worte in ihr Gerät.

Daraufhin nickte die Frau und gab den Durchgang wieder frei. Peter zückte die Mini-Taschenlampe, die zu seiner Grundausrüstung gehörte wie das Dietrich-Set. Mit neuem Mut zwängte er sich durch die Öffnung. Layla folgte ihm. Als beide im Gang waren, schloss sich die Platte hinter ihnen. Das scharrende Geräusch klang so furchterregend, dass es jeden ihrer Knochen zu erschüttern schien. Doch es war zu spät, darüber nachzudenken, ob sie in die Falle getappt waren.

Vorsichtig tastete sich Peter vorwärts. Der Gang wurde etwas breiter, aber Peter musste sich ducken, um nicht mit dem Kopf an die Decke zu stoßen. Nach einer Weile machte der Gang einen Bogen. Ein muffiger Geruch schlug ihnen entgegen. Schritt für Schritt schob sich Peter vorwärts, den Strahl der Lampe vor sich gerichtet. Plötzlich stockte er.

Da war es! Sie waren am Ziel! Vor ihnen lag ein kleiner Raum mit einem etwa rechteckigen Grundriss. Der Lichtstrahl der

Taschenlampe erfasste eine der Längswände, die durch geheimnisvolle Zeichnungen verziert war. An der gegenüberliegenden schmalen Wand entdeckte Peter einen Vorbau. Auf ihm thronte etwa in Kopfhöhe die steinerne Sphinx! Peter trat ganz in den Raum und leuchtete sie direkt an. Sie hatte den Kopf eines Löwen und das Gesicht eines Menschen. Genau wie die große Sphinx von Kairo. Nur dass ihre Nase nicht abgebrochen war und sie das Maul zu einem dunklen Trichter aufgerissen hatte. Die Augen waren zwei schwarze Löcher. Sie schien den Betrachter zu fixieren. »Unheimlich, nicht wahr?«, flüsterte Peter und seine Hand suchte die Laylas. »Zum Glück funkeln die Augen nicht rot. Dann würde es uns schlecht ergehen.
Die roten Augen künden den Tod –
so etwa steht es in dem Rätsel. Aber offenbar mag sie uns.« Peter lachte gezwungen. »Du, wir sind dicht davor, ein großes Geheimnis der Menschheit zu lösen!«
Layla erwiderte den Griff und zog ihr Talky hervor. »Aber vor uns hat es schon Sir Leonard Dempsey versucht«, tippte sie in ihr Gerät. »Warum hat man von ihm nichts mehr gehört? Und auch nicht von George?«
Plötzlich zuckten beide zusammen. Der Lichtkegel von Peters Taschenlampe hatte ein Skelett erfasst. Unwillkürlich trat Peter einen Schritt zurück. »Das … das … das sind ja die Knochen eines Menschen«, stotterte er.
Jetzt flogen Laylas Finger förmlich über die Maschine. »Sollen wir lieber wieder verschwinden?«, tönte es aus ihrem Apparat.
»Nein.« Peter fasste Mut und beugte sich über die Knochen. »Wie lange der hier wohl schon liegt?«

»Vielleicht sind es die Reste von Sir Leonard Dempsey, dem Verfasser des Buchs! Er hatte die Augen der Sphinx gesehen und musste sterben! – Schau! Er hält noch etwas in der Hand!« Peters Lampe fixierte die Stelle. Die Fingerknochen des Toten umklammerten so etwas wie eine Scherbe aus Ton. Sie hatte in etwa die Form einer Pyramide. Bevor Layla ihn zurückhalten konnte, drückte ihr Peter seine Taschenlampe in die Hand und griff nach dem seltsamen Gegenstand. Die Knochenhand hob sich vom Boden und es staubte leicht. Doch so einfach ließ sich die Scherbe nicht aus der Umklammerung lösen.

»Die kleine Pyramide muss irgendetwas mit der Lösung zu tun haben!«, sagte Peter aufgeregt. »Doch was?« Er ruckelte weiter an dem Stein, doch irgendwie schien er festzuklemmen. Angewidert ließ Peter von der Knochenhand ab. »Wo Justus und Bob nur bleiben? Sie müssten längst bei uns sein!«

Layla nahm ihr Talky. »Wieso?«

»Justus hat mir einen Minisender zugesteckt, den ich unter das Auto geklebt habe. Sie dürften uns gefolgt sein.«

Layla nickte anerkennend. Dann tippte sie in ihr Talky. »Hat Justus euer Handy?«

»Ja.«

Layla versuchte, Justus anzuwählen.

»Keine Verbindung?«

Sie schüttelte den Kopf und steckte das Gerät wieder ein.

»Dann kümmern wir uns selbst um das Rätsel«, sagte Peter. »Lass uns keine Zeit verlieren.« Er spürte ein seltsames Kribbeln auf dem Rücken. Die ganze Zeit war ihm, anders als Justus, der Schatz ziemlich egal gewesen. Er wollte Layla helfen und hinter das Geheimnis von Rubbish George kommen.

Nun waren sie der Lösung des Rätsels ganz nahe. Plötzlich spürte er die verführerische Kraft des Reichtums. Würden Layla und er in wenigen Augenblicken ein Geheimnis aufdecken, hinter dem schon so viele Menschen her waren? Ein Wissen, für das mindestens ein Mensch sein Leben lassen musste? Und was würde er mit dem Schatz machen? Ihn den ägyptischen Behörden übergeben? Oder ihn in einen Koffer packen und mit Layla in die Südsee verschwinden?

»Was ist los mit dir?«, fragte Layla. »Denkst du an das Grab? Und was wir mit allem anfangen, wenn wir die Tür geöffnet haben?«

Peter grinste. Sie wusste genau, was in ihm vorging. Die Antwort war doch klar. Er war Peter. Peter Shaw. »Wir setzen uns in die Südsee ab!«, sagte er. Layla sah ihn erstaunt an. Er lächelte sanft. »Nein, natürlich nicht. Die ägyptischen Behörden bekommen alles! Irgendein Finderlohn wird schon für uns rausspringen. Und der sollte reichen für drei Wochen Urlaub, und zwar für uns alle hier! – Komm, wir schauen noch einmal in das Heft!«

Peter zog die Unterlagen aus der roten Tasche. Sie setzen sich auf den sandigen Boden und blätterten die Seiten um. Obwohl sie die Stelle schon tausendmal gelesen hatten, gingen sie die Passage noch einmal genau durch.

... Es muss mit der Sphinx zu tun haben. So viel habe ich aus dem Gebrabbel des Ägypters herausgehört. Doch hüte dich vor dem roten Leuchten der Augen! Sie künden den Tod! Und der tödliche Atem der Sphinx wird dich vernichten! Also reize sie nicht.

Peter sah auf zu der steinernen Figur, die schweigend über ihren Köpfen thronte. So lächerlich bei Tageslicht diese Passage geklungen haben mochte, hier, in der düsteren, muffigen Kammer und neben diesem Skelett, war sich Peter nicht mehr so sicher, ob in diesem rätselhaften Ägypten nicht doch alte Flüche wahr werden konnten. Er schluckte und las weiter.

Und das ist es, was ich aus den überlieferten Sätzen des alten Weisen verstanden und übersetzt habe:
Die Frage der Sphinx an dich lautet:
Sag, wo liegt der Schlüssel zur Wahrheit?
Beantworte die Frage der Sphinx – doch schweige!
Liegst du falsch, so leuchten dir die roten Augen des Todes.
Liegst du richtig, so öffnet sich das Tor zur Erkenntnis.

»Was soll das?«, fragte Peter, schloss das Heft und steckte es sich unter sein Shirt. »Wo liegt der Schlüssel zur Wahrheit?«
Layla überlegte einen Augenblick. »In der Weisheit«, tippte sie los. »In der Philosophie. Im Glauben. In der Erkenntnis. In der Welt. Im Nichts. Im Leben. In uns selbst. Oder … im Schweigen?« Sie sah auf.
»Du klingst schon wie Justus«, sagte Peter. »Das hilft doch alles nicht weiter! Sollen wir uns vor die Sphinx stellen und laut sagen: ›Im Schweigen‹? Da komme ich mir vor wie ein Idiot! Als ob sie uns hören könnte! Und außerdem … außerdem steht in dem Rätsel, dass man die Frage beantworten soll, indem man *nichts* sagt. Kann mir das mal einer erklären?«

Layla grinste. »Stell dich doch vor die Sphinx und schweige!«
»Echt?«
Layla nickte.
»Und wenn es schiefgeht?«
»Soll ich es machen? Ich bin stumm!«
Ehe Peter antworten konnte, war Layla aufgestanden und hatte sich vor die Sphinx gestellt. Sie blickte ihr in die toten Augen und … schwieg.
Mit einer Mischung aus Staunen, Neugierde und Angst sah Peter ihr eine Weile zu. Als nichts passierte, löste sich langsam seine Anspannung. »Du kannst aufhören«, sagte er. »Das Schweigen bringt uns nicht weiter.«
Layla sah es ein und setzte sich wieder zu ihm. »Ich weiß auch nicht. Alte ägyptische Rätsel sind furchtbar!«
»Zu schade, dass Justus nicht hier ist«, sagte Peter. »Der hätte bestimmt eine Idee. Just starrt in der Gegend rum, zubbelt an seiner Unterlippe und … schwupps: springt ihm die Lösung von den Lippen!«
Layla sah ihn an. »Nicht von den Lippen, sondern von der Zunge«, tippte sie. »Peter, das ist es! Die Wahrheit liegt auf der Zunge! Im Sprechen!«
Peter schüttelte den Kopf. »Im Rätsel steht aber: ›Doch schweige!‹«
»Dann müssen wir eben weiter nachdenken. Hier sind so viele Zeichnungen an der Wand. Irgendwo muss da doch ein Hinweis sein! Lass uns mal die Wandgemälde anschauen. Denen haben wir bisher viel zu wenig Beachtung geschenkt.«
Da er keine bessere Idee hatte, willigte Peter ein.
Schritt für Schritt liefen sie die Wände ab und leuchteten die

Zeichnungen an. Figuren, Tiere, die sicher viel bedeuteten, doch das sagte ihnen alles wenig. »Ich fürchte, hier müssen richtige Ägyptologen ran«, murmelte Peter resigniert.
Trotzdem wollten sie zumindest einmal alles genau gesehen haben. Als sie die Wand erreicht hatten, die der Sphinx gegenüberlag, stieß Peter Layla überrascht in die Seite. »Da ist ein Bild der Sphinx!« Peter trat näher an die Wand. Die Zeichnung war etwa fünfzig Zentimeter hoch und in Brusthöhe angebracht. Plötzlich entdeckte er etwas Eigenartiges. Seine Hand fuhr über die Oberfläche der Wand und erfasste eine kleine Vertiefung. »Die Sphinx hat das Maul geöffnet! Doch da fehlt etwas. Im Maul ist ein kleines, ausgefeiltes Loch ...« Mit dem Finger tastete er die Öffnung ab, in Erwartung irgendeines Mechanismus', der sie weiterführen würde. Er sah, wie Layla wieder in ihren Talky tippte.
»Der Stein?«, fragte sie.
»Die kleine Pyramide, die der Knochenmann in der Hand hält?« Plötzlich verbanden sich alle Gedanken wie Puzzlesteine zu einem Bild. »Ich weiß es!«, rief Peter aufgeregt aus. »Das passt!«

Augen des Todes

Die kleine Pyramide, die der Knochenmann in der Hand hielt, musste die Lösung zu allem sein. »Wie hieß es in dem Rätsel?«, erinnerte sich Peter.

»Die Frage der Sphinx an dich lautet:
Sag, wo liegt der Schlüssel zur Wahrheit?«

»Der Schlüssel zur Wahrheit liegt auf der Zunge«, tippte Layla aufgeregt. »Das Bild dafür ist der Stein. Dort, wo die Vertiefung ist, nämlich im Maul der Sphinx, da muss der Stein eingesetzt werden.«

»Beantworte die Frage der Sphinx – doch schweige!«, zitierte Peter weiter.

»Einen passenden Stein kann man einfach einsetzen – und so ohne gesprochene Worte die Antwort geben!«

»Liegst du falsch, so leuchten dir die roten Augen des Todes.
Liegst du richtig, so öffnet sich das Tor zur Erkenntnis.«

»Liegst ... das könnte bedeuten: Legst du ihn falsch, so leuchten dir die Augen des Todes. Legst du ihn richtig, so öffnet sich das Tor!«

Peter fühlte ein Prickeln am ganzen Körper. »Wir haben es! Und das ohne Justus! Wir müssen nur den Stein nehmen und ihn in die Vertiefung der Zeichnung einpassen! Dann haben wir ein uraltes Rätsel gelöst!« Er machte kehrt und kniete sich neben das Skelett. Der Stein leuchtete im Licht der Taschenlampe zwischen den Fingerknochen. Layla drehte die Lampe so, dass Peter besser sehen konnte. Vorsichtiger als zuvor bog Peter die Knochen auseinander. Es knackste und Peter zuckte

zusammen. Doch dann rutschte der Stein aus der Umklammerung und fiel in den Staub. Layla leuchtete ihn an. Nicht nur seine Form erinnerte an die großen Pyramiden, auch seine Farbe wies auf die großen Bauwerke, um deren Geheimnis es ging. Mit zitternden Händen hob Peter den Stein auf und drehte ihn zwischen seinen Fingern. »Schau!«, sagte er plötzlich. In eine der Flächen war eine Figur eingeritzt. »Eine Frau ...«, murmelte Peter, »was hat sie da in der Hand? Zweige?«
Layla schüttelte den Kopf und tippte. »Es ist Seschat. Eine alte ägyptische Göttin. Die Zweige sind ihr Schreibwerkzeug. Seschat ist die Göttin der Schrift. – Peter, das passt genau: Die Wahrheit liegt in der Sprache!«
»Weil das Wissen um die Pyramiden auf alten Schrifttafeln zu finden ist!« Peters Atem ging schneller. Dass sie das Rätsel so weit gelöst hatten, berauschte ihn. Doch langsam drängten sich auch andere Gedanken in sein Gehirn. Sie hatten ihren Ursprung dort, wo seine Angst saß. »Aber wenn der ehrwürdige Sir Leonard Dempsey den Stein gefunden hat, warum liegt er dann als Leiche hier in der Kammer?«
»Wenn es überhaupt Dempsey ist«, tippte Layla. »So lange kann es noch nicht her sein, dass er in dieser Kammer war. Die Knochen scheinen mir älter zu sein.«
»Ich kenne mich mit abgelagerten Toten nicht aus«, sagte Peter. »Ich will das alles auch gar nicht so genau wissen. Ich finde es so schon gruselig genug. Und außerdem ist es vollkommen egal, wer hier gestorben ist. Derjenige jedenfalls hat den Stein gefunden und das Rätsel trotzdem nicht überlebt!«
»Oder er wurde von einem Begleiter umgebracht«, tippte Layla. »Habgier!«

»Und warum hat der andere dann die Kammer nicht geöffnet?«, fragte Peter zweifelnd.
»Gut. Vielleicht war der Forscher auch allein. Und er erlitt vor Aufregung einfach einen Herzinfarkt!«, tippte Layla. »Bevor er die Kammer öffnen konnte.«
»Hm.« Die Erklärung war gar nicht so abwegig. Peter spürte, wie stark sein Herz klopfte. Wie groß musste die Aufregung erst sein, wenn man ein halbes Leben lang der Kammer der Sphinx auf der Spur gewesen war? Aber konnte man wirklich sicher sein? Zweifelnd betrachtete er den kleinen Stein. »Wahrscheinlich ist es nicht egal, wie herum man ihn in das Loch einsetzt«, sagte er dann. »Das Bild der schreibenden Göttin muss exakt an einer bestimmten Stelle stehen.«
Layla nickte nachdenklich. »Das klingt vernünftig. Ich tippe auf unten. Da, wo die Zunge der Sphinx ist.«
»Hm«, machte Peter.
»Versuchen wir es?«
Peter rappelte sich hoch und stellte sich vor die Zeichnung der Sphinx. Bedachtsam drehte er den Stein in seinen Händen. »So herum?«, fragte er.
Layla nickte. »Soll ich es versuchen?«
Für einen Moment lang war Peter verführt, auf Laylas Angebot einzugehen. Aber das konnte er nicht tun. Er musste seine Angst überwinden. Zu schade, dass Justus nicht da war. Er hätte ihm die Arbeit abgenommen. Aber eigentlich war doch alles logisch: Das Rätsel. Die Öffnung. Der Stein. Die Göttin nach unten. Oder doch nach oben, weil es eine Göttin war? Peter tastete die Vertiefung aus. Eine der vier Oberflächen lag in Richtung Gaumen. Es musste so sein, wie Layla gesagt hatte.

»Glaubst du, dass Rubbish George hier gestanden hat?«, fragte Peter. »Vielleicht hat er sich nicht getraut, den Stein einzusetzen. Und konnte mit der Niederlage nicht leben und ist abgehauen!«
Layla zuckte mit den Schultern.
»Also gut«, sagte Peter. »Wir wissen es nicht. Jetzt geht es um uns. Ich mache es!« Ein Satz schoss ihm durch den Kopf. *Liegst du falsch, so leuchten dir die roten Augen des Todes.* Peter sah in die Augen der auf die Wand gezeichneten Sphinx. Wie sollten sie leuchten können? Mit zitternden Händen hob er den Stein und setzte ihn an die Öffnung. Er schluckte. Seine Augen fest auf die Augen der Sphinx fixiert, schob er die Pyramide langsam hinein.
Sie passte exakt.
Er atmete aus.
Die Augen wurden nicht rot. Für ein paar Sekunden verharrten Peter und Layla wie erstarrt, achteten auf jedes noch so kleine Geräusch. Doch alles, was sie hörten, war ihr heftiger Atem. Kein Mechanismus wurde ausgelöst, der ihnen den Weg zum Glück wies. Es herrschte eine gespenstische Ruhe.
»Das war es nicht«, sagte Peter nach einer Weile in einer Mischung aus Enttäuschung und auch Erleichterung darüber, dass ihnen nichts geschehen war. »Oder der Mechanismus ist kaputt.«
Layla sah ihn ratlos an.
»Irgendetwas haben wir nicht beachtet«, überlegte Peter. »War unsere Annahme wirklich logisch? Der Knochenmann hat den Stein und will ihn in die Zeichnung einsetzen. Aber wie hat er die kleine Pyramide überhaupt gefunden?«

»Irgendwo hier«, tippte Layla.

»Layla! Wir haben verkehrt herum gedacht!«, rief Peter aufgeregt aus. »Es ist nicht die *Zeichnung* der Sphinx! Es ist die Figur selber! Der Forscher hatte die kleine Pyramide aus der gezeichneten Sphinx herausgenommen! Da war sie versteckt. Und nun war er mit ihr auf dem Weg zu der richtigen Sphinx aus Stein!«

Layla drehte sich um und leuchtete die Figur an. Dieses geöffnete Löwenmenschenmaul. Es schien sie beide auszulachen.

»Der *steinernen* Sphinx muss man die Pyramide ins Maul setzen!«, sagte Peter. Er trat näher an die Sphinx. Die Augen waren schwarze Löcher. Sie flößten ihm deutlich mehr Respekt ein als die auf der Zeichnung. Und das Maul war ein dunkler Schlund. »Gib mir mal die Taschenlampe«, sagte Peter. »Ausgerechnet jetzt wird das Licht schwächer ...«

Layla reichte ihm die Lampe und Peter leuchtete in die Öffnung. Nach wenigen Zentimetern verlief sie nach oben, so dass man nicht viel sehen konnte. »Verdammt! Die Batterien sind alle!« Peter gab Layla die Lampe zurück. Sie glomm noch einen Moment, dann verlosch sie ganz. Sie standen in der Finsternis.

»Warte!«, hörte Peter.

Layla hatte ihr Talky gezückt und das Display eingeschaltet. Ein schwaches grünliches Licht fiel auf ihr Gesicht. Sie drehte das Talky so, dass die Sphinx beleuchtet war. In dem zittrigen Glimmen sah die Sphinx noch beklemmender aus, als sie ohnehin schon wirkte.

Vorsichtig fasste Peter mit der Hand in das dunkle Maul. Er spürte, wie sich seine Nackenhaare vor Angst aufrichteten, als

könnte der Löwe jeden Moment zuschnappen. Vor allem wusste er nicht, was ihn erwartete. In diesem Schlund konnte alles drin sein. Spinnen. Ratten. Eine giftige Schlange. Der Stein fühlte sich glatt und kalt an. Peter musste sich auf die Zehenspitzen stellen, um tiefer hineinzulangen. Bald war sein halber Arm in der Sphinx verschwunden. Plötzlich krabbelte etwas über seinen Unterarm. Sein Körper war wie versteinert. Er fühlte, wie sich viele kleine Füße über seinen Handrücken bewegten. Peter schluckte und wartete auf den tödlichen Stich. Doch was auch immer da krabbelte – es lief seinen Zeigefinger entlang und war wieder verschwunden. Peter atmete aus und wagte sich wieder zu bewegen. Entnervt wollte er den Arm aus dem Schlund ziehen, als er doch etwas ertastete.
»Da ist ein viereckiges Loch! Für die Pyramide!« Wie erlöst riss er den Arm wieder heraus. »Layla, der Stein!«
Layla lief zur gegenüberliegenden Wand, entfernte die kleine Pyramide aus der Öffnung in der Zeichnung und reichte sie Peter.
Peter drehte den Stein in die richtige Position. Dann nahm er all seinen Mut zusammen, hoffte, dass das Krabbeltier inzwischen die Flucht angetreten hatte, blickte der Sphinx in die Augen und langte zum zweiten Mal in die Öffnung hinein. Vorsichtig tastete er sich vorwärts, dann hatte er die Stelle gefunden. Langsam steckte er die Pyramide in die Öffnung. Sie passte genau.
Etwas klickte.
Die beiden wagten nicht zu atmen.
Ein paar Sekunden lang geschah nichts. Dann sackte Layla und Peter vor Panik das Blut in die Beine. Erst war es nur ein

leichtes Glimmen, doch es wurde schnell intensiver. Die Augen der Sphinx leuchteten! Sie leuchteten rot! Sie hatten den Fluch der Sphinx geweckt!
Ein zischendes Geräusch wurde hörbar und ein kalter Wind strich aus dem Maul des Königslöwen. Es fühlte sich an wie der Atem des Todes. Als stände er neben sich, nahm Peter mit Schrecken wahr, wie ihm und Layla die Sinne schwanden. »Der Fluch der Sphinx«, murmelte Peter, »Layla … ich sterbe … Justus … Bob …« Dann sackte er zusammen. Im Fallen umarmten sie sich, sie spürten schon nicht mehr, wie sie auf den Boden sanken.

Spur in die Wüste

Als Justus und Bob Peter und Layla in dem kleinen Antiquitätenladen allein ließen und nach draußen flitzten, um Dalbello zu verfolgen, wurde Justus von dem Gefühl überrascht, dass es die richtige Entscheidung war, sich um den Amerikaner zu kümmern. Er wusste nur noch nicht, warum. Die Puzzleteile, die er bisher von der Rätselgeschichte und ihren Umständen erhalten hatte, waren einfach noch zu wenige, um seine unerbittliche Logik in Gang zu setzen. Gewiss reizten ihn manche Fragen zu weiterem Nachdenken. Woher hatte zum Beispiel Dalbello gewusst, in welchem Hotel sie übernachteten, um die Kopie des Rätsels zu stehlen? Warum rannte der Kerl, ihr ewiger Verfolger, plötzlich vor ihnen weg? Was Justus am meisten beschäftigte: Was hatte es zu bedeuten, dass dieser Schatzjäger aus den USA und Dick – der neue Freund von Laylas Mutter – ein und dieselbe Person waren? Das Foto, das Aisha aus der Tasche gerutscht war, hatte darüber eindeutig Auskunft gegeben. Oder waren sie Zwillinge? Am besten, sie schnappten sich den Kerl und stellten ihn zur Rede!

Das schoss Justus fast gleichzeitig durch den Kopf, während er hektisch die Umgebung absuchte. Fast wäre ihm darüber entgangen, wie Dalbello in einen kleinen Laden schlüpfte, der vielleicht hundert Meter entfernt lag. »Los, Bob! Da ist er!« Sie stießen einen Straßenhändler, der sie ansprechen wollte, unsanft zur Seite und sprinteten vor das Geschäft. Bob riss die Tür auf und Justus hastete hinein. Im Laden befand sich nur der Händler, der eine metallene Uhr putzte und stumm zu ihnen aufblickte, sonst war niemand zu sehen. »Ist hier ein Amerikaner?«, rief Justus. Der Mann zuckte mit den Schultern und sein Mund verzog sich leicht.

»Nach hinten durch!«, rief Justus und zwängte sich slalomartig und erstaunlich gewandt durch eine ganze Ansammlung von Wasserpfeifen. Bob folgte ihm. Erst als sie ganz am Ende des Ladens angekommen waren, bemerkte Justus, dass er einen Fehler gemacht hatte. Neben der Eingangstür stand eine Präsentationswand, auf der Ohrringe angesteckt waren. Er hatte zu sehr auf den Hinterausgang spekuliert und die Pinwand nicht weiter beachtet. Jetzt glitt ein Schatten hinter ihr hervor – Dalbello – und in wenigen Schritten war der Amerikaner im Freien. Bob und Justus preschten zurück. Sie mussten aufpassen, keine der gläsernen Wasserpfeifen zu beschädigen. Als sie die Gasse erreichten, sahen sie den Amerikaner schon ein ganzes Stück entfernt die Häuserzeile entlanglaufen.

»Den kriegen wir noch!«, rief Justus und gab Gas. Doch mehrere Ecken und einige Gassen weiter war von Dalbello keine Spur mehr zu entdecken. Justus raufte sich die Haare.

»Mist!«, rief er. »Den hätte ich zu gerne erwischt!«

Bob sah seinen Freund überrascht an. »Ich dachte, wir wollten ihn bloß von Peter ablenken?«

»Dalbello sieht genauso aus wie Dick, der Freund von Laylas Mutter«, sagte Justus. »Ich habe es auf dem Foto entdeckt, das Aisha im Café aus der Tasche gefallen war. Wenn sie keine Zwillinge sind, ist es dieselbe Person. Seltsam, oder?«

Bob musste darüber erst einmal nachdenken.

»Und nun suchen wir Peter! Dalbello ist über alle Berge. Wir haben ihn nicht erwischt, aber wenigstens verjagt!«

Doch Justus und Bob brauchten eine Weile, bis sie sich in dem Gassengewirr wieder orientiert hatten. Als sie den kleinen Laden erreichten, waren Layla und Peter längst auf und davon. Nur der Verkäufer war noch da. Als Justus enttäuscht nach Peter fragte, verstand er plötzlich kein Wort Englisch mehr und tat so, als hätte er von nichts eine Ahnung.
»Das hat keinen Zweck, Justus«, sagte Bob und zog seinen Freund wieder nach draußen. »Was machen wir nun?«
Justus' erregter Gesichtsausdruck wich einem breiten Grinsen. »Die Versicherung!«
»Versicherung?« Auf Bobs Stirn erschien ein Fragezeichen.
»Die Versicherung, ja! Peter hat unseren Minisender dabei, und wenn er sich geschickt angestellt und ihn richtig platziert hat, können wir jetzt seinen Weg verfolgen!«
»Hoffentlich verpeilt er sich nicht«, sagte Bob sorgenvoll. »Also auf zu Alaa Edine!«
Sie hatten Glück. Der Taxifahrer wartete noch an derselben Stelle, an der sie sein Fahrzeug verlassen hatten. Als er Justus und Bob entdeckte, ging ein Strahlen über sein Gesicht. »Oh, meine Americans! Aber wo die anderen sind?«
»Wir haben Peter und Layla aus den Augen verloren! Wir müssen sie verfolgen!«, japste Justus. Das Herumrennen war er einfach nicht gewohnt.
Der Fahrer öffnete ihnen die Tür und Justus ließ sich erschöpft in den Wagen plumpsen.
»Sind beide mit Schatzkarte verschwunden?«, fragte Alaa. »Dachte, ihr Freunde seid!«
»Sie sind nicht geflohen. Sie werden von einem Mittelsmann zu der geheimnisvollen Sphinx gebracht!«

Alaa schwieg.
Bob ahnte, was in ihm vorging. »Keine Angst, Alaa. Sie brauchen uns nicht zur tödlichen Sphinx begleiten! Diesen Weg werden wir alleine gehen.«
»Gut. Ich fahre. Aber wohin?«
Justus hatte inzwischen ein kleines Gerät ausgepackt. Sie hatten es seit Jahren in Benutzung und es hatte ihnen schon viele wertvolle Dienste geleistet. Es war das Empfangsgerät, das auf die Frequenz des Peilsenders eingestellt war, den Justus Peter noch schnell in die Tasche gesteckt hatte.
»Hoffentlich befinden sich Peter und Layla noch nicht außer Reichweite«, sagte Bob.
Im Laufe der Zeit war es Justus durch allerlei Basteleien zwar gelungen, den Einsatzkreis des Senders immer mehr zu erweitern, aber bei einer zu großen Entfernung hatte auch die neuste Version ihre Grenzen erreicht. Der Erste Detektiv schaltete das Gerät ein und auf dem Display erschien ein blinkender Punkt. »Da ist Peter!«, rief Justus erleichtert aus. »Sie befinden sich gerade noch im Sendebereich! Alaa, wir müssen dorthin! Schräg nach links!«
»Wohin?« Alaa warf einen fragenden Blick in den Spiegel.
»Ich sage Ihnen einfach die Richtung! Und die Straßen von Kairo kennen Sie!« Justus deutete mit dem Finger aus dem Fenster. »Einfach dorthin! Schnell!«
»Ah. Americans wollen einfach dorthin.« Alaa Edine gab Gas, drängelte sich auf die Hauptstraße und bog bei der nächsten Gelegenheit nach links ab.
»Gut so, Alaa!«, rief Justus. »Wir halten den Abstand! Geht es noch schneller?«

»Ah. Americans wollen schneller.« Alaa Edine fuhr wie der Teufel, aber es war schwer, näher an den blinkenden Punkt zu kommen.

»Kann sein Peter fährt Kairo raus«, sagte der Fahrer. »Ich vielleicht wissen, wo.« Sie wechselten auf eine Hauptstraße und nach einigen Minuten kamen sie an eine große Kreuzung, die bereits am Stadtrand von Kairo lag. Alaa stoppte und schaute fragend in den Rückspiegel. Justus prüfte die Position des blinkenden Lichts, das ganz am Rand des Displays blinkte, und entschied sich dann für eine schmale Straße, die direkt in die Wüste wies. »Da lang!«

»Ah. Ich verstehe, Americans wollen zu kleine, abgelegene Oase!« Alaa fuhr an. Jetzt konnte er den Wagen laufen lassen. Langsam verkürzte sich der Abstand zu dem blinkenden Punkt. Doch es dauerte nicht lange, als plötzlich das Licht vom Display verschwand.

»Nein!«, rief Justus entsetzt aus. »Der Peilsender ist verschwunden! Ich hoffe nicht, dass er entdeckt worden ist! Oder Peter ist in ein Gebäude gefahren, das die Signale absorbiert!«

»Absorbiert?«, fragte Bob. Du meinst: »Nicht mehr durchlässt? Zu viel Stein? Stahl?«

Justus nickte. Doch in seinem Hirn arbeitete es bereits. Er wollte ausrechnen, wie weit die Strecke war, die sie noch zurücklegen mussten, um an die Stelle zu gelangen, an der der Peilsender erloschen war. Bis zur Oase konnten Peter und Layla seiner Schätzung nach noch nicht gekommen sein. Alaa fuhr weiter, und je tiefer sie in die Wüste eindrangen, um so nervöser wurde Justus. Als er es nicht mehr aushielt, bat er den Chauffeur, langsamer zu fahren. Justus und Bob teilten sich die Seiten auf und

suchten den Straßenrand nach Abzweigungen und nach Gebäuden ab. Doch außer unendlich viel gelbem Sand gab es im Schweinwerferlicht nichts zu entdecken. Seit langen Minuten waren sie keinem anderen Fahrzeug mehr begegnet.
Plötzlich bat Bob anzuhalten.
Alaa stoppte und wandte den Kopf zurück. »Was ist?«
»Americans wollen zurück!«, sagte Bob trocken.
Alaa grinste und wendete den Wagen.
Bob beugte sich zu Justus, der jetzt auf der richtigen Seite saß. »Stopp!«, sagte er plötzlich. »Siehst du es?«
Justus entdeckte es gleich. »Gut beobachtet, dritter! Da gehen Reifenspuren über den Seitenbereich!«
Sie stiegen aus. Das Mondlicht war so stark, dass sie die Spuren einige Meter weit sehen konnten. Sie führten zwischen zwei Felsen hindurch, mitten hinein in die Wüste. Die beiden Detektive entdeckten, dass es sich sogar um einen kleinen Fahrweg handelte. Alaa Edine begutachtete skeptisch die sandige Rinne. »Americans wollen doch nicht, dass fahren?«
»Vielleicht wäre das gar nicht so klug«, beschwichtigte Justus. »Nein, ich denke, wir probieren es zunächst einmal zu Fuß. Alaa, verfügen Sie über eine Taschenlampe, die Sie uns leihen können?«
Alaa öffnete die Heckklappe seines Taxis und wühlte eine Weile darin herum. Dann wedelte er plötzlich mit einer Handlampe. »Service von Alaa Edine!«, sagte er stolz. »Americans können Freund suchen gehen. Ich warte bei Auto.«
Justus übernahm die Lampe und zusammen mit Bob stapfte er los. Zwei Minuten später waren die beiden hinter den Sandbergen verschwunden.

Außer Gefecht

Justus und Bob waren erst ein paar Minuten gelaufen. Es war mühsam, durch den Sand zu gehen. Sie kamen sich verlassen vor. Von Alaa Edine war nichts mehr zu sehen. Sie hörten den Wind und über ihnen erstreckte sich die Wüstennacht wie ein lichtgesprenkelter, kalter Bogen.

Fast hätten sie ihr Ziel verpasst. Auf die Stahltür, die einige hundert Meter weiter auf der Rückseite des Hügels in den Fels eingelassen war, war als Tarnung Wüstensand gespritzt. Doch die glatte Fläche hatte die menschliche Hand, die sie erbaut hatte, verraten: Keine Frage, sie verbarg etwas, das nicht jeder entdecken sollte. Justus und Bob untersuchten das Tor, doch sie fanden keine Möglichkeit, es zu öffnen. »Ich schätze, das Auto, mit dem Peter und Layla gefahren sind, wurde dahinter abgestellt«, murmelte Justus. »Deshalb haben wir den Peilsender so plötzlich verloren. Wie lange ist das her?«

»Eine halbe Stunde? Mehr?« Bob sah sich um. »Lass uns mal auf den Felsen nachsehen. Vielleicht gibt es irgendeinen Lüftungskanal oder so was.«

Da Justus keinen besseren Vorschlag hatte, willigte er ein. Sie knipsten die Taschenlampe aus, denn das Mondlicht reichte, um einen Aufstieg zu finden. Sie kletterten eine ganze Weile planlos auf dem Felsen herum und mit jeder Minute wuchs in ihnen das Gefühl der Aussichtslosigkeit ihres Unterfangens. Als Bob sich auf ein kleines Plateau hochziehen wollte, stieß er mit den Füßen gegen die Wand und es gab ein seltsames Kratzen. Stein war das nicht. Sofort ließ sich Bob ab. »Justus!«

Justus kletterte zu ihm und leuchtete auf die Stelle. In den Felsen war notdürftig ein feines Gitternetz eingelassen, so als wolle man etwas vor dem Eindringen von Dreck und Sand schützen. Es war nicht schwer, das Gitter zur Seite zu biegen. Dahinter verbarg sich ein schmaler Tunnel. Ein sehr schmaler Tunnel.

Bob sah Justus an. »Ich würde lieber runtersteigen und an das Tor klopfen. Justus, warum machen wir das eigentlich nicht? Peter hat durch das Geheimwort das Recht erworben, den Schatz der Sphinx zu sehen und wir sind seine Freunde. Da können wir doch einfach hineingehen?«

»Nein.« Justus holte tief Luft und zog sein Hemd zusammen. Es wurde kalt in der Wüste, wenn die Nacht kam. »Weil ich der ganzen Geschichte nicht mehr traue«, sagte er. »Warum sind Dalbello und Dick ein und dieselbe Person? Warum ist Laylas Mutter jetzt mit ihm befreundet? Warum war Dick ein Kollege von Rubbish George? Woher wusste Dalbello, in welchem Hotel wir übernachten? Wer kannte überhaupt den Namen?«

Bob überlegte. »Layla kann es ihrer Mutter Aisha erzählt haben und die sagte es Dick alias Dalbello. Sonst wusste niemand, wo wir wohnen.«

»Doch«, sagte Justus. »Wir haben es noch jemandem verraten. Und je mehr ich nachdenke, desto seltsamer wird seine Rolle in diesem Spiel.«

»Denkst du an Alaa?«, fragte Bob. »Das glaube ich nicht. Nein, Alaa ist auf unserer Seite.«

»Schieb dich rein«, sagte Justus.

»Wie?«

»Na, ich passe nicht rein! Ich bin zu ... beleibt! Kriech du in den Tunnel, Bob.«
Bob spürte, wie sein Mund trocken wurde. Wer wusste, was ihn da erwartete. Und wenn er stecken bleiben würde – wie sollte er da rückwärts wieder rauskommen?
»Wenn du drin bist, versuche, das Tor von innen zu öffnen, damit ich auch in die Anlage kann«, sagte Justus. »Uns bleibt keine andere Chance.«
Bob nickte mechanisch. Es musste wohl sein. Er kniete sich nieder, bog das Gitter zur Seite und schob die Handlampe in die Öffnung. Dann zog er sich hinein.
Es war verdammt eng. Und es ging steil abwärts. Bob war kurz davor, einen Anfall von Platzangst zu bekommen. Zum Glück wurde der Tunnel bald breiter. Schließlich endete er an einer Metallplatte. Seltsam für eine jahrtausendealte Anlage! Die Platte ließ sich leicht zur Seite schieben und Bob sah, dass dahinter ein Gang lag, der nach links wie nach rechts lief.
Vorsichtig ließ sich Bob auf den Boden gleiten und drückte die Platte wieder zu. Es hatte einen Luftzug gegeben, der ihn leicht hätte verraten können. Er verharrte. Aus der rechten Seite des Gangs drangen Stimmen zu ihm, ganz leise. Es war wohl besser, das Licht auszuschalten. Schritt für Schritt tastete sich Bob vorwärts. Die Stimmen wurden lauter. Es war Arabisch. Doch manchmal wechselte es ins Amerikanische. War das Dalbello? Wie kam der bloß hierher? Auch die andere Stimme klang vertraut, doch Bob kam einfach nicht auf den dazugehörenden Namen. Es klang alles zu gedämpft. Bobs Sorgen wuchsen. Waren Peter und Layla von dem amerikanischen Schatzjäger überrascht worden? Und was war das für

eine merkwürdige Anlage? Befand er sich in der Kammer, die die Schatzjäger suchten?
Plötzlich endete der Gang. Eine seltsame Konstruktion schloss sich an, etwas wie eine Durchreiche, in die man hineinkriechen konnte und die in einer schmalen, nach unten gebogenen und kaum handbreiten Röhre endete. Bob kniete sich nieder und versuchte hindurchzusehen, doch die Krümmung war zu stark. Die Stimmen waren jetzt direkt unter ihm. Da stieß er mit seinen Knien gegen einen leichten Gegenstand, der leise davonrollte. Bob leuchtete hin und ihm wurde endgültig klar, dass er nicht der erste Mensch war, der diesen Gang seit Jahrtausenden betreten hatte. Diese überdimensionierte schwarze Spraydose mit dem Giftsymbol stammte ohne jeden Zweifel aus dem Jahrhundert, in dem er lebte. Verwundert drehte er sie in der Hand. Ihre einzige Markierung blieb das Totenkopfsymbol.
Seine Nervosität stieg. Bob stand auf und leuchtete die Wand ab. An zwei Stellen liefen ein paar Drähte aus dem Stein. Bob verfolgte ihren Weg und entdeckte, dass sie in ein notdürftig gebasteltes Batteriefach führten. Die Sache wurde immer seltsamer. Eine Bombe? Eine Alarmanlage?
Als er sich wieder umdrehte, erschrak er. Neben ihm befand sich eine Art Fenster. Plötzlich sah er alles. Ein schwach beleuchteter Raum mit alt scheinenden Zeichnungen an der Wand. Vor einer kleinen Sphinx stand Dalbello und neben ihm eine schwarz verhüllte Frau. Jetzt schwiegen die beiden und beugten sich über etwas. Aber die Stimmen waren vorher direkt unter ihm gewesen! Bob begriff, dass es sich um eine Spiegelkonstruktion handeln musste, durch die man beobach-

ten konnte, was sich in dem Raum unterhalb von ihm tat. Dann befand er sich über dem Inneren der Sphinx! Bob sah genauer auf das gespiegelte Bild und ihm stockte der Atem. Die zwei Bündel, zu denen sich Dalbello und die verhüllte Frau bückten, waren Peter und Layla!

Die beiden lagen leblos am Boden, eng umschlungen, als seien sie ein Liebespaar. Waren sie tot? Ein Stich jagte durch Bobs Herz, der schmerzhafter war als tausend Nadeln. Bob musste sich zusammenreißen, um nicht die Besinnung zu verlieren. Er sah, wie Dalbello Peter unsanft zur Seite drehte, sodass er auf den Rücken rollte.

»Jetzt her mit dem verdammten Rätsel!«, hörte er Dalbello fluchen. Wenige Minuten später zog der Amerikaner triumphierend das Fußballheft unter Peters T-Shirt hervor. »Da ist es ja endlich! Okay. Schleppen wir sie in den Wagen!«

Doch mitten in der Bewegung erstarrte er. Eine dritte Stimme durchschnitt den Raum, scharf: »Mr Dalbello! Was haben Sie mit Peter und Layla gemacht?«

Bob zuckte zusammen und sein Herz tat einen Sprung. Das war Justus! Aber so sehr er sich auch bemühte, – Justus war in dem Spiegel nicht zu sehen.

»Wie kommst du hier rein?«, brüllte Dalbello los.

»Das tut jetzt nichts zu Sache«, erklärte Justus. »Aber ich kann es Ihnen verraten: Diese Anlage verfügt über mehrere Lüftungsschächte!«

»Da bist du hindurchgeklettert? Und der vierte von euch? Dieser Bob? Ist er auch hier?«

Justus stockte einen winzigen Moment. »Der wartet draußen«, log der Erste Detektiv.

»Dann wisst ihr also, wo wir hier sind«, sagte Dalbello gedehnt und es klang wie eine Drohung.
»Ja«, sagte Justus. »Diese Anlage liegt auf dem Weg in eine abgelegene Oase. Ich nehme an, Sie sperren Ihre Opfer in einen geschlossenen Kastenwagen, damit sie von dem Weg nichts mitbekommen?«
»Wovon redest du?«
Justus ignorierte die Frage. »Was haben Sie mit Peter und Layla gemacht?«
Dalbello lachte höhnisch. »Sie waren zu neugierig. Also habe ich sie außer Gefecht gesetzt! Und dich bekomme ich auch noch! Und dann Bob. – Bleib stehen!« Plötzlich hatte Dalbello eine Waffe in der Hand. Und mit einem Mal war Bob vieles klar. Die schwarze Spraydose mit dem Giftsymbol. Peter und Layla genau unter der Sphinx. Die tödliche Sphinx, so hieß es in dem Rätsel. Wenn die Augen rot leuchten. Die Batterien und die Drähte ließen Lampen glühen.
»Wenn Sie die beiden umgebracht haben, dann ...« Justus versagten die Worte.
»Du bist der Nächste!«, zischte Dalbello.
Plötzlich mischte sich die verschleierte Frau auf Arabisch ein. Doch es war keine Frauenstimme. Es sprach ein Mann. Und dieses Mal wusste Bob, wer es war!
Justus offenbar auch. »Guten Tag, Mr Abaza! – Sie stecken doch unter dem Schleier, nicht wahr? Ich habe Sie an der Stimme deutlich erkannt. Einen Restaurator aus dem Museum kann man natürlich gut brauchen, wenn man fanatische Schatzsucher auf eine falsche Fährte setzen will! Es gab nie einen Lord Dempsey! Zumindest hat er das Rätsel nie geschrie-

ben! Sie haben alles sehr geschickt erfunden, um Ihre Opfer in die Falle zu locken! Aber dann erschienen wir, die drei ???, mit Rubbish Georges Rätsel in den Händen, um seine Geschichte aufzuklären. Das wurde gefährlich für Sie! Sie fädelten uns trickreich in das Rätsel ein. Nicht etwa, um uns Geld abzunehmen, sondern um uns kaltzustellen und an das Beweisstück zu gelangen: die Rätselgeschichte. Sie wussten auch, in welchem Hotel wir logierten, sodass Dalbellos Mann dort die Kopie des Rätsels stehlen konnte. Sie haben es bei unserem Besuch clever aus uns herausgelockt!«

»Sag mal, was erzählst du da alles?«, fragte Dalbello drohend.

»Ich weiß viel, Mr Frank Dalbello. Alias Mr Dick Vincent! Sie sind der neue Freund von Laylas Mutter und dürften auch George in die Falle gelockt haben!«

Entsetzt sah Bob, wie Dalbello die Waffe hochriss und nach vorne zielte. Bob überlegte nicht lange. Die schwarze Spraydose! Er langte mit dem Arm in die Höhle und schob die Dose, so weit wie er konnte, durch den Rachen der Sphinx. Dann hielt er den Atem an und drückte auf das Ventil. Es zischte. Bob hörte ein paar verstümmelte Worte, dann sackten in kurzem Abstand zwei Personen zu Boden. Bob robbte zurück und sah in den Spiegel. Abaza und Dalbello lagen da wie leblos.

Aufgeflogen!

Bob war klar: Auf keinen Fall durfte er etwas von dem Spray einatmen! »Justus«, rief er in der Hoffnung, dass sein Freund ihn hören konnte, »verschwinde! Das ist ein giftiges Spray!« Dazu gab es also die Lüftungskanäle. Dalbello oder Vincent, wie er eigentlich hieß, und dieser Mr Abaza aus dem Museum lockten irgendwelche Leute vor die Sphinx und brachten sie um. Anscheinend war alles ein gigantischer Trick. Aber warum nur? Ob Justus es wusste?

Bob eilte den Gang zurück. Als er den Lüftungsschacht erreichte, öffnete er ihn. Sofort spürte er den Luftzug, der die Luft reinigen würde. Er hetzte den Gang weiter und stand plötzlich in einer Garage: Da parkte der graue Lieferwagen! Auch ein weiteres Auto. Und Justus war da! Er trat gerade hinter einer Steinwand hervor. Erleichtert lief Bob auf ihn zu und erzählte, was er entdeckt hatte. Justus staunte nicht schlecht.

»Und wie bist du in die Anlage gekommen?«, wollte Bob wissen.

»Ein zweiter Schacht!«, antwortete Justus. »Ich konnte ihn öffnen. – Bob, das Gas dürfte sich inzwischen verzogen haben. Wir müssen dringend nach Peter und Layla sehen!«

Da Justus den Weg kannte, lief er voran. Als sie wenige Sekunden später den Raum mit der Sphinx betraten, galt ihr erster Blick ihren beiden Gefährten. Und es fiel ihnen ein Stein vom Herzen! Peter und Layla rappelten sich gerade auf. Das Spray hatte sie nur betäubt! Peter bewegte sich wie in Zeitlupe. Verwundert, als käme er von einem anderen Stern und müsste sich erst einmal auf der Erde zurechtfinden, sah er sich um, entdeckte Dalbello und Abaza, die wie leblos dalagen, dann erst sah er seine beiden Freunde. »Wir leben!«, stellte Peter beim Anblick von Justus, dem die Freude ins Gesicht geschrieben war, fest, und seine Stimme klang fast erstaunt. Layla saß da und sah ihn mit glasigen Augen an. Ihre Lippen bewegten sich tonlos. Peter nahm sie in den Arm. »Justus und Bob sind gekommen. Alles wird gut.«

Bob und Justus halfen den beiden, wieder richtig auf die Beine zu kommen. Dann verließen sie die Halle, nicht ohne einen letzten Blick auf die Sphinx zu werfen, deren Augen immer noch rot funkelten. Doch nun hatten sie keine Angst mehr vor ihr.

Als sie in die Garage traten, hörten sie, dass jemand an die Stahltür schlug, untermauert von scharf klingenden arabischen Worten. Es waren mehrere Stimmen und die drei ??? erkannten darunter die von Alaa, ihrem Fahrer. Justus suchte den Mechanismus, der das Tor öffnen würde. Er brauchte nicht lange, bis er auf die Entriegelung gestoßen war. Als das Tor kaum einen halben Meter offen war, stürmte ein Mann in Zivil herein, ihm folgten mehrere Polizisten mit der Waffe im Anschlag. Danach trat Alaa Edine ein, deutlich gelassener.

Der Ägypter mit der Pistole, der offenbar der Anführer der Polizisten war, sah sich flüchtig um und rief dann in gebrochenem Englisch: »Wo Männer sind?«

Justus ergriff das Wort. »Immer mit der Ruhe. Ich werde Ihnen alles präsentieren. Bitte erklären Sie uns jedoch zunächst Ihre Anwesenheit.«

Der Polizist sah ihn entgeistert an.
»Sagen Sie einfach, warum Sie hier sind«, übersetzte Bob die gepflegten Sätze von Justus.
Alaa Edine ergriff das Wort. »Meine Americans! Ich Kommissar gerufen. Er seit Monaten jagt Männer, die Schatzsucher überfallen. Ich gesehen, dass ihr auf Spur seid.«
Der Ägypter nickte. »Ja, Alaa Edine hat uns den Hinweis gegeben. Ich bin ... wie ihr würdet sagen ... Kommissar von Polizei von Kairo.«
»Ich glaube, wir können Ihre Ermittlungen zu einem endgültigen Abschluss bringen«, sagte Justus. »Darf ich ein wenig spekulieren? Sie erhielten immer wieder Hinweise von Menschen, die glaubten, einem großen Geheimnis und einem großen Schatz auf der Spur zu sein. Mit einer Rätselgeschichte wurden sie auf die Fährte gesetzt. Vermutlich mussten die Opfer dem Boten, der sie in die Schatzkammer fuhr, eine große Geldsumme zahlen. Die Opfer wurden in diese auf alt getrimmte Höhle gebracht, dort betäubt, ihnen wurde das Geld abgenommen und dann wurden sie irgendwo wieder auf die Straße gesetzt. Und keins der Opfer wusste, wo diese Schatzkammer war. Weil sie in dem geschlossenen Lieferwagen hierher gebracht worden sind. So hatten Sie für Ihre Polizeiarbeit keinen Anhaltspunkt. Denn auch die Rätselgeschichte, der einzige halbwegs vernünftige Beweis, wurde den Opfern abgenommen und schätzungsweise immer wieder verändert.«
Der Kommissar sah Justus an. »Ich zwar nichts verstanden, aber bestimmt recht hast du. Americans immer recht haben wollen.« Er grinste. »Zeig uns Männer!«
»Aber gerne. Bitte folgen Sie mir«, sagte Justus.

Justus führte die Polizisten in die Kammer der Sphinx, in der der Kommissar Dalbello alias Dick Vincent und Abaza, nachdem sie wieder zu sich gekommen waren, festnahm. »Und Helfer werden wir auch noch finden«, sagte der Kommissar stolz.

Erleichtert über den glücklichen Ausgang der Geschichte, aber auch ein wenig enttäuscht darüber, dass es mit dem Geheimnis der Sphinx in Wahrheit nichts auf sich hatte, fuhren die drei ??? nach den Vernehmungen im Polizeipräsidium spät in der Nacht wieder zurück in ihr Hotel. Alaa saß hinter dem Steuer. »Schade, dass bald zurückfliegt. Ich hoffe, ihr kommt wieder.«

»Bestimmt!«, sagten Peter, Bob und Justus wie aus einem Mund.

»Auch wenn wir unser Buch über das Geheimnis der Sphinx jetzt nicht schreiben können«, ergänzte Peter etwas missmutig. »Also brauchen wir einen neuen Geldgeber.«

»Der Kommissar hat doch eine Belohnung in Aussicht gestellt«, erinnerte Bob. »Das dürfte für einen weiteren Besuch in Ägypten reichen.«

Layla legte ihr Talky vor sich auf die Beine. »Und Rubbish George? Dick und Abaza haben zugegeben, ihn damals reingelegt zu haben. Aber mit seinem Verschwinden in Rocky Beach wollen sie nichts zu tun haben!«

»Das kann sogar sein«, sagte Justus und lächelte verschmitzt. »Ich könnte mir denken, dass George seit damals dazugelernt hat. Ich wette, er ist längst wieder da!«

Der Wagen hatte inzwischen das Hotel erreicht. Da sie den Rückflug erst für übermorgen gebucht hatten, verabredeten alle, sich von Alaa am nächsten Tag in Ruhe und ohne aufregende Verbrecherjagd Kairo zeigen zu lassen. Sie freuten sich sehr darauf.

Auf dem Zimmer erwartete sie jedoch zuvor noch eine Überraschung. Mitten auf dem Bett lag ein Zettel. Justus nahm ihn auf und las vor: »Wir haben Peter und eure Freundin! Hört auf, eure Nase in fremde Angelegenheiten zu stecken! Wenn ihr aufgebt, kommen sie frei!«

»Dalbello und seine Kumpane«, sagte Bob. »Vermutlich wussten sie von Laylas Mutter, wann Layla am Flughafen ankommt.«

»Na, das hat sich inzwischen erledigt!«, grinste Peter. »Gerade weil wir unsere Nase hineingesteckt haben!«

Letzte Fragen

Justus hatte recht behalten. Als die drei ??? zusammen mit Layla zwei Tage später in Los Angeles landeten, überraschte sie Onkel Titus, der sie vom Flughafen abholte, mit der Mitteilung, dass Rubbish George längst wieder in seiner Hütte hauste. Die drei ??? konnten kaum erwarten, den Stadtstreicher zu treffen. Als Onkel Titus den Wagen im Hof des Gebrauchtwarencenters parkte, sprangen die drei ??? schnell aus dem Auto, schmissen ihr Gepäck achtlos ins Haus und stiegen auf ihre Fahrräder. Im Altwarencenter fand sich noch ein rostiges 21-Gang-Rad für Layla, und los ging es.

Kairo war aufregend, doch die drei ??? genossen es, wieder durch die Straßen von Rocky Beach zu radeln und die Luft des Pazifiks einzuatmen. Nach einer Weile bogen sie in die Einfahrt, die auf den Hof führte, auf dem Rubbish George seine Hütte hatte. Sie hatten gar nicht gemerkt, dass ihnen Layla abhandengekommen war. Peter machte kehrt und fuhr zurück, da sah er sie auch schon ihr Fahrrad schieben. Layla schnappte sich ihr Talky. »Da habt ihr mir ja eine Schrottmühle gegeben! Mir ist die Kette abgesprungen!«

»Kein Problem!« Peter sprang ab und bat sie, das Rad festzuhalten. Er kniete sich vor das Hinterrad. »Schau, du musst nur dieses Führungsgelenk nach vorne drücken. Sie sorgt eigentlich für die Spannung der Kette. Aber so hängt sie locker und du kannst die Kette problemlos auf das Zahnrad legen ... ein paar schwarze Finger ... ein wenig drehen, damit sie sich ganz aufzieht ... siehst du?«

Die Kette surrte wieder wie geschmiert.
»Ich werde mich jedes Mal an dich erinnern, wenn mir mal wieder die Kette abspringt«, tippte Layla lächelnd in ihr Talky.
»Nur dann?«, fragte Peter.
»Ach, du bist ein Quatschkopf!«
Rubbish George war aus seiner Hütte gekommen und beobachtete die Szene amüsiert. Als Peter und Layla zu ihm gestoßen waren, bemerkte er: »Ich dachte mir doch, dass ihr beiden euch verstehen würdet!«
Peter grinste.
Rubbish hatte eine Kanne ägyptischen Tees gekocht und lud seine Besucher ein, sich zu ihm vor die Hütte in die Sonne zu setzen. Sie nahmen dankend an, schnappten sich jeder anstandslos eines der nicht ganz sauber aussehenden Teegläser und hockten sich auf ein paar leere Holzkisten. Dann berichteten sie, was sie in Kairo alles herausgefunden hatten.
»Da bin ich ja prächtig reingelegt worden«, fasste Rubbish zusammen und schlürfte von seinem Tee. »Wenn ich geahnt hätte, dass Dick und Abaza hinter all dem stecken …«
Bob stellte sein Glas ab, um nachzuschenken. »Die beiden haben einen verlassenen militärischen Bunker zu diesem alten Grab umgebaut. Seit Jahren setzen sie durch die Rätselgeschichte immer wieder reiche Leute auf die Schatzsuche an. Mindestens fünf Menschen haben sie so ausgenommen, hat die Polizei herausgefunden. Vermutlich haben sich noch nicht einmal alle Opfer gemeldet, weil es ihnen zu peinlich war. Abaza und Dick haben sich ihre Opfer in Ruhe ausgewählt, sponnen mit einer Rätselgeschichte geschickt ein feines Netz, in das sie die Schatzsucher mehr und mehr einfingen. Von

Station zu Station verloren die Opfer ihre Zweifel, wenn sie denn überhaupt welche hatten, und nebenbei konnten die Gangster prüfen, ob ihnen die Kandidaten so richtig auf den Leim gingen.«

»Und falls die Polizei kam, hat man sie gegebenenfalls ins Leere laufen lassen«, ergänzte Peter. »Die Opfer mussten eine hohe Summe zahlen, damit sie der Bote zu der Grabanlage brachte, dort wurden sie mit einem alten Skelett erschreckt, das aus einem alten Grab auf dem Friedhof stammt. Den beiden muss es richtig Spaß gemacht haben, ihre Geschichten in Szene zu setzen! Die Opfer bekamen das K.-o.-Spray verabreicht und das Geld abgenommen. George, Sie hatten das Pech, es vorher bei der Bank illegal besorgt zu haben. Ausgerechnet auch noch durch Dick, der Sie dann auffliegen lassen konnte und so auch noch einen Konkurrenten um den Job loswurde und vielleicht auch um die Frau. Das Geld gab es obendrauf!«

Rubbish George kratzte sich nachdenklich am Bart. »Der Kerl hat mir die Kohle bereits im Lieferwagen abgenommen, die Anlage bekam ich gar nicht zu Gesicht. Ich habe nicht geahnt, dass es so gefährlich werden könnte. Es tut mir leid.«

»Danach sind Sie aus Ägypten verschwunden?«, fragte Bob.

»Ja, ich wurde wegen Unterschlagung des Geldes gesucht und hatte nichts in der Hand. Mir war das alles sehr peinlich. Wer hätte mir geglaubt? Das Geld zu nehmen war ein großer Fehler gewesen. Ich habe mich geschämt. Und mir geschworen, mich nie wieder reinlegen zu lassen. Auch wenn ich das wahre Ausmaß der Geschichte damals nicht verstanden habe. Aber das habt ihr nun geklärt.«

»Wir haben den Fall gelöst, weil wir wissen wollten, wer Ihre Hütte verwüstet hat und was mit Ihnen geschehen war!«, sagte Justus mit einem Unterton in der Stimme.
Rubbish George bekam einen roten Kopf. »Ich fürchte, ich brauche gar nicht groß drum herum zu reden, wie? Ja, es stimmt. Für das Durcheinander bin ich selbst verantwortlich. Ich wusste: Das alles würde euch ein Rätsel aufgeben, zu dem ihr nicht Nein sagen könntet. Ich bin eine Zeit lang in Santa Monica untergetaucht und ein Kumpel hat mein wertvolles Hab und Gut einmal so richtig auf den Kopf gestellt!«
Peter schluckte. Da war er ja schön in die Falle getappt! »Und warum haben Sie die ganze Sache eingefädelt?«, wollte er wissen. »Warum sind Sie nicht selbst auf die Suche nach dem Geheimnis des alten Rätsels gegangen?«
»Sollen wir uns nicht endlich duzen?«, fragte George. »Hi! Ich bin George.« Er grinste. »Ach ja, mein Leben in Ägypten. Das ist alles vorbei. Ich habe mit der Zeit in Ägypten abgeschlossen. Schon lange. Dann sagte mir plötzlich jemand von der Verwaltung aus Rocky Beach, dass eine gewisse Layla nach mir gefragt hätte.« Sein Blick wanderte zu dem Mädchen. »Ich konnte mir denken, worum es dir ging, Layla. Doch ich hatte Angst davor, dir zu begegnen. Nicht, weil ich dich nicht mögen würde. Ganz im Gegenteil!« Rubbish stockte und suchte nach Worten und sah wieder die drei ??? an. »Ich wollte nicht erinnert werden. Layla zu sehen und ihre Fragen zu hören, das hätte die alten Wunden aufgerissen. Aber Layla würde keine Ruhe geben, so gut kannte ich sie. Sie hat ihren Dickkopf. Und wenn ich sie schon nicht davon abhalten konnte, sich um meine Vergangenheit zu kümmern, dann

sollte sie das nicht alleine tun. Ich sagte dem Mann von der Verwaltung eine Uhrzeit, wann Layla mich antreffen würde. Und Peter bestellte ich zur selben Zeit ein.«

»Du wolltest also, dass wir uns begegnen?«, fragte Peter.

Rubbish grinste. »Ein schönes Mädchen hast du doch noch nie verachtet.«

»Deswegen habe ich nicht gefragt.«

»Ich fürchtete, ohne die Unterstützung der besten Detektive Kaliforniens würde Layla das Rätsel nicht lösen können. Zumal ich mir selbst nicht erklären konnte, was damals passiert war. Ich mag Layla zu sehr, als dass ich hätte zulassen können, dass sie sich alleine in solch ein Abenteuer stürzt.«

Peter konnte das verstehen.

»Es hat ja auch geklappt«, schloss Rubbish und zwinkerte Peter zu. »Beides.«

»Und wer hat mir in dem dunklen Keller hinter deiner Hütte eins auf die Mütze gegeben?«, fragte Peter, ohne auf die letzte Bemerkung näher einzugehen. »Das war wirklich nicht von schlechten Eltern!«

Rubbishs Miene änderte sich. Verlegen kratzte er sich am Kopf, dann grinste er. »Smashin' Joe. Ein Kumpel von mir aus Santa Monica. Er hat für mich dieses Chaos in meiner bescheidenen Hütte angerichtet. Kostete mich ein paar Dosen Bier … Der Kerl war etwas zu gründlich … und leider auch zu langsam. Hätte ich mir denken können. Ist er eigentlich immer. Plötzlich warst du da! Da hat er sich durch die Geheimtür verdrückt und euch dort belauscht.«

»Bis ich dann in seinem Versteck auftauchte«, sagte Peter.

Rubbish nickte. »Da bekam Joe Panik! Wollte seinen Auftrag

erledigen und nicht entdeckt werden. Hat dir eins auf den Hut gegeben und ist abgehauen. War vielleicht ein bisschen ruppig.«

»Ruppig ... das ist sehr nett formuliert«, grummelte Peter. »Löst er immer so seine Probleme?«

»Nur, wenn er sich nicht anders zu helfen weiß.«

»Na, dann hoffe ich, dass das nicht so oft der Fall sein wird«, sagte Peter verdrießlich.

Rubbish lächelte. »Ich werde es ihm ausrichten.«

»George!« Layla tippte in ihr Gerät. »Komm zurück nach Ägypten! Jetzt, wo alles geklärt ist. Jetzt, wo du in der alten Geschichte entlastet bist. Meine Mutter hat Dick vor die Tür gesetzt! Komm zurück zu uns!«

Rubbish schüttelte den Kopf, dass die langen, verklebten Haare durch die Luft flogen. »Es ist Vergangenheit! Es gab Missverständnisse und Fehler. Es wird nie mehr so werden, wie es war. Ich lebe jetzt hier!«

»Leben? Du hängst sinnlos herum«, rutschte es Peter heraus.

Rubbish George grinste. »Ich bin ein wenig abgestürzt, damals. Und es ist gut, dass die alte Geschichte geklärt ist! Der Rest wird sich weisen. Aber hier, in Rocky Beach.«

Layla wich nicht von der Stelle. »Vielleicht hast du recht, George«, sagte sie. »Aber wenn ich schon einmal da bin, möchte ich mit dir reden. Wenigstens kurz. Und mich bedanken für das Sprechgerät, dass du mir damals gebastelt hast. Es bedeutet mir viel!«

Rubbish George kratzte sich am Kopf und seine Augen bekamen einen Glanz. »Na gut!«, sagte er. »Komm rein, Layla! Wenn dich das kleine Durcheinander bei mir nicht stört ...«